余仲廉 著

人民出版社

感悟人生，珍爱人生

（代序）

2004年我应邀为余仲廉先生所设立的博昊济学基金会而出的一本书《博昊风韵》写了一个序，最近又应邀为本书写一个序。想到余仲廉先生一贯慷慨从事慈善事业，特别是关心教育事业，读到本书中许多感悟人生的精彩短文，引起了我强烈的共鸣。2009年12月31日，即00年代的最后一天，我第一次见到余先生，交谈几句，感到其人胜于文。唐人杨敬之的诗《赠项斯》就涌上心来："几度见诗诗总好，及观标格过于诗。"我们畅谈了近两个小时，我感触很深。2010年元旦，即10年代第一天，尽管有些忙，我也不能不来开始写这个序。

本书的第一篇叫做"时间"，可以说是他感悟人生的代表作之一。一开始他就写道：时间"它对待人的态度是从不回顾过去，也不超越现在，始终迈着恒定的步伐匀速行进"，而且，"最快快不过它，最慢也慢不过它"。我想，文中肯定会有"子曰：'逝者如斯夫，不舍昼夜！'"果然，在文中出现了。他在文中感慨地写道，"对它的悟来悟去"，于是产生了不少联想。其实，这一切都是同他在书中几乎处处谈的人生密切相关。我之所以要写这段，因为我从他的感悟中感悟到他是秉承了我国传统文化“天人合一”的世界观、人生观与价值观。我国传统文化对人生的感悟就是从对大自然的感悟而产生的，力主“穷人理”必须“穷物理”，“人理”在“物理”之中，“人道”在“天道”之中。他写得多么深刻：“珍惜了时间，就等于珍惜了生命，就等于在求有限生命中的最大值，就等于把短暂的生命时光在有限中得到了尽量的无限……”多么好！无限中的有限，有限中的无限！我凭着这一感悟来读本书，的确感悟到余仲廉先生就是这么一个对人生有着深刻感悟的人，本书中充满了许许多多的珍贵感悟。

从我国岳麓书院的优秀传统“博于问学，明于睿思，笃于务实，志于成人”，从我国《四书·中庸》的深刻教诲“博学之，审问之，慎思之，明辨之，笃行之”，我感悟到一个人要能成人成才成就事业，就要认识到：学习是基础，思考是关键，实践是根本，结合方成人。在本书中，作者以他的感悟高度强调了学习、思考、实践的重要性。人类历史、人类文化是一条滔滔长河。只有学，只有温故，才能知新；如果不能知新，温故有何用？只有继承，才能发展；如果不能发展，那就是墨守成规，在今天怎么行？他写道：“得智，得慧，得能，从何而有之？唯有学才有。”正是如此，从他离开校门后，从未放松过学习。而且，这个学，不仅是向书本上学，同时，还向别人学，向实际学，在实践中学，努力学习，努力向上。他讲：“学是经历磨难才有学，熬其筋骨才有学，苦其心志才有学，勤奋求学才有学，将生活中的磨难、坎坷，煎熬的苦涩、忍耐，奋争历程的感悟、体验，不断地进行熔化，反复地加以提炼、蒸烤所得的结晶，才是学。”是的，“凡事留心皆学问”，整本书中，充满了他对人生求知的学，而且这个学习，正如上面他所说的那一段话一样，又是同思考紧密地联系在一起的。

《尚书》早已讲了人为万物之灵。人能思考，能思维，而且不是动物式的“思考”。感悟实际就是深入的思考及其深刻的成果。整本书的论述焦点就是讲思考，讲感悟。诸如“习俗”、“搬家”、“思行”、“思维”、“方法”等诸篇，直接以“思”进入篇名，其实哪一篇不在“思”、不在“感”、不在“悟”呢？孔子讲得多么好，“学而不思则罔”，当然还有“思而不学则殆”。只学不思，只不过成为一个书呆子、一台高级计算机而已，出不了创新性的东西。不“思”，无“思”，对现有的知识、学问、文化就无法超越、发展，甚至会沦于僵化、凝固而无法激活。“凡事留心皆学问”，孟子讲“心之官则思”，留心就有学问，不留心哪有凡事皆学问呢？作者呼吁：“千万不要丢掉自己的思维！”“不要禁锢了自己的思维！”“让我们的思维活跃起来吧！”作者就是一位思维十分活跃、遇事必思考的大有作为的人。

王夫之讲得十分深刻：“躬行为启化之源”。创新之根在于实践，检验真理的唯一标准是实践。还如上面所引用的“才是学”那段话一样，这个学习和思考又是同实践紧密联系在一起的。我们可以仿照孔子的话来讲：“学而不行则罔”，当然，“行而不学则殆”；还有“思而不行则罔”，当然，还有“行而不思则殆”。作者高度重视实践，书中篇名出现“行”字的不少，特别值得赞赏的是“机遇”这篇，其一开始就讲：“机遇面前人人平等，任何人的一生都有无数的机遇。有人说机遇是给予有准备的人，也有人说机遇喜爱执着的人，但我说机遇更是喜爱那些把思想付诸行动的人。”要“付诸行动”！作者就是这么一种人！

他肯学、肯想，又敢于且善于将所学的、所知道的、所想的、所感悟的付诸行动，结果，机遇归他所有，他的事业成功了！

读了这本书，我感到余仲廉先生是一位勤于学习，善于思考，笃于实践，而且将学习、思考、实践紧密结合在一起的创新型的大有作为的好人才。当然，这源于他有着强烈的责任感，爱国家，爱民族，爱教育，爱生命，对国家负责，对民族负责，对教育负责，对生命负责，“天下兴亡，匹夫有责”。读着这本书，就会为他的这种责任感、这种爱所打动。读一读“电影”篇，他花了近一年的时间，到过 9 个大城市、100 多个电影院、30 个娱乐场所、30 个网吧、10 所重点大学，对影视、网络、娱乐内容进行了广泛深入的调研，甚至将一些青年人喜爱看的影片找来看，反复看，“用责任、良心、道德去静静地看，静静地思考”，他痛心疾首，感到这些为相当多的青少年所喜爱的内容，正在毒害、腐蚀、摧残着他们的灵魂，“长此下去，怎么得了啊！”他强烈地呼吁国家要“在这方面做好方针和政策规定”，要清理、打扫、控制、限制。他深深地认识到，“文化是关系到一个国家和民族兴衰最大最大的大事！……要是一个国家和民族的文化没有了，那么，就象征着这个国家和民族永远灭亡消失了。”我十分赞成这个论点。文化是人类社会的“基因”，而民族文化是民族的“基因”，中华文化是中华民族的“基因”。正因为如此，他毅然负起“天下兴亡”的匹夫之责，用他的话讲，就是要爱国自强，承前启后，创新发展。

责任感的隐处、深处就是精神追求、价值取向、人生意义。用他的话讲，“生命不在于长短，而在于做的事业是否有利于社会”。正因为有着如此精神、理想的坚定支持，尽管往往路走得很艰难，但走得很坚定，走得很成功。应该说，这是一条真理。

前几个月我看到一个材料，讲1960年有人对美国哈佛大学1520位新生的入学动机做了调查，其中81.9%的人为了赚钱，18.1%的人为了理想。跟踪调查，20年后，1520人中有101人成为百万富豪，为了赚钱的只有1人，而为了理想的却有100人。人总要有点精神，有了高尚的精神、理想，就会万难不屈。古今中外，概莫能外！本书更是处处盈溢着作者对精神追求、价值取向、人生意义的感悟与语言。责任感的显处、浅面就是行为准则，就是践行，就是言行在干什么，而且归根结底，也是最重要的一点，这也是众所周知的，"动于衷，行于外"，一个行动胜于一打纲领，实践是检验真理的唯一标准。我同作者见面，他穿着打扮极为普通，言语朴实无华。初一见面，不会想到他是本书的作者，更绝对不会想到他是一个十分富有的企业家。他现在固然办了许多企业，但其兴趣与志愿主要不在赚钱谋利，拥有更多钱，而在慈善、在教育、在理想。据有关材料，只讲对高等学校，他已在全国47所高校资助了836人，其中在读博士生56人。读一下"财富"这篇，讲得多么好：你现在拥有的财富，只受你支配，除了你可以消耗的外，并不属于你所有；应该让财富回馈到社会中去，发挥它的作用与价值。如同英国哲学家培根所讲："如果金钱不是你的仆人，它便成为你的主人；一个贪婪的人，与其说拥有财富，不如说财富拥有他。"古罗马贺拉斯也曾经讲过："金钱可以成为人的奴隶，也可以成为人的主人。"作者也是这么看的：人应成为金钱的主人，而不应成为金钱的奴仆。作者甚至更深刻地认为，最好的方式，是你离开人世之前，给财富找好新的主人、新的归宿，使之能在社会中代表着你的生命还活着，代表着你的人生价值和意义的延续。爱因斯坦讲得对："金钱，是人类抽象的幸福，所以一心扑在钱眼上的人，不可能会有真正的幸福。”“人是为别人而生存的。”在这个序一开始我引用的“及观标格过于诗”这句，表达我感悟作者的行为胜于他的文章，文章好，人品更好。我还得讲，行为之所以胜于文章，就因为文章、文字、语句很难甚至不可能完全反映感悟。《庄子·天道》中讲得多么好：书不过语，语有意也，意之所随，不可以言传也。我想，这个意就是感悟，就是体验，就是非“非常道”吧！文章讲的是他用文字来表达他对人生的感悟，而行为体现的却是由此感悟而直接产生的对人生的加倍珍爱。

由于有些忙，这个序从1月1日写至1月3日，作为我自己对这本书及作者的一些感悟。同时，还得讲一句，由于这本书讲的是作者个人的感悟，由于每个人的情况不同或大不相同，所以作者的感悟以及表达他感悟的文章与语言，也未必全为读者赞同。对此，也不足奇怪。好在作者愿意倾听不同看法，欢迎交流、商讨与指正。我所写的序，也是我个人的感悟，更希望读者批评指正。

杨叔子

2010年1月3日于瑜园

目　　录

人生篇

人生时光的价值和意义不在于生命的长短、财富的多少、权力的大小、地位的高低，而在于是否真正明白和懂得了人生的真谛，是否对人类和社会作出了自己的贡献……

行悟人生

感悟篇

真正的聪明者，决不会说自己聪明，更不会去和人比聪明。凡是自以为聪明的人，总是喜欢在他人面前表现自己的聪明，并说他人是如何的愚蠢……

哲思篇

在人的成长中，如果养成了某种坏的习惯，也许它就会毁掉你的一生。习惯决定性格，性格决定命运。什么样的习惯造就什么样的性格，什么样的性格造就什么样的人生……

财富篇

你现在拥有的财富，给你人生带来快乐或烦恼的财富，尽管它受你支配，但它不完全属于你所有，除了你可以消耗掉的部分，其余的部分只是暂且受你支配的一个数字而已……

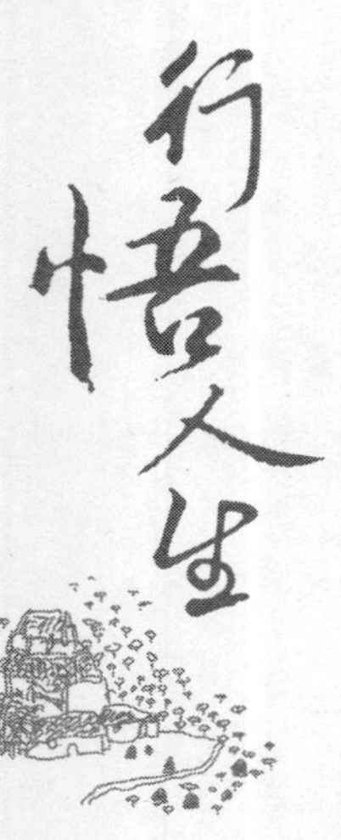

教育篇

很多父母找不到教育孩子失败的原因，就是没有认识到夫妻双方和谐地统一思想、统一观点、统一方法，进行分工与协作、相互配合，形成默契，达到融合、融洽地方式对孩子进行教育的重要性……

附　录

时刻保持着高尚的品德做人做事，就是在不断地往人生账户上增加储蓄；如果是无品无德地做人做事，则是不断地支取和透支人生储蓄。当你第一次失去道德时，就等于将人生的定期存单改成了活期……

人 生 篇

人生时光的价值和意义不在于生命的长短、财富的多少、权力的大小、地位的高低，而在于是否真正明白和懂得了人生的真谛，是否对人类和社会作出了自己的贡献……

时　间

人生时光的价值和意义不在于生命的长短、财富的多少、权力的大小、地位的高低，而在于是否真正明白和懂得了人生的真谛，是否对人类和社会作出了自己的贡献……

时间，你爱它越深，它会给予你越多，哪怕是那些你觉得可望而不可即的，只要你抓紧时间去努力，去奋斗，奇迹就可能出现在你付出行动的生活里，你热爱和追求的一切，都会因你爱时间而爱你，都会因你爱时间而属于你……

时间是无限的，也是有限的。世界上最长的是它，最短暂的也是它，最快快不过它，最慢也慢不过它。度日如年、一日三秋、光阴似箭、日月如梭、似水流年、稍纵即逝等，都是在形容它具有既长且短、既快且慢的特性。

人走累了，可以停下脚来歇一歇；休闲时，可以悠然自得地漫步；赛跑时，可以拼尽全力地飞奔……但时间是不会变化的，无论悲欢离合、喜怒哀乐，或是山呼海啸、天塌地陷，哪怕地球爆炸，太阳系、银河系毁灭，只要宇宙还存在，都影响或改变不了它。它对待人的态度是从不回顾过去，也不超越现在，始终迈着恒定的步伐匀速行进。

它是最有情的，你爱惜它，它就会让你收获成功的硕果；它亦是最无情的，你浪费它，它就会白白消耗你的人生；它是最宽容大度的，对任何人的过去，都丝毫不去计较，无论你从前对它怎么样，只要现在需要，它就会静悄悄地、不易察觉地蛰伏在你的行动中；它也是最吝啬的，吝啬到你用最先进的计算工具都无法算出它吝啬的程度，到时候就毫不留情地从你生命中离去。

它是最廉洁、正直、公平地对待所有人的。无论你用尽心机、费尽口舌，把珠宝、国家、地球送给它，也无法使它动其心、变其行地放慢或加快脚步。它总是认真地静听细看，只认可它认为正确的行动，绝不因偏信或受贿于谁而改变自己，只让经得起它检验的真理留传于世。无论是过去还是现在，不管多么伟大的“真理”，只要经不起它检验时，就算不上真正的真理。它又是最慷慨豪爽的，毫无保留地将自己无私奉献给整个宇宙。它的价值是无法估量的，黄金有价时间无价，“一寸光阴一寸金，寸金难买寸光阴”，花再大的代价买不回昨天，也卖不走明天。

对它悟来悟去，我有一些杂感：它拥有永恒、坚定的行为，它拥有不变和无穷的本性，它的本性与人类的多变和有限产生着复杂的关系。在以人为中心的认识世界体系观里，这一切都取决于人对待它的认识态度和行动力度，它都始终以沉默的态度保持着不变的行动。它是组成人生命不可缺少的原材料，人如果没有了它就没有了生命。人的财富、地位、知识等，都可以用加法或乘法的方式增加、提高、增长，唯有给予人的时间是不能增加的。从母体呱呱降生的一瞬间开始，即使你活一百岁，也是从一百岁一分一秒地减到零，直至生命终结为止。

所以，所有认识了时间本性和特性的人，不仅自己十分珍惜时间，而且还劝告他人爱时惜时，就是因为他明白人生的时间只有一减到底的道理。“人生如白驹过隙”，“此时正少年，不觉两鬓白”，“昨日见来骑竹马，今朝早是有年人”，这些都是说人生在时间的长河中行走得很快、很短暂，像流星闪过，稍纵即逝。“子在川上曰：逝者如斯夫，不舍昼夜”，是孔子对时间与人生的感慨，以水不舍昼夜的奔流来形容时光的消逝，提醒自己并劝导人们应该惜时。“夸父追日”表现了古代人民渴望征服自然的坚强决心，也表明了夸父因挚爱时间而追赶太阳，渴求白天的时光能长一点，宁可渴死也不放弃。“尺璧非宝，寸阴是竞”，表达了古人的时间观：直径一尺长的璧玉，都抵不上太阳照射标杆折射出来的影子随太阳移动一寸距离时光的价值。

写时悟时的名言很多，如：“少壮不努力，老大徒伤悲”，“今日是少年，转眼白头翁”，“莫等闲、白了少年头，空悲切”，“度日如年”，“一日三秋”……正或反、褒或贬，不计其数。我认为，人生时光的价值和意义不在于生命的长短、财富的多少、权力的大小、地位的高低，而在于是否真正明白和懂得了人生的真谛，是否对人类和社会作出了自己的贡献。

孔子说得好：“朝闻道，夕死可矣”，言简意赅地概括了人生的真谛。在人生求知的道路上，哪一天早上获得真知，真的“凌绝顶”了，从一而至万，由万而至一，豁然悟到了真理，那么，即便晚上死去，或是知晓晚上就要死去，也会感到幸福快乐而无遗憾，坦然接受。如果连珍惜时间的真理都不明白，是不会知晓“夕死可矣”和其他真理的。这样，即便是活上一百年、一千年，都是在白白消耗地球上的有限资源。

上苍赋予人的生命是有限的，然而追求却是无限的。周恩来说：人的一生，活到老，学到老，改造到老。时至今日，社会发展进步到知识经济时代、信息网络社会了，我们更应该用活到老、学到老的思想观点和行为来指导自己，努力跟上时代的潮流，与时俱进地改变观点、更新思想、创新思维。因为只有这样才能更好地把握人生时光，提高生活质量，实现人生意义，提升人生价值。如果不能跟上时代前进的脚步，即使活到了一百岁，那也是在被社会淘汰中熬到老的，是按原有习俗习惯思想观点挨到老的，是使用和享受淘汰的落后生活工具到老的。所以说，只有活到老学到老，才能跟上时代的潮流，享受社会的物质和精神文明进步所带来的新生活；才能对人生更有帮助，更有意义，更能提升人生价值和生活质量。所以，人应该深刻地认识时间的特性和本性，加以珍惜。珍惜了时间，就等于珍惜了自己的生命，就等于在努力寻求有限生命的最大价值，就等于把短暂的生命时光在有限中得以尽可能地无限延伸……

在历史的长河中，所有知晓真理、获得成功的人，都是一些珍惜、热爱时间的人。在此，我也奉劝那些不爱时间的人赶紧去珍爱时间！时间，你爱它越深，它会给予你越多，哪怕是那些你觉得可望而不可即的事情，只要你抓紧时间去努力，去奋斗，奇迹就可能出现在你付出行动的生活里，你热爱和追求的一切，都会因你爱时间而爱你，都会因你爱时间而属于你！

历 程

从呱呱落地降生人间的一瞬间开始算起的头十年，是人生最自由也是最不自由的十年；是人生天真无知无邪、无忧无虑、懵懵懂懂的十年；是在亲人呵护下追求健康快乐的十年；也是被人管制引导的十年；是性格和习惯的形成、定性的十年；是影响决定人生走向的十年；是发现孩子天赋和培养爱好的十年，也是父母因教育方式不对而容易扼杀孩子天赋潜能的十年，“人生看小，三岁看老”。

“劝君惜取少年时，莫到白头空悲切”，“一寸光阴一寸金，寸金难买寸光阴”。人生是单程路，无论你怎么绕，都不可能回到你已经走过的路上去，更不可能回到曾失去的时光里。明白此道理，走好人生的每一步。切记在人生的任何时间段里，努力将此时间段中该做的做好，才能使自己的人生无怨无悔无愧。

一个人只要树立了正确的目标，坚持不懈地向目标努力奋斗，就一定能实现目标，成就自己所追求的事业，成就自己理想的人生！即使在追求目标的过程中历经了许多艰辛，当你实现目标后回首时，这所有的艰辛一定会变成你人生中最幸福美好的时光，也是你一生中最值得回忆的时光。当然，这一切幸福回忆的生活感受和标准会因人而异。因为不同的人有不同的理想，所以存在着不同的幸福观、价值观和回忆感受。

人生事业的成功大小、价值多少也都是与个人明确追求目标的大小、明确目标的迟早、行动时所付出努力的程度和行动的迟早等息息相关的。这种关系的程度与一个人的人生意义、成就事业的大小、感受人生幸福快乐与否等有着密切的关系。归纳起来，起着决定性作用的是四个方面：一是付出努力的程度；二是开始努力时间的早晚；三是努力时间的长短；四是胸怀理想志向的大小。这四个方面，在人生不同时间段的不同把握程度，都会得到不同的结果，把六十年的人生集合展示出来，就是一个人的人生价值。为了更清晰地理解人生，透彻分析人生的六十年，不妨把人生分为六个阶段来进行分析展现。

通常情况下，人们一般把六十年作为人的一生。传统的习惯是把六十年称之为人的一辈子，即六十花甲。这是过去的人生概念，是在生活水平低下、医疗条件落后，整个大社会都还处在由许多处于完全封闭独立的小社会所组成的时期，一切都处于落后愚昧时代的人生寿命标准。随着社会经济、文化及各行各业的发展，物质资料的丰富、生活水平的提高和医疗条件的不断改善，“小社会”一个一个地融入到现代文明的大社会中，形成了整体丰富多彩的现代文明社会。它促使人的思想观念不断更新与拓展，不断相互渗透、借鉴和融合，人们创造出了大量替代手工的劳动工具，把人从体力劳动中解放出来，使人的平均寿命得到极大提高。据国家权威部门统计公布，人的平均寿命增长到了七十六点五岁，比解放初期增长了十几岁。尽管如此，人的一生价值关系也只能算到六十花甲，才具有代表性的人生意义。因为六十岁后，它只是人的生命延续，只是人生价值量上的增加和减少，对人生价值本质上的改变已不起多大作用了。所以，我们这里将人的一生看做六十年。当然，我们这里是在论述人普遍存在的规律，也有少数人除外。

深度分析人生六十年，其实任何人的一生只要真正努力地、把握和利用好人生中的一等份，也就是十年光阴，人的一生基本生存的问题就不用愁了。造化老人在创造人时，对人还是有着许多偏爱之心！他未把人造成和很多动物一样，终身就只是为了生存而吃、睡、寻找食物等。不过，人生六等份的拥有和把握，其先后顺序很重要，基本上是越早越好。也就是说，人的年龄越小，付出得越早，就会大大节约付出的成本。反之，随着年龄增大付出得渐多而收获得渐少。也就是说人生的付出随着年龄的增长，收获是递减的。

由此，不妨把人生六十年，按每十年一等份地划分。从呱呱落地降生人间的一瞬间开始算起的头十年，是人生最自由也是最不自由的十年；是人生天真无知无邪、无忧无虑、懵懵懂懂的十年；是在亲人呵护下追求健康快乐的十年；也是被人管制引导的十年；是性格和习惯的形成、定性的十年；是影响决定人生走向的十年；是发现孩子天赋和培养爱好的十年，也是父母因教育方式不对而容易扼杀孩子天赋潜能的十年，“人生看小，三岁看老”。人一生的性格、个性、爱好、习惯，甚至是吃菜的口味，都基本在这十年中形成。因为人有什么样的习惯，就会养成什么样的性格。有什么样的性格，就会决定一个人有什么样的命运。这十年的最好生活方式，就是严格认真地按父母的要求去做。这十年中的一切好坏，是父母教育子女水平的体现。在这十年中孩子与孩子之间的距离，都是父母教育子女的方法和以身作则地要求自己做表率的综合素质造成的。所以，这十年虽然不由自己作主，但主宰着自己今后的一生。如果，不是具有特别经历的人，基本上可以确定和看到一个人未来是怎样的人生。当然，此十年中一些童趣和往事将伴随着人的终身。只要稍作思考就会知道，从小在一起玩耍的小伙伴多数是自己一生中感情最长最好的朋友，并且在生活中时常想起，是人生中最美好和难忘的回忆！

十岁到二十岁这十年，是初明事理的人生开始，由似懂非懂走向明白明了的过程，是人生中最应该好好珍惜的十年。跨越少年，成长为血气方刚的青年，生命力旺盛，意气风发，思想单纯；是长知识、长身体的关键时期。“十年寒窗无人问，一举成名天下知”。在这十年中，努力、勤奋、苦读地学好各种书本知识；耳濡目染地形成做人准则；潜移默化地拥有自己的道德观和价值观。在这十年中所获取的理论知识和综合素质，将为你一生的事业打下坚实的基础。很多别人做不好的事情就都成为了你的机会，那么你的人生就会比别人更美好。这十年你的事业虽然还没有起步，却是为事业做好充分准备的时期。“莫等闲，白了少年头，空悲切！”这十年是人生中最重要的十年，这十年的重中之重就是读书学习，明志立志。因为这十年之中要经历我们现行社会的高考，随着高考的分数揭晓，按分数的高低，将成长中的人分到不同的大学，接受不同的教育和人文环境的影响，从而分别出不同层次的人群来。此前人与人之间的差异主要是地区间的、父母之间的。个体之间虽有差距，但不明显、不主要。从幼儿园、小学、中学到高考的结束之前，都是同窗室内的同学，外在上没有多大的差距，但内在上却形成了很大的距离，并决定着未来你是属于社会中的哪一个人群中的群体。所以，千万不要白白流失其中的每一点滴时间。浪费了这十年，你的事业、理想都会大打折扣。人生中多数不尽如人意的事或困难都是在这十年中的付出和努力程度所造成的结果。假如人的一生，都是在创建自己的人生大厦，那么这十年是为人生大厦挖基坑，打基础，准备建筑材料的十年。你的人生大厦做得高不高，大不大，稳不稳，牢不牢，都取决于你在这十年里所打下的基础和准备的材料。基坑挖得又大又深，基础做得坚固厚重，建筑材料准备得丰富充足，人生大厦必然就可以建造得宏伟壮观。反之，基础工作做得不怎么样，建筑材料也没准备多少，那么人生大厦也自然不会盖得高大。总之，你人生大厦建造的好坏、大小、高低，很大程度上都是由这十年所做的一切前期准备工作造成的。

二十岁到三十岁这十年，是决定你人生走向的十年，是对你前二十年的检验和提升。要是你在前面十年中一切都准备好了，那么年届弱冠的你，涉世之初正是厚积薄发，一展心中的理想和抱负之时，或一帆风顺，或挫折连连，但只要你矢志不渝，持之以恒，付出终究会有硕果回报，人生必然绚丽多彩。如果你的前面二十年是虚度年华，那么你就不能再丢掉二十岁到三十岁这十年。要是你在这十年时间里加倍努力，也还是可以让自己的人生达到一定的高度，也还有机会去成就一番事业来体现自身价值。只不过由于你浪费了前二十年，你的能力、起点等就都不会是那么理想了。你对自己作出定位时，一定要切合实际，比前二十年努力珍惜过的人要定得低一些。你也要明白即使你以双倍的努力去弥补，也很难得到前二十年努力过的人所取得的同样收获。假如你的对手都是一些碌碌无为之人，那么，通过你的努力也许还可以在这其中出类拔萃、首屈一指。假如你遇上的对手是在前二十年非常珍惜时光且勤奋努力的人，你是没有办法跟他们同步同台进行竞争的。因为你在知识、起点、形象等很多方面都不能和他们作比较。在同样的环境平台中，你只能成为他们的助手、下级或职员等。在这十年，你还必须完成自己的社会形象定位。十几岁的少年放荡不羁，尚且可以被认为是太年轻、不成熟或不懂事理。倘若二十多岁的你还不务正业，不能明白人生的道理，不懂得珍惜时光，不懂得勤劳奋斗，不懂得求学求知，不能正确地理解和理智地把握住自己的行为，那么你的这一生，将不会取得多大的成就。更严重的是你已经给了周围人一个龌龊的形象，难以得到改变。因为在学习知识的年龄，你荒废了学业致使自己的起点低下。想改变又因起初的十年习惯未养好，沾染着一些不良的习惯，使自己心烦意乱，致使你的意志力不坚强，毅力不能恒久，思想上想改变而行为上却无能为力。此时，你会发现你的事业将无法开展，无所适从，深感自身能力有限，知识面有限，专业知识欠缺。你每走一步、每办一件事都是困难重重，处处碰壁。究其原因，就是你在前二十年中种下的内外之因的集合，注定你现在事事不顺之必然。你要想改变现实、缩小与他人的差距就一定要调整好心态，接受现实，踏踏实实地一步一步奋起直追，慢慢积累自己的人生价值。要知道，你的生活工作中，必然会时常地出现这种情况：做同样的事情，你付出得比别人多，收获得反而比别人少。人必须在人生的某一时间段里去完成应该完成的任务。如果在某一时间段里将应该完成的任务完成不好，寄希望于在以后的时间段里完成，即使付出的比别人多或比自己从前付出得加倍却收效还是会减半或不理想。所以，人在什么时间段里，就应该去完成人生时间段里该完成的事，这样做到了，就是最好最有效地在把握人生时光。

三十岁到四十岁，而立之年，事业之年，你的人生轨道基本已定型已铺好。如果你把握好了前面的三十年，那么等待你的将是事业上的蓬勃发展，生活上的愉快充实。如果你丢掉了前面的三十年，到了三十岁以后才开始悔恨自己的过去，这对你来说的

徐悲鸿

确是晚了一些。这时你正确的选择就是应该调整人生的思路，无需幻想什么伟大的事业、崇高的理想和锦绣的前程等。一切都得从现实出发，从实际做起，努力做好你现有的一切工作，严格约束自己，绝不可再放纵自己的任何思想和行为。只有约束自己勤勤恳恳，加倍努力，这样才能换来后半生稳妥的生活保障，以免在竞争激烈的社会里再去承受困难煎熬的生活，还会得到你生活周围人群的好评，也算是明白了人生道理。珍惜人生时光，有责任感地做人、为人。为建立一个美好的家庭，拥有幸福的晚年打基础，为子女树立好的形象或做一个好的榜样而脚踏实地、实事求是地行为。天道酬勤，此时的你只要始终努力奋斗，上天自然会赋予你人生机遇。如果你把握住了这时的人生机遇，也自然会成就一番事业，用这样的勤奋和努力，创造起来的事业是最牢靠的，是最能经受风雨，承受风浪的事业，也会更加令世人尊敬你，称赞你浪子回头金不换。社会和后人将会把你的人生作为典范来宣扬，用以激励和影响他人和后人。

四十岁到五十岁是从不惑到知天命的阶段。用不着旁人多说，你自己在这个时候，已经可以看清楚了自己。因为你在前面的几十年中，已经经历了许多成功与失败、困难与坦途，或在失败中结束，或在困难中倒下，或是由一个成功走向另一个成功。此时的你人生经历和阅历都丰富了许多，你的事业有成或无成都有了一些基础。或是继续发展，或是选择稳定等，都是需要面对思考和决定的时间段。勤奋努力严格要求自己的人，不用思考，只需继续向前行。因为你的人生成就和事业已经明白地呈现在那里，会越来越兴旺地发展下去，创下累累硕果，你人生的价值基本显现成型。如果以前的你平平凡凡，那就继续着你的平平凡凡。如果是得过且过的，那么你会发现自己，混了大半辈子还是那个样子，找不到让自己引以为傲的一点成就，却已经失去了青春，失去了激情，失去了大半辈子的人生好时光，前程已经暗淡，生活已经索然无味，理想只存实际和求实了。如果你是放纵了这么多年，直到这时才醒悟，那么悔之实属晚矣！你的好日子已经基本过完了，剩下的时间无论你怎么奋斗、付出、勤劳，已经基本上不可能取得什么大的业绩，再去谈人生的价值和过高的理想，则已经是自取其辱了。唯一可以做的，就是努力地去做一些力所能及的事，实事求是地去打工跑腿，将别人不屑一顾的事认真努力地做好，尽心尽责，积攒一些积蓄，以图老有所养，让自己的晚年能过得稍微宽裕一点。此时的你再也不能挑剔、讲面子、讲虚荣，这不想干那不想干。这时还有你努力认真可做的事，就是你的福气和造化了，就是上天对你的眷顾和垂爱，还不想抛弃你啊！

五十岁到六十岁，是人一步一步地向花甲走去，向人生的尽头走去。你整个人生的荣辱成败，已经成了过眼云烟，只能自己默默总结、默默承受、默默享受。如果你一生都是在勤勤恳恳地努力工作、兢兢业业、严律有责地学习、创业、守业，那么你可能就是一位名震一方的富商、功绩卓著的人民公仆、成果丰硕的科学家、知识渊博的长者……如果你是一生都不求有功，但求无过，没有大的追求，也不犯错误，也不那么勤奋，总的说是一位规规矩矩、自食其力的人，那么你将继续延续着你平凡的一生，即使这样，在你平凡的人生经历中也蕴藏着很多快乐幸福的故事。在老年的生活里，也会充满着许多幸福和快乐！如果你的这几十年都浑浑噩噩，那么你后面的人生只是为了生存而活着，没有什么意义，没有什么价值。如果直到此时仍然不知人生的方向，茫然地虚度时光，那你只剩下抱怨人生对你的不公，也许你不应该来到人世，你的一生就是一无所有、一无所知、一无所留地走完六十年的历程，带着凄风悲雨等待最后归入掩埋你的那一撮黄土中去。除你的至亲之外，没有任何人会记得和想起你，你的形象会随着你的生命终结而从人群中同步消失。

人的生命是最可贵的，它只有一次，组成人生命的材料是时间。提高一个人的价值是知识；衡量一个人的价值是由他可应用的知识决定的。利用人生中有限的时间去摄取有益的知识，用摄取来的知识提升自己的人生价值，这才是人生意义的真谛。古往今来，人生的真意有几人能明白？“劝君惜取少年时，莫到白头空悲切”，“一寸光阴一寸金，寸金难买寸光阴”。人生是单程路，无论你怎么绕，都不可能回到你已经走过的路上去，更不可能回到曾失去的时光里。明白此道理，走好人生的每一步。切记在人生的任何时间段里，努力将此时间段中该做的做好，才能使自己的人生无怨无悔无愧。否则，在回首往事时就会羞愧、悔恨自己碌碌无为地虚度了人生啊！

追 求

人生要有追求，但不能强求，更不可苛求。人生有了追求，就有了目标；有了目标，人生才活得有内涵；有了内涵才有意义；有了意义才有活力；有了活力才有精神支柱；有了精神支柱才有人生的快乐和幸福。

强求之下所为，在事成的一瞬间，强求者可能会获得一丝吞服糖衣毒药的甜味，在人性扭曲的私欲得到短暂满足后，接下来无论是对己对人，都种下的是恶因，埋下的是祸根，势必会产生出对他人与己伤神、伤情、伤心的恶果来，强求来的事和利都会有副作用，是不会真正给人与自己带来幸福和快乐的。

人生要有追求，但不能强求，更不可苛求。人生有了追求，就有了目标；有了目标，人生才活得有内涵；有了内涵才有意义；有了意义才有活力；有了活力才有精神支柱；有了精神支柱才有人生的快乐和幸福。人有了追求，才会有动力；有了动力才能使人前进；不断地前进，才能实现理想的目标，实现人生的价值。有了人生的追求和人生价值的实现，社会才能发展，人类才能进步。所以说，人要有追求，因为有追求，才可能拥有追求的一切。

如果一个人没有了追求，就没有了方向，没有了目标，如此，生活就会茫然，一切人生的质量和价值、快乐与幸福也就无从谈起，也就成了一个不能主宰自己命运的人，成了一个随波逐流的浪渣子。如同大海航行中的船，没有罗盘和航标，没有目的地在海洋中行驶，无法预知狂风暴雨、暗流险礁，更是无法知道未来的命运，必然将燃料耗尽，遇险而毁，遇礁而沉，遇狂风暴雨而亡。即使是在平安中生存生活，也是白白地消磨人生时光，消耗有限的地球资源，于人于己于社会都没有丝毫的价值和作用，一切只是为活着而活着，这和动物又有什么区别？所以，是人就一定要有追求。

为什么说不能强求呢？因为，强求只是自己一人之愿望，不符合客观规律，不符合公共秩序，不符合道德标准。就跟强扭的瓜不甜一样，瓜未长熟还是苦的，强行摘下来吃，怎么会甜呢？必然是苦涩难咽的。强求所为，是一厢情愿的行为，为难他人的事哪会是友善呢？在一厢情愿的情况下，事情很难做成，即使做成了恐怕也是迫使他人宽恕或委曲求全而促成的，所成之事也必不会很出色、很理想，有很好的效果。因为，强求是强人所为，强人所为他人之心必不愿，即便做成了的事，恐怕也不会有善终和善果，对己对人都绝不会长益长效。

强求之下所为，在事成的一瞬间，强求者可能会获得一丝吞服糖衣毒药的甜味，在人性扭曲的私欲得到短暂满足后，接下来无论是对己对人，都种下的是恶因，埋下的是祸根，势必会产生伤神、伤情、伤心的恶果，强求来的事和利都会有副作用，是不会真正带来幸福和快乐的。

强求的事必然都会是伤人伤己无善终。如此推来，无论是对人、对事、对物都一样。如揠苗助长，就是一种强求，违背了植物生长的自然规律，结果适得其反，欲速则不达，不但不能使秧苗长高，反而毁了秧苗，这就是强求。强迫人工作，绝不会产生高效，多数是了心不了愿。不说强迫他人，就是强迫自己，要自己几天不睡持续地工作学习，结果肯定是效率不佳，精神不振，注意力不集中，记忆力下降。所以说，做人、做事，为人、为己都不可强求。

苛求就更甚于强求。本来是甲事物你硬要将它变成乙事物，那怎么可能呢？本来是生米，你偏说是熟饭，那怎么好吃呢？明明是油，你说是茶，逼着自己和他人喝，能喝得下去吗？张三、李四各有心爱之物，并不喜欢对方之物，你却强迫让他们交换，还说这是为他们好，这会有好结果吗？所以，对人、对事、对物都不能去苛求。

苛求是自寻苦果，自食的同时也在给别人难咽之食。赵高的“指鹿为马”就是典型的苛求例子。赵高为揽权一味排除异己，在朝堂之上指鹿为马，不说鹿是马者就杀，杀光了忠义之臣，最后毁了秦朝，亡国大奸臣的他自然也未得善终，还落了个臭名昭著。再回到生活中打个比方，如买小汽车，要求排量要比“悍马”大，装饰要比“奔驰”豪华，油耗要比“富康”低，价钱比“夏利”便宜，这可能吗？想要马儿跑，又要马儿不吃草，要猪仔肥，又不给它吃，又不让它睡，这怎么可能呢？否认事实，违背规律，就是苛求。不尊重事实，不按规律办事，无论如何都不会有好结局，必定是毁人、毁己、毁事物的种恶因结恶果的恶性循环。

所以说，人要有追求，但不能强求，更不可苛求。当然，人的追求不是固定、教条、单一的，应该是丰富广博的，是积极健康向上的，是正面的好才是正确的。因为人不同、时间不同、环境不同、位子不同等，都会直接影响到人的追求目标的差异。不过可以确定一个原则，不管你具有哪种形式的追求，只要是在法律允许的范围内，符合公共道德标准，不损害和妨碍他人利益，根据自己的实际情况选择目标，进行追求，就是有目标、有意义的人生追求。

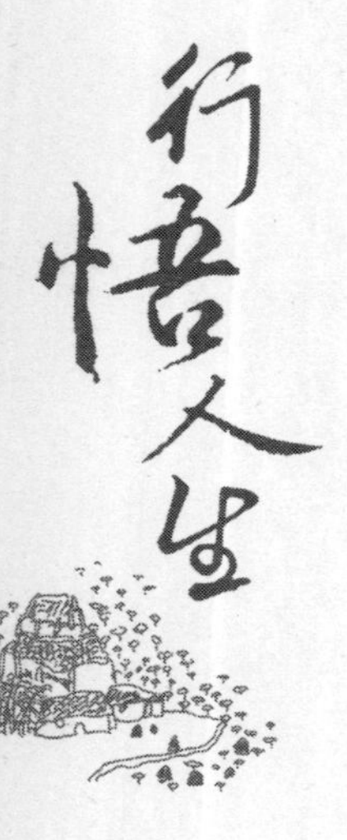

求　己

求己易而难，求人难而易；求己亦易亦难，求人亦难亦易。求人不如求己，求人被动，一切未知；求己主动，直接明了。求己者胸挺，求人者头低；求己者腰直，求人者背弯；求己者充实，求人者空虚；求己者心热，求人者脸热；求己者自强，求人者自弱。

面对现实生活更要清楚，由于社会的分工越来越细越专业，但在求己与求人的关系上，以“求己”为主，“求人”为辅。要把基点放在“求己”上，无论是处于顺境还是逆境之时，都要靠自己的思维去分析、去判断，主要靠自己的力量去努力、去克服。

人不求己，就得求人。不求己又不求人，必然一生平庸。只想求人而不求己的人，最终一事无成。时刻求己的人，就不用求人，还会有人来求，必然自己得以成功且有益于人。求己易而难，求人难而易；求己亦易亦难，求人亦难亦易。求人不如求己，求人被动，一切未知；求己主动，直接明了。求己者胸挺，求人者头低；求己者腰直，求人者背弯；求己者充实，求人者空虚；求己者心热，求人者脸热；求己者自强，求人者自弱。求己者越求越坚毅自信、成长发展，收获知识、财富，使人格品德不断升华；求人者越求越迷茫自毁、停滞萎靡，失去理想、时光，

吴昌硕

让人生生活质量逐步降低。

人最容易忽视的是求己，最容易想到的是求人。当然，这也难怪，因为上天造人时，不知是有意还是疏忽，让人的眼睛长在一个平面，看外面容易，看自身困难。即使努力地看自己，也只能看到有限的局部，很多的地方都无法看到，自己内心的一切就更难看见了。耳朵亦是如此，墙外的声音能听见，墙内的窃语也能听到，却很难听到自己话语中的滥竽之音和害己伤人误事之言。最多只能在宁静的夜晚，在自身情绪稳定、心情尚好的情况下，听到一点自己微弱的心跳声而已！最不值得提的就是嘴，无论是在人前人后或人多人少的地方，都只论人之短道己之长，说人之非，扬己之是，否人之能，宣己之才，很少有说己无能不实的。即使有人偶尔客套地说上一两句自我谦虚的话，也是处于不得已或是出于某种目的需要，言时还会在前后修饰一番。

正因为上天对人体器官就是这样配置的，人总是乐意听从人性中消极懒惰的指令，喜欢听阿谀奉承，排斥逆耳忠言。每当听到批评和指错的言语时，就会自然地不舒服、不高兴、不痛快，进行抵触、回绝、反击、记怨、怀恨等等。总之，各种排斥敌对的心理状态和身体器官都会自动开启。面对他人的批评和帮助作出如此反应，怎么可能做到求己责己去认识自己呢？又怎么能从自己错误、失败的教训中找到不足，使自己提高、发展、升华呢？怎么可能去理解和明白高僧大德、圣人、伟人们在经典里的劝告：人应该时时刻刻做到自省、自责、自悟的道理呢？但事实却证明，只有这样努力按自省、自责、自悟的去做，才能最好地纠正自己的缺点和错误，才能最有效地提高和发展自己。

早在两千多年前，曾子就告诫人们要“三省吾身”。毛泽东更是升华了这一理论：要自己经常真诚虚心地接受他人的批评与自我批评。这其中虚心和真诚很重要，因为唯有虚心，才能有益；唯有虚心，心里才给善言让了位子；唯有虚心，才能觉得善言不逆耳；唯有虚心，才能接纳善言而获益。不求己虚心，善言连你的耳门心房都不能进，益从何来？对己对人不真诚，哪有真诚的回馈，哪还会有“人心换人心”的俗语存在。己心不诚，己事也必难为。真诚求己能成佛；真诚求人，也是求己。精诚所至金石能开，何益不来呀！

明白了求己与求人的道理，并长期坚持努力地落实在行动上，收获的会是受人尊敬和尊重，得到的是益己、益人、益社会，有助于成就自己被人求的人生。但是，在自己的心里要有一个正确定位：有时礼貌地说说文明规范客气的话语，积极主动地帮助他人做一些力所能及的事情，以友情和友谊或善意和尊重为目的，送人一点土特产或是一些有纪念意义的纪念品，以施舍救人急需或解人急难的送人财物，用这样的心态行为去说说话、做事、送送礼，这不算是求人，应该定位为是文明的语言，是乐于助人的行为，是善施好礼的行为，是有情有义有善的人。文明的语言，乐善好施地助人帮人，体现的是自身素质和智慧，提升的是自身的人格人品，是中华民族的优良美德，并非巧言令色、卑躬屈膝。如果不能明确正确地给自己定位，则会尽显其人格低下的求者心态和窘相。

“求人者矮三分，被求者高人一等”、“求人者惧人，人不求人品自高”、“人不求人一般高”，这些言语不假。如他求己，你不求己，什么知识学问、道德修养都不如人，怎么能和人一般高？不求知、不求学、不求严格律己的人，人格人品怎么会自高？只能在求己不求人时才能一般高。只有在求知识、求学问、求真理的路上执着行走的人，才能品自高。

求己是人与生俱有的天性和本性，只要人的生命存在，就必须不断求己，不求己就无法维持生命。“求”字的真谛在求己。如果人能将求人之被动转化为求己之主动中，用恒久的行为坚持求己，不断真诚虚心地反省自己，改变自己，品格自然会高大。

面对现实生活更要清楚，由于社会的分工越来越细越专业，但在求己与求人的关系上，以“求己”为主，“求人”为辅。要把基点放在“求己”上，无论是处于顺境还是逆境之时，都要靠自己的思维去分析、去判断，主要靠自己的力量去努力、去克服。在今天的世界上，“万事不求人”是做不到的，社会已进步发展到了人的一切，都是在互求互助互换中满足自己的需要，以求得自己需要的形式在社会中生存和表现着。任何人，无论能力有多大，都不可能将自己的所需用自己的双手得以全部完成，必须用已能的努力付出获得的价值，去换取己需而己不能的部分。而己之能，就是靠求己得来，己能也只有靠求己才能够得来。要知道，自立才能自强，自立就是求自己，只有求自己才能达到自强，哪有求人而自强的呢？一切美好的愿望得以实现都是靠求己才能获得的呀！

毅 力

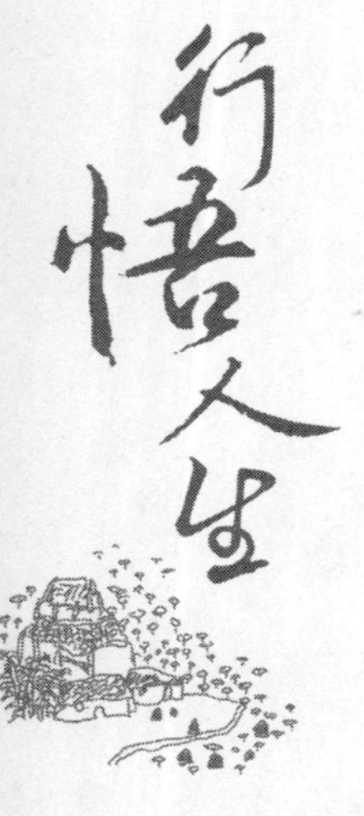

生活中，书典中，都有很多说不尽的例子、故事，如滴水穿石、铁杵磨针等，都告知了人们将人生的“普光”聚变成“激光”的道理。能够明白和悟出人生“普光”转化为“激光”产生巨大能量的人，能够感悟自然之光与人生时光彼此内涵，并能将其应用到每一天行动上的人，就一定能够实现目标，实现人生的理想。

有的人含辛茹苦地努力奋斗了一生，亏没少吃，苦没少受，为人也和善正直，从不做违背道德和法律的事，但人生的结果，却只能是苦涩地感叹一事无成，怨天尤人地说命运对他们不公。带着无限的惆怅和遗憾，在茫茫人海中无声无息地离去，除至亲之外没有人想起、记得，就像在大海中蒸发的一滴水。

这种人努力奋斗付出了，甚至其中有些人比很多成功人士还要勤奋得多，但他们却没能成功。为什么呢？搁置客观的因素不说，就其主观方面而言，存在着诸多的因素，如用心不专、方法不对、自我反省思考得少、固执己见、自以为是等。

浅尝辄止的人付出难道少吗？打一口井二十米才能得水，目标明确，用心专一，井就能打成。有的人却挖了十米、十五米、十九米的井三口、五口、八口，甚至更多。难道他们没有付出吗？没有辛苦受累吗？没有努力吗？但能说这一切付出有效果、有意义、有回报吗？当然是没有。成功之人挖井一口，二十米，泉水涌出，大功告成，福泽一方。用心不专，目标不明确，力量付出不集中等方法不对之人，付出了十倍百倍的努力，结果是累死渴死，一切都是白费。见者说之，看者论之，众者议之，尽收毁己之言评。

众所周知“小猫钓鱼”的故事，小猫聪明、灵巧，为什么没有钓到鱼呢？简单的故事蕴涵着深刻的人生哲理。为什么没有成功，不是他们没有努力付出，也不是他们付出的太少，而是因为他们付出的力量没有集中于一点，分布得太广太散的缘故。比如说，五十斤的东西用五十斤的力就行了，就能搬动。尽管你有一百斤的力，也付出了一百斤的力，却用来同时搬运三件四十斤重的东西，结果可想而知。

其实，做成一件事和造就成功人生的道理很简单，只要明白“普光”变“激光”的原理，就能实现自己事业的目标，实现成功的人生。谁都知道，如果人世间没有了光，那还有世界的存在吗？即使有，那也是黑暗的世界。普照大地和人类万物赖以生存的自然之光，看你怎样去利用它，它就能起什么作用，帮你达到什么目标。生活中用白光照明，用红光取暖、做饭；医学上用紫光消毒杀菌，用激光做手术治病；军事上有激光枪、激光炮；工业上有激光焊割等等，各行各业都说明了利用光的特性，而产生光的不同价值和作用，在转化、聚焦、聚集的过程中体现出光的内涵和意义。

在社会中，同样是人为什么会有千千万万种不同？这都是源于人们各自的人生哲学观不同。无论你是什么人，只要你能够认识到把自然之光转化成“激光”的哲学道理，从而融会贯通于人生时光之中，你就一定会获得理想的人生和事业的成功。例如，当代中国书法家评委之一——吴老，从工作岗位上退休后的十年里，将自己的书法艺术造诣升华到极高的境界，成为著名的书法家。原因很简单：是他聚集了自己的时间，集中了自己的精力，聚焦了自己的目标，全身心地投入到了书法艺术中，每天坚持写字悟字十小时以上，这是坚持不懈地努力了十年的结果。

有的人从很小就练字，现在都六七十岁了，还经常练字，却连“差强人意”的水准都达不到。这是何原因呢？究其缘由，一是写字时心不静、不专、不思、不悟。像这样写，会有多大的长进和效果呢？因为无论是写字还是做事，“悟”字都是很重要的。写字，在刻苦勤奋的基础上，一定要用心去悟，才能练好基本功，体会写字的要领，才能把字写好；二是一曝十寒，“三天不拿针，裁缝手也生”。如果不是每日坚持练习，今日练五小时、八小时，隔三五天后再拿笔，如此练法会如同第一次拿笔时一样，“九退一还一”和原地踏步一样难有长进；三是练书法最忌讳不专一，一会写楷书，一会写行书，有时还写草书，这样东写写、西写写的人绝对成不了气候，成不了书法家。要注重打基础，“楷如立，行如走，草如飞”，连站立都达不到，怎能“走”和“飞”呢？四是如果克服了这些缺点坚持写了几十年，还没有成为书法家，就是因为还没有真正悟透化“普光”成“激光”的内涵。

吴老书法艺术的成功到底有何奥妙？带着此问，去省己格物“激光”能量的产生，感悟自然之光的变化。将光汇聚时就能照亮很远，将它变成激光时就能够产生巨大的能量，可以把几厘米、几十厘米的钢板在瞬间按要求切割成形。感悟了自然之光与人生之光的内在联系，就一定会明白，吴老把退休后的光阴由

“普光”变“激光”，造就了书法艺术成功的道理。生活中，书典中，都有很多说不尽的例子、故事，如滴水穿石、铁杵磨针等，都告知了人们将人生的“普光”聚变成“激光”的道理。能够明白和悟出人生“普光”转化为“激光”产生巨大能量的人，能够感悟自然之光与人生时光彼此内涵，并能将其应用到每一天行动上的人，就一定能够实现目标，实现人生的理想。

吃 堑

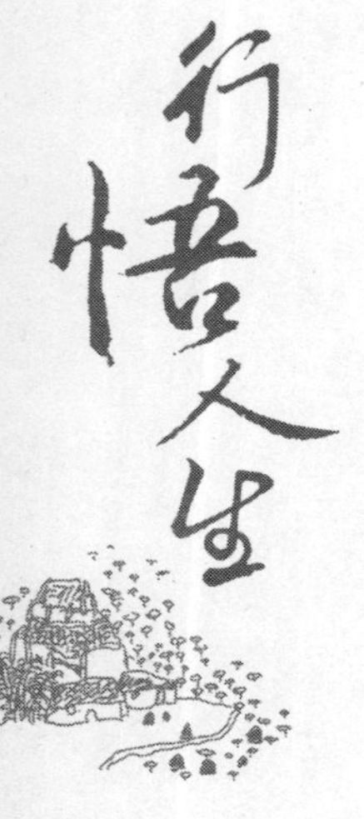

如果总结五千年的历史，汇集五千年的“堑”典，吸取五千年的精华，融化这五千年的智慧，也就是说充分运用历史的经验教训，找到认识世界与人类发展的规律，就会拥有预知未来的智慧和能力。

从“吃堑长智”中分辨人的层次，大概可分五种：能知未来的是伟人，知明天的是高人，知今天的是聪明人，知昨天的是普通人，昨天都不知的是糊涂人。

“堑”在《汉语大词典》中意为：壕沟。“吃堑”本意是跌进沟里，引申为挫折、失败。“吃一堑，长一智”说的是受一次挫折，便得到一次教训，增长一分才智。同是“吃堑”者，可以分出不同层次的人来。

能在自己生活和工作中“吃一堑，长一智”的人，是聪明人。他能从失败中吸取教训，总结经验，找到失败的原因，在以后的人生中不会再犯同样的错误，吃同样的“堑”。这种人很会做具体的事，能做成一些事情，也能胜任他人委以的工作，但难成大事，因为他们只能吸取个人经历过的经验教训。由于人生短暂，个人的经历有限，能吃的“堑”更是有限，能长的“智”

必然也是有限的，他的能力自然也就是有限的了。再加上人生中有些“堑”是吃不起的，也许会因突然吃上一“堑”而倒下，再也爬不起来从而毁掉一生。所谓“一失足成千古恨”，就是吃了某种承受不了的“堑”。所以，此类人虽不失为聪明人，却难为大事和成就大事业。

在现实生活中，有很多“吃堑”不长智的人。失败了，吃亏了，上当受骗了，也能做到反省自己，总结经验、分析过程、找出原因。由此他们还带着十分恼恨自己的后悔心情，告诫自己今后不要再吃这样的“堑”了，可是他们往往不能举一反三，而且忘性太大，就像一个喜欢做错事的小孩，大人一说，一提醒，他就知道错了，但始终改变不了的是过一段时间又会犯同样的错误……这种人生活在周而复始地“吃堑”与后悔中，属于那种围着事转，被事情牵着鼻子走的人，一生多后悔、多烦恼，一般都难有成就，是不能在重要岗位上担当重任的人。其中勤劳勤奋的人，虽可以做成一些事，但因发展缓慢终不能成其大事，只能是平平安安一生，平平淡淡一世，是最普遍的普通人。

比普通人不如的是糊涂人，吃了“堑”不仅不能长智，却连自己吃了“堑”都不知道。做错了、失败了、被骗被涮了，吃亏上当在哪里一概不知，他也懒得去想去思考，也没有能力去思考，更没有一种想去改变现实的精神，即使想改变，也是想不出改变的办法。不过，这种人也没有什么“大堑”可吃，因为他本身就生活在平庸之中，因此，也不会遇到什么“大堑”。这些人群中还有一部分人，不求上进，不爱奋斗，自认为聪明和自以为是，总觉得自己是能做大事的人，一事无成并不是因为自己的能力有限，而是因为机遇不好、命运不佳造成的。偶尔遇上“贵人”给予机会时，却想不出行动方案和实施计划，将别人给予的好事和安排好了的事，搞得一塌糊涂，反而指责他人和抱怨环境，甚至他还会因失败而将曾助他的“贵人”看做“害”他之人。他长的“智”就是把责任全归结于他人和外因。这种人一生都难成事业，难有稳定的工作，一辈子的生活也是坎坎坷坷的，经常出现危机。忠厚老实者尚能做点具体的事，过一份平静清贫的日子，其余的恐怕只能靠社会和他人救济了。

比“吃堑长智”者强的是那些看别人“吃堑”自己长智的人。他知道人的一生太短暂，在有限的生命时光里，一个人吃不了多少“堑”，长不了多少“智”，并且，有的“堑”还不能吃，吃不起。这种人不断地观察、学习、总结，将生活的圈内圈外，所见成功者的经验教训都吸收过来，用来避免自己去“吃堑”。遇上别人“吃堑”时，把自己模拟成当局之人，让自己去体验感受，想一想，如果是自己遇上和面对时，应该怎样化解和处理此“堑”才妥当。这类人即使他以前没有做过的事，也能通过不断地总结经验摸索规律，而将事情做得很好，最起码也不会有大的失误。这种人是“高智商”的人，他们性格开朗，人缘好、人际关系广泛，思维敏捷，一般都能成就一番事业，生活过得也会比较幸福。人品好的可重用，能担重任做大事。人品差的则应该避而远之。这种人之中不能成事和没有事业的原因，就是他的人品不好和不勤奋努力造成的。

比这种“高智商”再高的人，则是具有超越时间和空间的能力，是知晓未来的大智大慧之人。他们不仅能总结现实生活中的“堑”，更知道人的生命是有限的，拥有的时间也是有限的，人的活动空间也是极其有限的，只靠有限的时间和空间来长智益慧是远远不够的；还认为用自己有限的生命去寻找品味同代人吃的“堑”，来增长自己智慧的过程太缓慢，当自己生命耗尽时也没法得证大道。

他们更是明白以一个普通人的眼光，来看未来的事情肯定是无法预知的，但将自己身处的时代向前推进五百年、五千年，现在的当下不也是过去的未来未知吗？如果总结五千年的历史，汇集五千年的“堑”典，吸取五千年的精华，融化这五千年的智慧，也就是说充分运用历史的经验教训，找到认识世界与人类发展的规律，就会拥有预知未来的智慧和能力。在这种人的心目中，未来的未知必然都了然于胸，把未来的未知变成了现在的已知，这便是胸怀大志心知未来的伟人。

纵观五千年的人类文明长卷，其中不乏有能知晓未来者，这种大智大慧之人，他们想做成什么事，一般都能成就什么事。他们有的深藏于山林之中，做卧龙隐士，追求着与大自然天人合一的精神境界，过着逍遥自在的人生生活。他们中更多的人，是以天下为己任，承担着时代的责任、历史的重托，抛弃自己的一切私利，投身于变革社会，启迪心智，普度众生，造福人民的事业中，成就伟业载入史册，被后人景行仰止，被称之为圣人、伟人、不朽的人。

总之，从“吃堑长智”中分辨人的层次，大概可分五种：能知未来的是伟人，知明天的是高人，知今天的是聪明人，知昨天的是普通人，昨天都不知的是糊涂人。

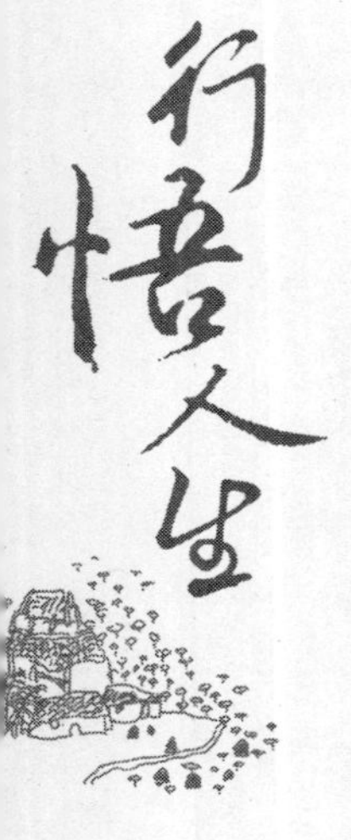

时　位

时间和位置，对人生的兴衰、荣辱、顺逆、幸福和苦难等一切都起着决定性的作用。有人因时而兴、而发、而荣，也有人因时而衰、而毁、而亡，位置也是如此，有人因位而尊、而显、而得福，有人因位而屈、而贱、而得难。可以说人的命运好坏，都是由时和位决定的。

人可以与人争，但不可与物争；人可以与物争，但不可与事争；人可以与事争，但不可与天争；人可以与天争，但不可与命争；人可以与命争，但不可与心争；人可以与心争，但不可与人争。这是我对人生命运的理解，它是可以改变的，也是不可改变的；好的可变坏，坏的可变好。

时间和位置，对人生的兴衰、荣辱、顺逆、幸福和苦难等一切都起着决定性的作用。有人因时而兴、而发、而荣，也有人因时而衰、而毁、而亡，位置也是如此，有人因位而尊、而显、而得福，有人因位而屈、而贱、而得难。可以说人的命运好坏，都是由时和位决定的。从表面现象而言，从某些事例上来看，从狭小的角度分析，好像觉得时和位不会对人有这样大的利害关系。随便粗略地观察，肤浅地认识理解，感觉身旁和周围人的成功和幸福快乐，都是通过努力、勤奋而获得的；困难和不幸都是因为懒惰、消极、沉沦而造成的。这些说法、观点和认识，只能说是就事论事，却并不知道造成这种事情深层次的原因，是什么在作主导，为什么会产生两种截然不同的结果？这都是时位在起作用，凡事都有因果关系，凡事的因果关系都是时位造成的。佛语说：无因则无果，有果的形成是种了因的缘故。上面的说法都只是对果而论，最多的也只是看到了因，却不知是什么因，因又是怎么形成的及其形成的缘由呢？所以说，这些说法是有限的、狭义的，离认识时和位的作用还有很大的差距。如果理解了因果关系，理解了“因”是怎么形成的，明白了“果”是由“因”产生的，“因”的产生是与时和位有着密切联系的，那么就懂得了时和位为什么会对人的人生起决定性作用的道理。

人可以与人争，但不可与物争；人可以与物争，但不可与事争；人可以与事争，但不可与天争；人可以与天争，但不可与命争；人可以与命争，但不可与心争；人可以与心争，但不可与人争。这是我对人生命运的理解，它是可以改变的，也是不可改变的；好的可变坏，坏的可变好。从形式上看，从自然的表现现象来看，好与坏就像日月运行一样，白天黑夜永远交替更换着。实际的内在根本是时位不到，因不能行成，人生的一切就都不会改变，这也是我读了明朝袁了凡著的《了凡四训》后的感悟。就如同金、木、水、火、土五行相生相克一样，《了凡四训》的主题是：只要努力行善，处处为他人着想，命运就一定会发生改变。原文中讲：“命由我作，福自己求。诗书所称的为明训。我教典中说：求富贵得富贵，求男女得男女，求长寿得长寿。夫妄语乃释迦大戒，诸佛、菩萨岂诳语欺人?”是的，不错。从书中的叙述，袁了凡听了云谷禅师的“命由我作，福自己求”的道理

行悟人生

吴昌硕

之后，潜心做善行善，结果，一切都发生了改变。

袁了凡未遇上云谷禅师之前，为什么一切都不变呢？是不是因为时间未到的缘故？即使时间到了，如果他未到栖霞山去拜见云谷禅师呢？如果去了栖霞寺未碰上云谷禅师呢？如果碰上云谷禅师而未给他讲禅呢？那么这一切不都成了未知数吗？袁了凡去了栖霞寺，碰上了云谷禅师，听到了禅。这样才改变了他的思想观点，开始善行善为，致使人生发生改变。如果没有去南京，没去栖霞寺，没遇上云谷禅师，没听到禅言，等等，这些时和位，如有未得到或都未得到的话，袁了凡的思想、行为、命运又能不能发生改变呢？一切用袁了凡的话说，都是肯定的，不可变的。因为，他对云谷禅师讲道："吾为孔先生算定，荣辱生死，皆有定数，即要妄想，亦无可妄想，吾二十年来，被他算定，不曾转动一毫。"袁了凡的改变，表面上看是云谷禅师的禅语改变了他，而实际上是时和位给予了他，才能到栖霞寺去，遇上云谷禅师，听到禅语，而获得的改变。禅语虽然是因，但禅语是多少种前因的集合，才能组成最后听到禅语的因。如果，由着听到禅语的因，一因一因追索上去，来南京之前的前因……会有穷尽吗？所以说，只看其果，看其终因来评其人，评其事，评其理，则都是片面的、狭义的表现，是不正确的。

俗话说："知前因，才晓后果。"前因就是时和位，俗话还说："没有前因，就没有后果。"就是说，时和位不成熟是行不成"因"的，"因"未形成，那"果"就无法产生。正如佛经中所言：播种的善恶之因，都要待到成熟时才能得到显现。我们在日常生活中看到行善积德的人得到灾祸，这是他以前作恶的因成熟了的果报；反之，作恶之人得福报，也是他以前善行成熟了的果报。大千世界都是一因产一果，一果又生一因，而变化无穷尽的周而复始，就如同播什么种子开什么花以及结什么果是一样的道理。种下去的种子，也是按时位来决定它的发芽生长、开花结果的。时间不到，种的位置不对，种子也不会发芽、开花和结果。如果种下去的种子被鸟兽吃掉，或是种错了季节，或是种到没有水分的地方，种子干枯而死，或种到过于潮湿的地方，种子发霉坏死或腐烂消失掉等诸多因素，而导致种子如何能生根发芽呢？即使能生根发芽的种子，生长到开花结果，还需时位不断地赋予它成长的时位和开花结果的时位，才有最后的开花结果的果因形成的呈现。否则，佛言中讲的种什么因，结什么果，就是不能成立的了。

时是时间，位是空间，宇宙中的万事万物都是随时间和空间的变化而变化的，人生的好坏与时位息息相关，不得其时位，什么用都没有。时对人来说是指时间、时运等，时机再好，如果没有好位也不行。

传说上天形成后，产生了很多天神，天神们都无官职和神位的区分，全都是自由随性的。尽管天神们的本领高强，品质高尚，但还是使天宫混乱不堪。为了改变这种状况，天神们就恭推了一位封神者。封神者自私地想道，我是众神恭推的封神者，玉皇大帝的职位理所当然归我。于是留着宝位，对各位神仙，根据它们的个性爱好和能力的方向进行封神，分封得合理到位。封神者封完各路神仙的各种官职后，留着玉皇大帝的宝位待自己去坐，却被张天师发现未封，问及此位是谁的，封神者不好说是给自己的，就随便搪塞地说是给后来的，可是，被人们称作玉皇大帝的名字的神就叫“后来”。“后来”是一个打杂而不知名的小仙，听封神者一说玉皇大帝的位子是他的，于是赶紧道谢地坐了上去。“后来”的时机和运气再好，如果，没有了玉皇大帝的宝位，他也当不了玉皇大帝。封神者的机遇好到能获得分封各路神仙的权力，没有获得时位，却坐不上自己想要的宝位。这是神话，不可信，但可以供人们去思考、借鉴。

《三国演义》中，诸葛亮用计火烧司马懿，万事俱备，只要点燃干柴，料想他必被烧死无疑。谁知点燃的干柴大火刚刚烧起，却突降大暴雨，使得诸葛亮仰天长叹："谋事在人，成事在天"。如果司马懿被诸葛亮烧死，我看中国的历史要重写，朝代的更替也会不一样了。火烧司马懿对诸葛亮来说是时位不到，任你多么有智谋，还是事与愿违。对司马懿来说，也是因为时位他不该死。因为他所在的位子和时间，是有大暴雨的位子，诸葛亮火烧他的时间，就是下大暴雨的时间，是司马懿得时位的时候。所以，得时位者无能也得福成事，不得时位者，再有才能也是枉然，不能成其事。如果不能安其本位顺其时道，则只会受其辱，得其难，收其怨，失其意。像王安石的变法，他的政治主张到当今社会，都有着很深远的意义。可是他却不能"知至至之"，他的思想再好，办法再好，可是丝毫没有用，因为时位未到。王安石只做到了知至而不能至之，而那一个时代的人们，还处于至之而不能知至。王安石的改革如南方稻谷，用心虽好，将其种到北方不适宜稻谷生长的牧场中，怎么能种，怎么能生长。即使能种，能生长，岂有不被视作杂草而拔掉的结果。这叫王安石不知时位而空有其才，倚此种不知时位的才，行改弊革新的大事，必然落得悲惨的结果。

成其大事者，有才、有时，还要得其位方能行，时与位缺一不可。时间对了，位置对了，就是好，就是贵。人是如此，物也是如此。人到某一些位上就是贵，在某一些位上就是贱。同样是泥土，或石头，木块，做成佛像放在庙里，就有人去朝拜，去供奉。烧成砖放在不同的位子就显示着不同，如放在厕所里，放在宫殿上，一块砖的本质是没有什么区别，都是泥土，一切都是时位的关系决定着不同的命运。历史上有很多能把握住时位的人，也有很多不能把握时位的人。王安石就是在最关键的时位上，未能把握好时位而身败名裂。雍正皇帝的谋士乌道员为雍正争得皇位后，无论雍正如何劝说，都坚持辞官离去而得善终。汉朝的东方朔知己知汉武帝知朝廷，什么时候对汉武帝说什么、要什么，知时位、守时位、用时位，而自由自在地享受快乐人生，令当朝人羡慕，后代人敬仰。

所以说，时位决定着人的兴衰荣辱等一切。不仅人是如此，一个国家也是如此，乃至宇宙中万事万物都是如此。为什么训练有素、武器精良、有着绝对优势的国民党军队，却被缺衣少食、装备破旧的共产党军队打垮了呢？这是因为失去时机——民心军心，失去了每次战争中的位置。不是被牵着鼻子走，就是被伏击，被分块切割、被包围歼灭等。像在周朝建立之初，无论商朝怎么乱，纣王如何残暴，文王则认为灭商灭纣的时位不到，至死也不去攻打商朝。他的儿子武王，直到纣王不听三大贤臣的进谏，并且到了荒淫无度、滥杀忠臣、叔父和黎民百姓取乐时，才吊民伐罪，把握住了时位，只用一个月的时间，便攻进朝歌，迫使纣王自焚而死，改商为周。像第一次中东战争，阿拉伯国家联军攻打以色列。得时得位的联军把以色列打得连招架之力都没有了，只需继续进攻很快便会取得最终的胜利。可是联军放弃时位，同以色列签订了停战协议。以色列正是利用这短短四周的停战时间，动员了全世界的犹太人，向各国购买武器军需，征召士兵。这四个星期以色列迎来了时位，从而反败为胜，建立起了现在的以色列国，控制着整个中东地区。

更有在生活中，常常见到或是就发生在自己身上的一些事。某人的才能德行都不如你，但你不得不听命于他，明明是委屈也要接受。你的才能再高，想法再正确，就是得不到重用和发挥，这就是位置的作用。如果勉强为之就会失去本位或受辱。知时位始终是最难的学问，顺时位而昌，逆时位而亡。时位来了我就顺时去干，时位去了我就保位，保不了位就主动地让位，你的位等到别人来抢去时，你就会被伤害。当然，这个知时位是很难的，确实难以把握，居在高位者多舒服、多尊贵、多显耀！此时此刻的人，有几个能静得下心来，思考时位是不是还应属于自己！

如何才能做到知时位呢？常言道：识时务者为俊杰。得意不忘形者不失其意。《周易·彖辞》曰："谦：亨，天道下济而光明，地道卑而上行。天道亏盈而益谦，地道变盈而流谦，鬼神害盈而福谦，人道恶盈而好谦。谦尊而光，卑而不可逾，君子之终也。"是君子就应保持谦虚，保持谦虚才是君子，保持谦虚君子才能得以善终。在显贵的位子上，始终保持不得意忘形，时刻保持着谦虚谨慎的作风，才能不失时位地长久享受时福位尊。认真领悟老子对孔子所说："吾子乘时则驾，不得其时，则蓬累以行"；深解笃行孟子所说："穷则独善其身，达则兼济天下"。当机会来了，有了运气，有了位置，就把握时机在位子上大干一番事业，时位不属于自己的时候就安本分、安本位，循规蹈矩，踏实做人，勤劳做事，少吹牛皮说大话。像姜子牙垂钓渭水等待时机和等待武王给他位子，像孙膑装疯躲过庞涓的杀害等那样的等待，像刘备与母贩履织席为业一样等待时位的成熟，像诸葛亮隐居隆中等待刘备到来的时位……这些都是他们韬光养晦地知时位、守时位、待时位的等待，是他们谨行慎为静候时位的出现。

事实证明，他们人生的最终成功，不就是他们等到了时位，把握住了时位，而取得的结果吗？所以，如何把握住“出世和入世”的最高智慧，就是知时位予我否？

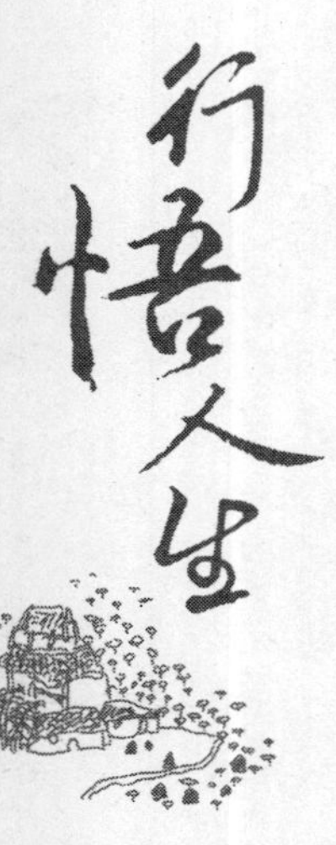

改　变

一个人如果时刻都用主动积极改变的思想和心态来指导自己的行为，就做到了孔子所说的"从善如流"。能够"从善如流"地吸纳他人的优点和思想来改变自己的人，是能主导自己的生活，把握自己命运的人，反之，自己不愿主动积极地改变，也不愿接受被人被动改变的人，必然是被生活牵着走的人，是不能把握自己命运的人。

有这样一句话：要想改变他人，最好的办法是通过不断地改变自己去改变他人，改变自己的开始就是改变他人的起点，自己的改变也是世界改变的开始。

想改变他人，也想被他人改变，这是走向成功的最好开端。改变他人是自己的能力和智慧被他人肯定，是自己的思维和思想被他人接受，是自己的言行能给他人带去正面积极的效应……也想被人改变，是自己想不断突破有限的面而扩展自己的视野；是自己想不断获得新知识而升华自己的思想境界；是在不断丰富和完善自我……

改变自己获得成功的过程就是在改变他人或改变事物。换句话说，只要你自己开始改变，你所面对世界的一切，都在随你的改变而改变，这就是你在改变人和事，就是你在改变他人和改变世界的开始，也是你在走向成功的起点。

总之，获得成功、实现理想、完成目标，成为成功人群中的一员，必然在做不断改变今天的事，在做改变明天的准备，在不断地接受他人来改变今天、明天的自我。只有这样在改变和被改变中，周而复始、永不停止地循环性前进，才能在不断地改变中获得创新，才能在不断地改变中获得成功，这就叫做用改变自己而获得成功的道理。

如果不能做到被别人改变，不能主动积极地接受被人改变，消化吸收被人改变的道理，那不叫取他人之长地被人改变，更不能说是在改变自己。不能做到改变自己，就不能达到用改变自己而获得成功的目标。只有真正明白、理解、消化、吸收、应用、循环往复地动静结合的人，才是真正领悟和做到用改变自己获得成功人生。能做到这样的人在他人去改变他之前，他必然会主动地、有准备地去寻找对自己有益的理由和事情，迫使自己进行改变，用改变来发展和提升自己。

一个人如果时刻都用主动积极的改变思想和心态来指导自己的行为，就做到了孔子所说的“从善如流”。能够“从善如流”地吸纳他人的优点和思想来改变自己的人，是能主导自己的生活，把握自己命运的人，反之，自己不愿主动积极地改变，也不愿接受被人被动改变的人，必然是被生活牵着走的人，是不能把握自己命运的人。

自己的一切都得不到改变，就不可能有新的知识增长，自然也不会改变他人和社会；不能接触到新知识和新观点，自己的能力和水平自然就得不到发展和提升，这样也就没有能力去改变别人；改变不了别人，又不愿意改变自己和被人改变，就必然在画地为牢中生活。这样的人，怎能获得成功呢？只能被他人和社会抛弃得越来越远……

成 功

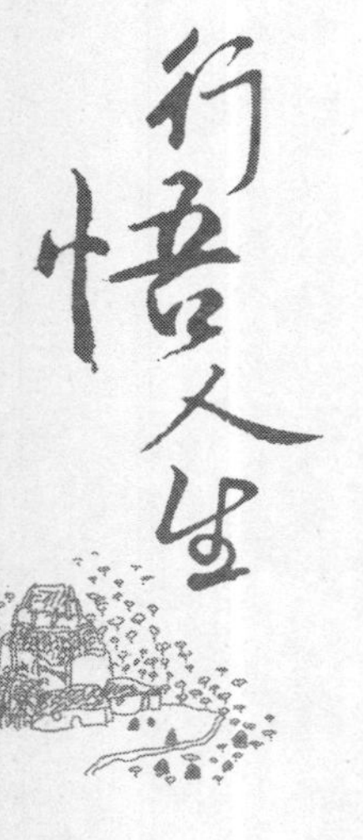

实现计划最好最有效的法宝，是必须完成每天的计划。无论遇到任何困难，都要完成当天的工作，这是铁板一块的硬指令。无论当天出现了什么困难，只要是人力可以克服的，就必须是无条件、无理由地完成当天的工作和任务。哪怕是自己非常不情愿做的事，哪怕是长时间地重复做一件枯燥无味或简单的事，都要心无怨言和烦恼地面对着这一些，始终保持兴奋乐观的态度去完成每天的任务。

如果你想成功，成为拥有财富、地位、名誉，受到人们尊重和尊敬的人，成为对社会作出贡献的人，如果这是你的追求，这是你的目标，在已经十分清楚明白的情况下，认真按下这一目标的确认键，那么你就什么都不要想了，再想只是浪费时间，是有害无益的，从现在起立即开始行动吧！

在每天清晨起床的时候，把你心中所确定的这个目标，认真用心地对自己说一遍，我一定要实现目标；晚上睡觉之前，对自己用心认真地再说一遍，我一定要成功，我的目标一定能实现，什么困难都无法阻挡我；我一定能成功，什么困难都将成为我走向目标路上的垫脚石。在拥有勇气、信心、决心的时候马上行动，督促自己尽快地、全心全力地，制订出尽可能详细的目标计划书和实施步骤，并按已定的计划方案和实施步骤付诸行动。

但计划方案必须是遵循下面的两个原则：一是你所制订的计划方案，应该是切合实际的，而不是好高骛远无法实现的。必须是你认为最有把握的事，最没有风险的事，能够做得最好的事；二是从开始行动到最终完成计划，实现目标，都必须是靠自己的能力，经过努力能够完成的。如果你的计划方案中，有外因不能到位就不能开始实施，甚至影响到目标的完成，则说明你的计划方案是错误的。即使很好很完美的计划方案，对你来说也是不切合实际，是需要重新修订的。只有你的计划方案完全符合上面两个条件，才能说明你的计划方案是可行的。

接下来，就应该严格要求自己，不折不扣地按照计划方案开始行动，这就等于你站在了成功之路的起点上了。再接下来，就是坚定持久地克服行动路上所有遇到的困难，只有一个信念引领着自己，必须走完这条通往成功的路——实现目标，无论如何也不能给自己借口和理由，来妨碍行动向前。

每天坚持告诉自己，实现目标的理由只有一个，那就是我必须实现目标。凡是可以为不能实现目标而开脱辩护的千万条理由，都要把它送给不能实现目标的人。用这样的认识、这样的态度来指导行动，去实现目标就是很容易的事了。

只要你全身心地投入到实施计划中来，在任何情况下，都不被前进中的困难所阻拦、所影响，而停止行动；不被目标以外的因素所迷惑、所影响；不被自己的消极因素和低落情绪所影响。心中的理想和行动上的追求，都只有一个目标，就是实施计划——达到目的。

实现计划最好最有效的法宝，是必须完成每天的计划。无论

行悟人生

徐悲鸿

遇上任何困难，都要完成当天的工作，这是铁板一块的硬指令。无论当天出现了什么困难，只要是人力可以克服的，就必须是无条件、无理由地完成当天的工作和任务。哪怕是自己非常不情愿做的事，哪怕是长时间地重复做一件枯燥无味或简单的事，都要心无怨言和烦恼地面对着这一些，始终保持兴奋乐观的态度去完成每天的任务。并且要求自己今天一定要比昨天进步，哪怕是一点点都行，或者能找出昨天的进步，哪怕是一点点都行，或者能找出昨天的错误、毛病、不足等，这也是进步。哪怕是今天的工作心情比昨天愉悦，这也是进步。你像这样连续一个月、二个月、半年，一年地坚持，不断超越昨天，就叫进步，就叫做不断地进步。其结果可以肯定地说：你在通向成功道路上走得越来越顺，这样会使你的自信心越来越坚定，意志力越来越坚强。也就离自己的目标会越来越近。

当你实现或即将实现这一目标时，你的新目标会自然而然地产生，无需你去寻求，需要你去做的事会越来越多，并且，此时的你拥有了选择事业的权利，绝不会有像从前那样找不到事做的境况了。随之你的能力和智慧也会得到发展，综合素质也会得到提高。你会觉得每做一件事越来越容易顺畅。

由此，你会发现成功是如此简单的一件事，这是当初不曾想到的。你更会感觉到，随着事业的不断扩大和发展，想获得人生更大成功的欲望，像磁场的吸引力拖着你不由自主地向前，让你想刹一刹车、歇一歇脚的时间都没有，不断地把你托向新的高度，让你感受成功，让你感知有价值的人生。享受着有品位的人生生活，领悟到人生的真谛，原来是如此的美妙啊！

此时回首，你会明白幸福理想的人生和事业的成功，就是在这样一次次地追求成功的过程中所铸造的。过去向往的财富、学问、地位、名誉、受人尊敬的人生，就是在获得这一次次成功的累积中实现的。

总结起来更简单：认识了，行动了，坚持了，就拥有了。当然，要做到也很累很辛苦，也有许多辛酸和委屈，也有许多不被人理解的时候，也是需要自己宽慰、自己调解的。直至你需要吃喝的生命走向极乐世界时，使你的眼睛没有任何遗憾地闭上，带着幸福满足的笑容离去，留下你不需消耗资源的生命、思想、财富继续着你的成功，展示着你的智慧，传诵着你的美名！总之，成功是属于目标明确、行动果敢、坚强坚毅者的，这就是成功的秘诀。

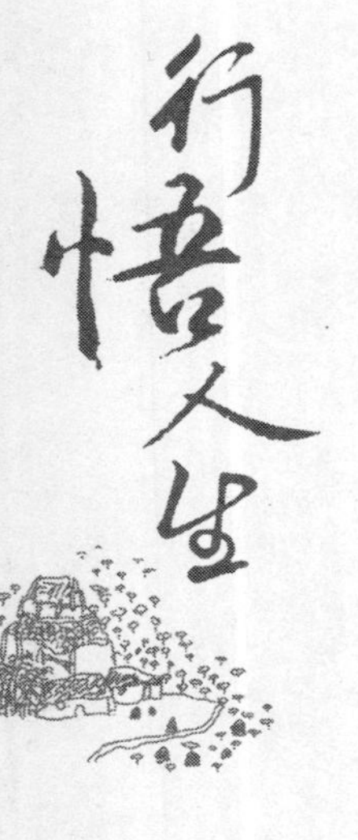

失败

当你越是处境艰难的时候，就越是靠近成功的时候。夜越深离黎明越近，所以，逆境、困境、贫境、绝境告诉我们的是：成功离我们很近很近，就在我们的脚下，就在我们的行动中，只要能战胜逆境、困境、贫境、绝境，就能获得成功。

身处优越的环境中，身处发展的好平台之上，身处高起点的人，为何不去思考把握住自己现在拥有的各种优势，或是把父辈奋斗创造出来的事业，保持得更长久、更领先、更扩大一些呢？把自己拥有的一切发展得更好、更开拓、更升华一些呢？

不能获得事业的成功，不能获得理想的人生，不能获得幸福生活的人，并非智商不高、能力不强，主要是他的思维和行为方式有问题，只认识到了自己的劣势，只看到了别人的优势。这类人总是用这种不完全的劣势、优势做相互比较的参数来看待问题。没有好的思想付诸行动或行动了不能持久，再就是总把自己的希望寄托在别人的身上，过多地强调外部条件，却不反躬自求，用行动去实现自己的愿望。

有一种不成功的人，他在人生的路上，总爱不断地为自己不如人意的现状寻找开脱、辩解的理由。我没有资本，我没人提携，我不在某个好岗位上，我不具备某人某方面的条件，还有我的身体不好，我的家庭负担重，我的机会不好，我的运气不好，等等，都是这一类人为自己罗列出来的千万条理由。实则不然，曾有哲人说："莫找借口失败，只找理由成功"。这类不成功的人却成了不找怎么成功，专找如何失败的人。不成功的人用借口来束缚自己思维和行为的手脚，没有成功的理由全是外因造成的，总在空想着要是我有资本，我有靠山，我有某人一样的条件和环境，我会怎样比他人强，我会怎样去干得更好。以这样的心态，把自身现在的困境全盘归咎于客观原因，认为主观上是绝对没有任何问题和责任的。从不反省自己，不查找自身原因，像这样的人，能获得成功吗？他只能离成功渐行渐远。

还有一种心态是：等一等、看一看、无限期地明日复明日地徘徊等待。结果却始终没有把本来想得很不错的事付诸行动，时过境迁后，还在为之烦恼，还在遐想着最好有人提携，梦想着天上掉馅饼。不知不觉中，一次次宝贵的机会就这样离他远去，不断地看到别人事事成功，事业发展，自己还在原地踏步，抱着丰富的泡沫思想高谈阔论，始终迈不开步地生活在自己思想的囚牢里。殊不知成功绝不喜欢懒汉，更不愿意去打扰睡觉的人。即使是不成熟的尝试，也胜于胎死腹中的策略。以等待、徘徊、企盼、求人的态度，行走在人生道路的人，结果必定一事无成。

再一种人，是怠惰大于持久的行动力。纵然他们思考得不错，也有了行动，却总得不到成功。殊不知怠惰是贫穷的制造厂。他们下不得深水，出不得苦力，流不得大汗，稍有困难和麻烦就退却，就怀疑自己的思维，否认自己的想法，停止自己的行动，怕吃苦、怕风险、怕失败，没有毅力、没有恒心、更没有决心，跳不出安逸的小圈子，迈不开努力奋斗的步伐，不能坚持到底地把一件事做完。他们就这样懈怠着对待人生事业，白白地将好的思想和机遇拱手相让，被停止前进的思想给挫败了，让不能持久的行动给毁灭了。当他们不断看到生活周围不如自己的人，获得这样那样的成功时，也许他们又会收到一封由心灵写给大脑的后悔和惆怅的信。自身的学历、学问、水平、能力，哪方面都不比他人差，却不能获得像他人一样的成功，为此气愤心悸。他们也曾想鼓起信心和勇气，争口雄气，找回失落的人生和尊严，然而随着时间的流逝，这封后悔惆怅充满壮志之信的浓度渐渐淡化，最终从大脑里烟消云散……一度鼓足的勇气，痛悔自己的过去，冲动不已的想争口气的心愿与动力，转眼间就变成了唉声叹气。于是生活又回归到原点，日复一日过着行了心不了的生活，谱写着了了无与无了了的人生！

自古以来，中外的成功人士，无论是获得哪方面成功的人，都不是等待着有什么样的条件才开始行动的人，不是把生命时光依附在他人身上的人，不是那些条件优越的纨绔子弟、官宦儿女，也不是那些娇生惯养、畏首畏尾、胸无大志的人；而是那些从逆境中奋斗出来的人，是那些我不待时而不断奋斗、努力拼搏的人，是那些在艰难困境中一步一步地走出来的人。

为什么会是这样呢？只要对史书和名人稍有了解，追溯一下历史长河的发展脉络，查看那些曾经叱咤风云的成功人士经历，就会发现原因所在。这是通过几千年以来所有成功者验证过的定律。这便是人们常说的穷则思变、逆中奋进、困中生智的缘由。古今中外，多少英雄豪杰和深刻影响人类历史的伟大人物，都是依此获得成功，步入人生之巅！舜、尧都是农民，刘邦、朱元璋曾是社会中最底层的穷苦人，伊尹曾是奴隶，管仲曾是乞丐，百里奚曾是被人买来卖去的奴隶，沈万山一家曾是被迫卖掉祖田过日子的人，李嘉诚曾睡鸽子笼开始创业，刘永好四兄弟卖掉各自的家产筹措1000元创业，松下幸之助困难时当掉妻子嫁饰维持生计度，卡耐基从7岁开始把老板对他的奖励一美分一美分地存起来，为创业作准备……文王狱中著《周易》；司马迁忍辱著《史记》；贝多芬在失去听力的情况下，创作出最优美的交响曲；奥斯特洛夫斯基在双目失明、下肢瘫痪的情况下，写出《钢铁是怎样炼成的》……这些例子不胜枚举，但是，可以用一句话来概括：成功者都是从逆境、困境、贫境、绝境中奋斗出来的，绝不是靠人、依人得来的，更不是在不行不动中等待而来的。

由此反向思考，为什么成功之人，不是那些条件优越的官宦富家子弟呢？老子有一句话回答得很妙："天下万物生于有，有生于无"。无便是有，所有的有都是从无中产生，只有无才能产生有。自然告诉我们水满则溢，月圆则亏。是说得到者是有，拥有了有，欲望却没有了，人就容易满足。欲望满足了就没有了动力，没有了动力就会停止下来。虽然只是停止下来，但因为社会在前进，时间在前进，所以，停下来的人，必然得到的是落后、衰败、淘汰的现实。古话说"富不过三代，穷不出五户"，这就是由衰到盛、由盛到衰，由无到有、由有到无的循环规律，也就是说当你越是身处艰难的时候，就是越靠近成功的时候。夜越深离黎明越近，所以，逆境、困境、贫境、绝境告诉我们的是：成功离我们很近很近，就在我们的脚下，就在我们的行动中，只要能战胜逆境、困境、贫境、绝境，就能获得成功。

不能成功的人，在于他只看到了别人的成功，却看不见他脚下的路是通往成功的大道。获得成功的人说：成功的法宝就是身处困境、贫境、逆境和绝境中，无路可走而走出来了，就成功了。条件优越不能成功的人告诉人们的多是后悔，某次某次怎么样，就会怎么样……这也不是在诉说一个人生道理吗？有路或路多了，往往不知走哪条路，觉得走哪条路都不对，选择时因犹豫、徘徊、等待而失去机遇，行动时因依赖、依靠、指望而消耗掉人生时光，结果只能是一无所有的人生。

其实上帝是最公平的，当你出生时，它会给每个人八个字，也就是算命先生常说的生辰八字。这是让你在来到人世之前自由地选择。如果你带上的人生八个字是追求、努力、恒久、坚毅，你的人生就会获得成功，获得你想要的一切；如果你没有成功是因为你没有选择带上这八个字，而是带着上帝给你准备的，与你现在命运相符的八个字。不过人生的选择，是可以不断地重新选择的，并且随时都可以重新自由地选择。如果你认为先前的选择是错误的，你现在也可以重新选择。但是，即使你选择了最好的选择，却不能把最好的选择用行动去实现，也是白选的，也是无法获得成功的。人生的成功与不成功，全在于自己的选择与完成选择的行动中。身处优越的环境中，身处发展的好平台之上，身处高起点的人，为何不去思考把握住自己现在拥有的各种优势，或是把父辈奋斗创造出来的事业，保持得更长久、更领先、更扩大一些呢？把自己拥有的一切发展得更好、更开拓、更升华一些呢？

知　足

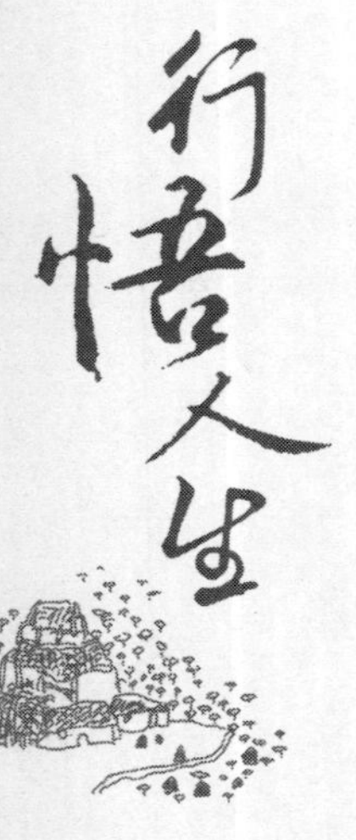

纵观历史，横看社会，不难得出结论，某人的伟大，只不过是将平凡人和平凡事汇集到某一点上，聚焦在某人的身上进行展示而体现出来的伟大，是把许许多多的平凡事加起来的表现，就成了不平凡的事，再用这不平凡的事来衬托一个人，就使其成为了不平凡的人。

始终保持着平静的心态，坚定持久的行为，尽着自己的本分，尽着自己的本能，不放松奋斗的精神，不停止努力的行动，在大名大利的面前都是心静如水，持淡泊名利，宠辱不惊的态度面对人事沉浮。

人要知足而不满足。因知足者常乐，在乐中用不知足来发展自己，提高自己，使自己的事业、人生得到发展和提升。知足是心态，是人生的境界，不是好高骛远地东想西想，也不是这山望着那山高，更不是只看见他人的风光面而不去思考和体会风光下面的基石和垒成基石时所付出的努力和勤奋、付出的艰难和艰辛。而是用一种快乐的心态，知足地面对现实的自我。虽然，比我好的人不少，但比我差的也有很多，用这样平静平和的心态，面对复杂变化的社会百态。不知足是行为，是动力，是不停止的努力；不消极、被动地满足于现状，不好逸恶劳地陶醉生活，是学无止境、奋斗不止步，是追求人生和事业不断发展向前的精神和动力。

通过近段时间以来的自我心态调整，肝气要顺了一些，身体在向好的方面发展，有感觉，但不十分明显。大概是时间太短和将情绪调整得还不够到位的原因，故时常还是情绪起伏很大，发火生气的事时有发生，让心情不能够完全平静下来。对待一些该发火的人和事，尽管次数少了很多，还是有不能控制自己激动情绪的时候，以致时有气愤难忍、怒火上冲。有时被自我提醒"别生气"、"别发怒"的暗示给控制了；有时却难以控制住自己的情绪和行为，毫不思考也不顾及什么，就把火发出来了。待到情绪冷静下来又后悔，因为发火也没能解决问题，结果使得自己和错误者都不愉快，事情反而更难处理。有时火气被克制住，没发出来，将不满意的人和事情暂缓一缓，让自己冷静后再来想一想，会更有利于事情的处理，会更清楚事情应该怎样处理。但纯粹从身体健康的角度来说，如此忍着、憋着、克制着火气不发出来，反而不如发出来了的好，尤其是对肝脏不好的人，害处会更大。

为了身体健康的长远考虑，改变自己的个性，提高自己的修养，就必须控制自己，用平静、平和的心态使自己达到遇烦人烦事时不烦恼，遇难事难境时不为难时，遇急事忙事时行动可以急和忙却不至于乱了方寸。使自己拥有一颗平静舒坦的心，让平静的脸上露出祥和的笑容，才能对身体的健康起到真正改善，才能使自己的修养得到真正提升。

伟人、名人、英雄的成功，都是由平凡人衬托出来的。如果没有了广大的平凡人，伟人、名人、英雄、成功的人从何处来，何以得到显现，到哪里去造就？所以，伟人的伟绩也好，英雄的英名也好，别人把你当成什么人都不重要，关键的是你把自己当成什么样的人，你给自己准确地定位是最重要的。别人把你当成伟人、名人、英雄，你才是伟人、名人、英雄。如果你把自己当成了伟人，而你在别人的心目中不是伟人那就难堪了。如果你自己认为是英雄，别人却把你当成“狗熊”，岂不可悲？你自己把自己当成名扬四海的名人，而别人认为你是臭名远扬的“小人”，那还有立足之地吗？一个有威望的人，一个受人尊敬尊重的人，他绝不是靠发火、发怒、发脾气得来的，是靠能力、感染力、亲和力和人格魅力，使他人自然产生敬畏、敬佩、敬仰之心而得来的。

回想往事，我有生以来，听到的最洪亮、最震撼心灵的声音，就是毛泽东主席，在天安门城楼上呼唤出的“人民万岁”。从伟人的心灵深处迸发出来的呼唤声告知我们：要明白任何事情都是平凡人做的，是普天下的黎民百姓做的。千万不要自以为自己做了一点事，就了不起地高估自己比别人强，更不要认为自己了不起，比所有的人都强。这样的思维和行为一产生，就会随时地有受辱、受伤的事情发生，会使自己时常遇到不应该有的困难和麻烦。如果自己不能节制克制、冷静理性地去控制自己，任由自己的性格和脾气所行所为，则会令自己后悔莫及的事情经常地发生。作为一个有水平、有修养、有素质的人，一定要记牢，并要应用到自己人生的实际行为中来对待他人。一个人的能力必然有大有小，做事情也会必然有差错，作为身处领导者和企业的老板，绝不可蔑视他人的人格尊严，而任意的批评伤及他人的人格，因为人格和尊严是人人平等的。

纵观历史，横看社会，不难得出结论，某人的伟大，只不过是将平凡人和平凡事汇集到某一点上，聚焦在某人的身上进行展示而体现出来的伟大。把许许多多的平凡事加起来就成了不平凡的事，再用这不平凡的事来衬托一个人，就使其成为了不平凡的人。如同作家写小说一样，把许许多多的人物故事，都集中到主人翁的身上来，进行艺术加工，用来烘托书中的主人翁。不然，为什么会使每个读者读后，都觉得主人翁会有些像自己呢？

作家这样做、社会这样做、政府这样做，其目的都是为了社会的发展、人类的进步，是一种积极向善、崇尚社会美德的需要，借助一个比较适合的平凡人，集中来弘扬不平凡的美，用来成就平凡人不平凡的美！

一个有点作为和取得了一点小成绩的人，一定要明白，你自己没有什么了不起。如果不能保持像以前一样的心态，你就有可能连曾经的你都不如。能够明白这个道理，保持你的本色不变，你才可能稳定住你现在所拥有的一切名利和地位，能够更深入地理解这其中的道理，更严谨严格地要求自己去行动，更加谦虚、友善、和谐地与人相处。只有这样不断地思考，不断地改进自己的行为，才能获得更长远的发展和进步。

始终保持着平静的心态，坚定持久的行为，尽着自己的本分，不放松奋斗的精神，不停止努力的行动，在大名大利的面前都是心静如水，持淡泊名利、宠辱不惊的态度面对人事沉浮。时刻要求自我谦虚谨慎、实实在在地做人与勤勤恳恳、踏踏实实地做事是最重要的，也许这就是人生知足的最好解说吧！

宁　静

人生要想真正地生活得平安宁静，首先，必须做到遵纪守法，讲道德，有良知，按规矩行为行事；其次，要充分做好预备、防范两方面的工作；最后，心平人则静，人静心则平。

人的一生要想生活得平安宁静，无烦恼，不受折磨，就必须规范自己的行为，做人做事都讲原则和规矩，求名求利时都不越规逾法，不违背道德和良知。一个人能真正完全地做到这样的为人处世，是很难得的。即便是向内修炼性情、心智，向外克服困难，努力做到了这两方面，也还是不能保证得到平安、平静的生活，因为“天有不测之风云，人有旦夕之祸福”。在漫长的人生旅途中，随时随地都会有意想不到的事情发生，谁能保证自己不受挫折，不受他人伤害，一生就不遇上坏人，一生就不遇上天灾人祸呢？

这一切都是无法得到的保证，为什么？因为人和社会的万事万物，一切都在变化运动中。虽然所有规范条件向内求，向己求，是可以做到的，是可控的，但仅仅满足向内求的条件是还不够的，只有人生内外的条件都得到满足时，才能得到保证。面向外求的条件是难以达到的，无论自己怎样坚持不懈地努力克服困

齐白石

难，也是无法做到的。不能得到平安宁静生活的保证，就是因为在人生的道路上无法保证不出现意外。意外的发生，一切都是不受自己的主观意志和行为所决定和控制的，也不是可以按自己的意愿而做得到的事。

人的一生，要想平安宁静的生活得到保证，在努力向内求和向外求的基础上，同时要努力地做到未雨绸缪，实施未登舟先防落水。把预料之外的事都当成预料之内的事，把一切最好的事都预先做好最坏的打算和准备，常做到居安思危，把不然当做自然，将偶然当做必然。就像预防火灾一样，不怕一万，只怕万一。规范是使用防火材料，按各种要求标准进行实施，是意料到的事。防备的是一旦发生了意料不到的火灾怎么办？做到了即使万一发生了火灾，也事先做好了准备，有办法对待，能稳妥地处理好，绝无大碍，这样才能具备平安宁静的基础。

人生要想真正地生活得平安宁静，首先，必须做到遵纪守法，讲道德，有良知，按规矩行为行事；其次，要充分地做好预备、防范两方面的工作；最后，心平人则静，人静心则平。必须长久地做到，淡泊名利，面对喜怒哀乐、荣辱沉浮等，始终有一颗不被环境左右的平常心。哪怕是人生中遇上坎坷和不幸，都认为这是人生中的必然，一切都坦然地接受，心境不随事情和环境而冲动、激动。做到境变事变人的心情不变的“两境截然”，达到“电闪雷鸣乌云至，心躺高山曲肱枕。神意骑鹤蓝天游，任凭大海波涛涌。”只有达到了这样心境的你才能得到保证，才可能享有平安宁静的生活。否则，是不可能的。

平　庸

人生事业的成功等同于可变化的大池子，人生的事业和追求也是有着很多自然性变化的因素存在，造成变化的原因是多种多样的，如同水池中的水有着自然的挥发、蒸发、渗透等诸多可变因素存在。

事业的成功不是一般人可以随随便便获得的，成功的保障来源于明确的目标、正确的方向、坚定的信心、持久的奋斗、努力的超越。这是靠抵挡住社会里的各种诱惑，战胜人性中消极懒惰的本性，不断克服和战胜通向成功道路上所有的困难险阻而获得的。

为什么平庸容易成功难？因为人的本性中天生就有着惰性，在工作生活中经常表现为松散、懒惰、粗心、放任等，甚至表现为无所适从、抱怨、愤懑、想歪心事、好吃懒做、不劳而获等不好的性情。这种人性中固有的惰性表现，是社会大众所唾弃和不能接受的，是阻碍人生成功和影响人生发展的天敌。造物主赋予人这些固有的惰性，顺应它，是容易快乐的；克服它，却是痛苦艰难的，是需要恒心和毅力才能做到的。

做平庸的人，就只要随遇而安，率性而行，随风飘摆，随波逐流，用不着去克服和改变人性中固有的消极和懒惰的本性，所以平庸很容易。平庸的人，就好比是扔在流动的河里没人管的木棒，顺着水流随风吹浪打而动与移。既没有速度要求，也没有方向要求，更是没有目标要求，在水中随波逐浪的晃荡，这还不容易?!

成功则不同，成功的前提是必须首先战胜自我，克制人性中的各种惰性，让自己的行为受控于理智，沿着确定的方向，以足够的速度，在正确的规则约束中向定好的目标奋进。即使具备了这些条件和做到了这些努力，也不一定能获得成功。因为在实现目标的道路上，有着许许多多的困难和障碍，要想达到，除了克服困难和障碍去努力奋斗之外，还必须不断地反省反思自己的行为和思维，对经历过的事情进行不断地总结，用总结出来的思想和经验，去不断地调整思想、修正行为，使自己的学识和素质不断得到丰富与提高。与此同时，还应该做到虚心向他人学习，向能者请教，做到不断地超越自己、超越同行者，才能实现理想的人生目标。

一个人获得成功的大小，是社会根据你付出的多少而给予的，并且给予是同付出等值的，不然怎么会有俗话说："一分付出，一分收获"呢？当然，有时付出和收获，不是在付出的同一时间里给予的，更多是以转换的、变动的形式给予的。付出和收获面对面兑现是少有的，你付出了的努力，是需要一段时间和以另外一种形式，才能使你获得相应的回报。如农民在耕耘的田里播下了种子，虽然农田中收获不同种类和物种的产量数有多有少，这是根据播种的不同种子和种子的优劣、农田的肥沃与贫瘠和人们耕耘农田付出的汗水所决定的；但怎么可能在农田里播下种子，马上就会有收获呢？种子的发芽、生长、成熟至收获是需要时间的。所以说，一个想成功的人，在自己不断努力的同时，还必须在勤奋耕耘中修身养性地等待着付出的成长、成熟，才能拥有最后成功的收获。

一个不断积蓄人生经验的人，如同每天都在往水池里加水，池中的水必然会每天都在增长。一个不断往人生账户上增加储蓄的人，必然会使人生存款数额不断地增大。所以一个在勤奋耕耘中坚持修身养性的人，他的人生品位、知识、经历，也会随之不断地提高、增长、丰富。一个从不储蓄的人，哪来的存款呢？一个只在水池中取水的人，池子里的水再多也会被他取光。只有不断储蓄人生的人，他的人生财富才会不断地增长。

人生事业的成功，同某项工程的完成和知识的积累一样，都是靠循序渐进的积累才能完成的。在要求速度的同时，还必须对设定的目标有着明确与正确的方向和路线。仅有快的速度是不行的，速度再快，没有正确的方向，结果只会适得其反，使简单的变得复杂，使容易的变成困难的，走错了路还得退回来，以致一切付出都是白费，还会有负面作用和影响，更严重的还会出现不可挽回的局面，使可能的变成不可能。

有了正确的方向，有了超越的速度，不能做到尽心尽力地付出，则如前面树上有鲜桃，也只能是看着他人吃而自己馋。还要深刻地理解，即使有了速度和正确的方向，又做到了尽心敬业的努力，也还是不够的，为什么？因为在追求成功的路上，有着无数难以想象到的困难和诱惑。纵观横看，社会里存在着许多活生生的案例，他们在人生的某一个时期，用自己的努力付出和奋斗，克服和战胜了很多困难，并且使自己的人生事业有了一定的高度或获得了很大的成功。可是，因不能继续克服前进路上的障碍和抵挡不住人生中的各种诱惑，甚至是遇到某一困难而止步或因某一次的诱惑而功亏一篑，将人生事业毁掉。所以，还必须具有超强的耐心和毅力，坚持克服迈向目标路上的一切困难险阻，同时要抵挡住人生中遇上的各种诱惑，始终保持超越池子中消耗、损耗水量的速度往池子里加水，否则，池子里的水是加不满的，人生事业也难以成功的。

人生事业的成功等同于可变化的大池子，人生的事业和追求也是有着很多自然性变化的因素存在，造成变化的原因是多种多样的，如同水池中的水有着自然的挥发、蒸发、渗透等诸多可变因素存在。如果不努力加水，拼搏地加水，克服加水过程中的一切困难，池子的水也是加不满的。假如你一日加的水还不够一日损耗掉的，一日加的水还不够一日所需，怎么能将池子里的水加满呢？所以说，事业的成功不是一般人可以随随便便获得的，成功的保障来源于明确的目标、正确的方向、坚定的信心、持久的奋斗、努力的超越；这是靠抵挡住社会里的各种诱惑，战胜人性中消极懒惰的本性，不断克服和战胜通向成功道路上所有的困难险阻而获得的。

论 品

品可分为两大类：人品和物品。两类品都同一个“品”字，如果细细地品味，却有点像自然数中的1和0，也有一点像老子说“道”的味。它在对物和人的表达中，都是起着正反的起点，都表现着与所接触的人和物的人品、物品而定的，就如同佛缘随性起而定缘分一样，更像是被确定了的“道”字，从无名到有名。

物“品”难定而人能定，人定之为定；人品人难定而己亦定，己恒行之性定，性定之而品定；人品即为己行之定也，克性依性久行，则品性形成矣。路遥知马力，日久见人心。识他人之品，也是要相行久后才能识矣。

品可分为两大类：人品和物品。两类品都同一个“品”字，如果细细地品味，却有点像自然数中的1和0，也有一点像老子说“道”的味。它在对物和人的表达中，都是起着正反的起点，都表现着与所接触的人和物的人品、物品而定的，就如同佛缘随性起而定缘分一样，更像是被确定了的“道”字，从无名到有名。品字的所指，是因人赋予它的对象而定的，是源于人的价值观和用意需要所决定的。

物的品，可以穷尽，而人的品则难穷矣。物的“品”只有三类：品名、品质和品位。品名是人给物赋予的称谓；品质是物的质量好坏高低的指标；品位是物中所含文化和艺术造诣的内涵。品质和品位，也是人按自己的理解给予物的标准和赋予物品的意义，三种形式虽然也是无尽穷的，但是，人可以通过制定标准来确定无穷之物所含“品”的品级标准。只要发现和发明、创造出了新一物品，人就可以用人的标准去给物定标准来确定它的品名，有一物取一名地进行归类处理，就把物品的品名给确定了。品质更是人按人的意义确定的标准进行生产的物品，是在产生物品之前，就被固定在某一个范围内的。只有物品之中含有文化和艺术内涵之物者，难以被赋予准确的定义，但人也能很轻松、简单、明确地按照自己的意思转化到物品的品位中进行区分和确定一切。如用极品、精品、特等品等，来说明它的上好；用正品、优品、佳品等，来说明它的好；用绝品、孤品等，来说明它的稀少；用废品、粗品、杂品、劣品、次品等，来说明它的不好。复杂丰富广博的物品之品，就这样被人们行之有效地解决在人所赋予的意义中。

而人就不同了，虽然人给人也定了一些标准，但这个标准适合他就不一定适合她，适应此民族就不一定适应彼民族，南方与北方也不同，东方与西方亦不同，过去与现在又不同。从古到今，就有这样的俗话：“十里不同俗，三里不同言。”这是说在相距很近的几里路间，同一句话或同一件事，其品的内容和观点就不同了。在此处是好，到他处就有可能是坏的；此人说是好，彼人可能会说是不好的。所以，许多法律的条款都只能定区间，犯了什么法，都用 1—3 年、3—5 年、5—8 年或至 10 年以下或 10 年以上的弹性法去量刑。足见要针对广大的人以抽象的方法来说明“品”字是如何艰难了。

形象肤浅地说，全球有六十几亿人，就会有六十几亿“品”，甚至还不能这样下定论。王立群教授讲汉武帝，就说他有好多种品性；易中天教授讲曹操所兼容的品行，是他所知历史人物中最多的，他一口气就说出了曹操人性中所含的几十种品性。此时，我还得追问一句，易中天教授难道将曹操所具有的品性说全了吗？我想易中天教授，他绝不敢肯定自己说全了。要是像这样一计算起来就更没法统计了。当然，这个数字的大小倒不为难，大也好、小也罢，多少都无所谓，因为这与我们的生活没有多大的直接利害关系。问题的核心和关键是在我们的生活中，如何去知道一个人的品是怎么样的，一个人有几个品，又怎么样去识别他的品，如何去与他相处，如何去学习他好的人品，如何去避免遭遇坏品人的伤害？这就是最关键的。问题是人又不能像物品一样都贴上商标，按标明的标准来进行检验和确认它的“品”，去与之交往。

人品只能根据他的自说或自写和自我介绍，听他人对他的评论来确定。而人是有思想的，是有观点的，是有自己的目的的，是会不断随着时间、对象、空间、环境变化而变化的，是不固定的。即使你在某种情况下，对某人的“品”作出的评定，那也是不确切的，那也是变化运动中的“品”。由此可知，对人的“品”必然无法确定和肯定。所以说，人的“品”无法根据标准来确定。

有人说，对活着的人无法正确地评定他的“品”；只有对死了的人，才可以下结论，叫做“盖棺论定”。我看对死了的人，也是无法定性而去下结论的。中国历史上，各朝各代都喜欢给死了的皇帝、王公大臣、达官贵人们，追封一个谥号，来定他的一生之品，这就是盖棺论定。盖棺论定，是否真的就恰如其分、实事求是地定准了死者之品呢？慈禧太后，其谥号不仅是清朝太后中最长，而且还是溢美之词连排赞颂，却也难以掩盖其历史上丧权辱国、残酷镇压国民的黑暗统治。

再拿“盖棺论定”这一成语来进行具体的分析吧！文天祥是人所皆知的民族英雄，如果不出现忽必烈呢？他受后人敬仰的人品会有吗？恐怕给他最高的人品定位，也只会是一位风流才子，或者浪荡公子、酒色之徒、倚才恃傲的狂悖之人而矣。如果姜子牙和霍光在辅助幼主时不幸病故和发生意外，谁又能在史书上记载他们的辅孤之才能和鞠躬尽瘁之忠心呢？如若王莽篡权之前寿终，历史留给我们看到的则是一位文高德厚、勤政、敬君爱君的忠臣贤良之人。

人活着不能定论，人死了，棺盖了也不能定论，尸骨都不存在了，也无法定论。不同的朝代不同的帝王，就会对不同的历史人物进行不同的评定和利用。如汉朝前期就用“黄老”之学，某些朝代又尊孔孟之道，有的又批孔孟之道。什么时候活人才肯让死人真的死去，给他一个永不变的定论和谥号呢？不可能，因为死人、活人的品都是不能定论的，所以没法给予不变的定论。

虽然细说这个“品”字与人的关系，是无法说清道尽的，也无法给予一个固定不变的定论之品；但是，不管什么人都有其代表性的“品”。周敦颐的《爱莲说》给人的品，是“出淤泥而不染”的洁品；曹操或许有人们无法说清道尽的多种品，但他最具代表性的品是奸品；诸葛亮按刘备托孤时的诺言，鞠躬尽瘁，死而后已的尽忠守信，他最具代表性的品是智慧之品；关羽封印、辞官、失礼而别，过关斩将而行，刚愎自用而毙命，展现给世人和后人的代表性的品还是义品；张仪、苏秦无论多么雄辩善言，纵横天下，佩戴六国相印，也只能表明他们的求名求利之品。

总之，物“品”难定而人能定，人定之为定；人品人难定而己亦定，己恒行之性定，性定之而品定；人品即为己行之定也，克性依性久行，则品性形成矣。路遥知马力，日久见人心。识他人之品，也是要相行久后才能识矣。

距离

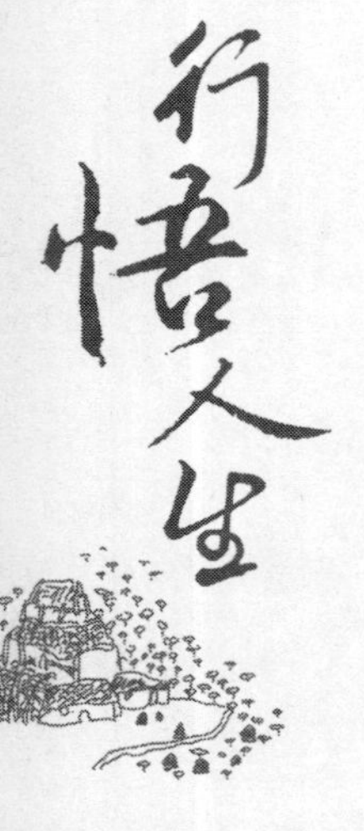

人生中的一点点影响着、改变着、决定着生活的质量和人生的命运，并影响着他人的命运！生活中的一点点距离，就这样决定人的生命和声名。

思维与行为的一步之差，结果可能相距千里，更决定了人的生命和声名。举着的刀未砍下去或砍下去了，瞄准的枪未扣动扳机或扣动了扳机，结果是完全不一样的。生活中许许多多的事情也是如此：饭缺一把火而不熟，水差一度而不开，话少一句则不明，理歪一点则不正。

拿破仑说："伟大和渺小仅一步之遥。"

地球的一点，确定南北极的起始；杠杆的一点，确定力的支撑；天平的一点，确定平衡的中心。自然中的一点是如此的重要，那么，人生中的一点又是如何呢？关键时刻人生小小的一步，也是极其重要的。当人处于十字路口，第一步迈向哪边，就决定是哪样的人生。战争中的俘虏能否顶住酷刑拷打，决定你是英雄或是狗熊，全在意志力的一点坚持。生活中经不经得住女色的诱惑，挡不挡得住金钱的腐蚀，放不放得下人情的面子，控不控制得住过激的言论或鲁莽冲动的行为……这些都是人生之中的一点点、一小步，对人生都是极其重要的，甚至付出生命或毁掉名声或改变人生的轨迹……

有的人可能因为一次思维未变成行为，或者将其变成了行为但只是浅尝辄止，以致给人生留下无限的遗憾：当初为什么就不再坚持一下？为什么不变换一下思维？为什么不鼓足一点勇气把话说出来？为什么不再努一点力？为什么不把那次思考的事付诸于行动……某一次的大单业务，要是准备得充分一点，解释得详细一点，陈述得清楚一点，再坚持一会，再努力一下，就可能获得成功，就会多赚不少钱，使自己迈上一个新的台阶。又如马拉松赛跑，常因体力疲乏放松拼搏精神，结果就差那么一点与冠军失之交臂而遗憾终生。为什么不再拼搏一下？获得冠军倒下也值呀！还有，年轻时由于自己的胆怯或种种顾忌，不敢对自己心爱的人表白，留下终身的思念和忏悔！人生中的一点点影响着、改变着、决定着生活的质量和人生的命运，并影响着他人的命运！生活中的一点点距离，就这样决定人的生命和声名。

思维与行为的一步之差，结果可能相距千里，更决定了人的生命和声名。举着的刀未砍下去或砍下去了，瞄准的枪未扣动扳机或扣动了扳机，结果是完全不一样的。生活中许许多多的事情也是如此：饭缺一把火而不熟，水差一度而不开，话少一句则不明，理歪一点则不正。一叶障目，不见泰山。失之毫厘，谬以千里。良言一句暖三冬，恶语伤人六月寒。这些常理和例子在大千世界里比比皆是。赶火车晚了一分钟，看着火车走，你却不能走；应聘时，由于疲劳或是情绪不稳定等，给人的第一印象不好而遭淘汰；考试时，答案是 A 你选 B，就不能得分；高考一本线 500 分你是 499 分，一本则与你无缘；救治病危的人晚了一分钟，就失去了生命，而早一分钟则能远离死神。

八大山人

但是，这一切的也许、如果、假设……后悔都是没有用的。要想避免人生的遗憾与后悔，把握好人生的命运与声名，只有修为道德，遵循规则，时刻认真努力地把握好当下，就是在最好地把握人生时光，就是在最好地面对人生中的点点滴滴……因为人生之路是单行道，无论你怎么拐也走不到曾经走过的路上去，时间也无法让你回到过去，所以人生中就是这一点点距离影响着、改变着生活质量和人生命运，决定着人的生命和声名！

人的生命和声名都在一点点的瞬间铸就，在一点点小事中定格。

敬请约己劝人，在做任何事情之前都要慎思谨行，特别是在损德逾规越法之时，更要谨而慎之！一失足将成千古恨！

这样的大道理非长久勤奋求知、求学、求真理者难以求得，即便勤苦求知使己的学识达到了十分渊博的境地，还要做到用一颗清心寡欲的平常心，来长期指导自己，时时刻刻进行修身养性悟道。

请带上你的为什么，去看潮涨潮落，吸纳百川的大海吧！去领悟，去感知，天下的水永不停息地流入它的怀里，为什么不见它满？知道了此中答案的缘由，就会明白大海为什么不拒细流，不拒洪涛，不拒污秽的缘故。

“宰相肚里能撑船”是形容人有雅量，有宽阔的胸怀，是一种形象的比喻。如果就其字面意思来理解，得出的结论“宰相肚里能撑船”是错话。因为即便是再小的船，也无法在一个人的肚子里撑呀！如果按禅学的说法来定，这是参禅的第一种境界，“见山只是山，见水只是水”的局限性理解和认识。在这种情况下，肯定是不能得知宰相的肚子有多大，船在人的肚子里怎么个撑法，肯定的结论是：宰相肚里不能撑船，船也不可能在人的肚里撑。但从哲学的观点来说，这是狭隘地认识事物和世界。用科学的话来说，这只是认识了事物的表面现象，而没有理解胸怀的含义，没有认识胸怀中的意境，更谈不上将自己置身于这样的意境中去，当然不会知晓“宰相肚里的船”是怎么撑的了。

当你学问的知与识，达到禅学的第二种境界“见山不是山，见水不是水”的时候，就自然会明白“宰相肚里能撑船”的道理。那时，你就知道了宰相是宰相但还有非宰相的存在，或船是船还有非船的存在。宰相非宰相，船非船的知与识达到了这一层面，说明你的知与识，已从局限的、狭义的、定格的宰相、船之本体的直显上，升华到了广义的感知认识，得知了由此及彼，或从彼及此的互为转换关系。这种思维认识的转化和发展过程，就是哲学上由表及里的过程。时间和空间都与知和识有着直接和间接的内涵联系。从对宰相和船的直观直思，发展到思维意境中的“宰相”和“船”时，肚中撑船的原理和道理，就如同宰相的胸怀变成了浩瀚的大海，变成了广阔无垠的天空。变成了天空和大海的胸怀，什么样的东西装不下呢？更何况一条船？由静止固定装不下船的胸怀，升华成了意境中的胸怀，将眼见、手摸、体触到的船变成了大脑思维中的船，将水的定格突破到非水的定格了。把在现实中视、触、摸的定格，上升到思、想、意的定格了。这一变化发展升华的过程，就是将已知和已识的两部分，融合融化成已的知识。这里的知是知道宰相肚里能撑船，但不知为什么能撑船，换句话说，叫做“知其然，而不知其所以然”；这里的“识”就是识其所以然的宰相肚里能撑船的原理和道理的“识”。即是有了这样的“知”与“识”融化到一起的知识，也只能说你达到了禅学的第二种境界。使已使人明白了“宰相肚里”是可以撑船的，是明白了最宽广的是大海，比大海更广阔的是天空，比天空更无垠的是人的胸怀。但为什么人达到了如此境界，还是做不到宰相肚里能撑船呢？

如何让自己成为一位真正肚里能撑船的人呢？那就必须达到

禅学的第三种境界：“见山还是山，见水还是水”，将是水的定格不仅突破成非水的定格，还应该更升华地突破水的定格。分析水的存在形式，除了水、冰外，还有水蒸气，还要知道水是氧原子和氢原子的结合等形式存在着的，许许多多的不同定格和不定格的定格，更要变化、融化、升华水的定格，把它同已知和已识的知识汇聚融合形成自己的新知识，更要把自己的知识提高到将已知变成己智，已识变成己慧，而再次冶炼产生出受于己的智慧。这种智慧还应有个界定，绝不是投机取巧耍聪明的小智小慧。是从不通达到和谐圆融，将凝固的变成液态，静止的变成运动的，“死”的变成活的，从一面能看到多面，从不能找到可能。虽然看的是山，却看到了山以外的山；见到的是水，却见到了水中水。其实看见的还是这里的山和水。这是为什么呢？归纳一句话，就是懂了大道理。大道理又是什么呢？这里的大道理就是老子先生所讲的“道，可道，非常道”，“道生一，一生二，二生三，三生万物”，万物归一，一就是道，道就是一，是一以贯之的“一”。这样的大道理非长久勤奋求知、求学、求真理者难以求得，即便勤苦求知使己的学识达到了十分渊博的境地，还要做到用一颗清心寡欲的平常心，来长期指导自己，时时刻刻进行修身养性悟道。只有将人的性情升华到了如此境界时，才能产生出人生的大智慧来，才能让自己真正理解老子先生的“道可道，非常道”的“道”；才能知道“一”和“万”变换关系，使己成为一以贯之的人；才能将意境中的胸怀应用到现实生活中来。试问，有了如此境界，还不能撑一条船吗？

如果还不能，是知不够、学不足；或是知学足够了，但还不能融合；或是融合了但还没有升华的结果。到此时，就请带上你的为什么，去看潮涨潮落，吸纳百川的大海吧！去领悟，去感知，天下的水永不停息地流入它的怀里，为什么不见它满？知道了此中答案的缘由，就会明白大海为什么不拒细流，不拒洪涛，不拒污秽的缘故。真正明白此道理的人，心中就有小舟在荡漾了。

希 望

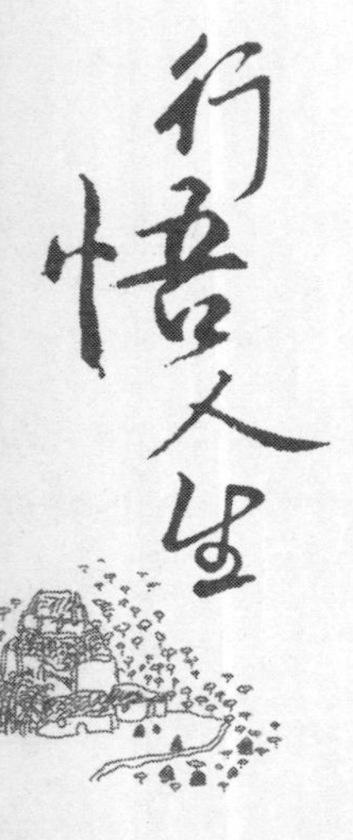

无论什么样的人，什么样的人生，都是由希望和失望谱写成的。人的一生总是不停步地朝着一个又一个的希望走去，实现一个又产生一个，某个希望不能实现成为了失望，也会在失望的同时又产生出新的希望，用新的希望代替失望，继而朝着新希望迈步。

不管什么人，他的一生都生活在希望之中，都希望明天比今天好，未来比现在好。人也是被“希望的明天”和“希望的未来”所欺骗，相信了明天和未来总会比今天要美好，人们才活着，才不断地去努力追求明天和未来。但生活中的事实告诉我们，人生并非如此，很多人的明天和未来，都不如今天和现在。如果一个人看到的是明天不如今天，未来不如现在，那么在人生的旅途中，生活就没有意义和味道了，就没有幸福快乐所言了。造物主还是带着十分偏爱的心，创造了人类，并赋予了人的思维能力，让人用思维成为地球的主宰者。并且为了人的幸福和快乐，在人的思维中注入了使人永远向往明天和未来的思维，所以造就了人必然都是为希望生活着、努力着、追求着、相信着、希望着明天和未来会更美好！

一个人要是任何希望都没有了，必定身处绝境，生活在绝望之中或者是处于“心死”状态。绝望中的人所具有的痛苦和难受是无法言明和写尽的，也就是说用语言和文字是无法表述清楚明白。“心死”状态之人是身处大悲大难的重叠之中，一点也得不到改变解脱所致。人生之悲哀莫大于“心死”，“心死”之人是在绝境中，竭尽全力得不到丝毫曙光后，确认事实只能这样，是命该如此地接受，是心中已毫无希望影子后的无望，因为他对明天和未来的希望完全被一堵厚厚的黑墙严严实实地笼罩着。

无论什么样的人，什么样的人生，都是由希望和失望谱写成的。人的一生总是不停步地朝着一个又一个的希望走去，实现一个又产生一个，某个希望不能实现成为了失望，也会在失望的同时又产生出新的希望，用新的希望代替失望，继而朝着新希望迈步。人生就是这样在实现希望中产生新希望又去实现新的希望，或在失望中接受失望后产生新希望再去实现新希望。

希望不分大小，同样的一个希望和目标，有的人当成大希望，有的人只当成小希望。大小希望是因人而异，不同的是人有着不同的希望，相同的是人始终为希望而活着。没有了希望的人就没有了动力和追求，就没有了人生。尽管他还活着，也是机器般地活着，是“心死”地活着，他人和社会对他来说，都是视而不见的。他虽有视觉知觉，还在吃喝行走，但对耳目所及的，只是麻木不仁而对之，没有思维和情感。无论看到的是什么事、什么物、什么人，都是用僵硬的木头做成的标本，成了不具有任何意义的自然存在物。

人的希望可分为两种：一种是自己的希望靠自己的努力去实现，另一种是自己的希望依靠别人得以实现。靠自己的人，心态平和，就算身处逆境也自然会去接受、去克服、去努力、去战胜；相反，靠别人的就会认为是命运对他的不公，是时运不好，整天抱怨、愤懑不已。依赖依靠他人去获得、去完成希望的人，觉得生活中遇上的人和事，都是有意与自己过不去，感觉自己像是身处敌人重重包围之中。另外有一种希望也是需要他人去实现的，但这跟将自己的希望寄托在他人身上不一样的，因为这是一种对他人的关心、关爱和寄予厚望的希望，是慈者、善者、仁者对他人的呵护、保护和期盼的体现。

其实，每一个人在实现人生希望的路上都会遇到许多不顺心的人或事，而不会是一帆风顺的。当面对人生路上的烦人烦事时，不妨静一静、想一想：我自己有问题吗，我努力了吗，我努力的是不是还不够？当别人对自己不满意时，也静一静、想一想：我自己有问题吗？我将该做的做好了吗？一个人，如果能时常地做到遇人遇事时，都这样静一静，想一想，问一问，反省反省自己，很多问题就会得到解决，很多事情就会做好，很多目标就容易达到，也就会明白自己的希望是要靠自己去实现的道理。明白作为外因的他人，只能在自己具备一定的条件时帮帮自己。如果自己连一点必须的条件都不具备，全部都需要外因来帮你完成的话，那再有能力的人、再想帮你也是无能为力的。自己的希望不能实现，不是因为他人不帮，是自己在各方面或某方面准备得还不够，不具备他人帮你的条件。

人生中遇到各种不顺心的人和事都是在情理之中的，并非是他人他事与自己过不去，而总有着自己的过错和责任，能以这样地思想指导行为，去实现自己的希望就容易多了。还要明白，实现自己的希望，很多的时候需要他人的帮助和指导的，也需要听从他人的建议和借鉴他人成功与失败的经验教训，用来匡正自己的思维和指导自己的行动。一个人能这样做就会使自己实现起希望来轻松很多。要想自己的希望实现得更快、更好、更轻松，就更应该主动真诚地去求教已经历者、能者、长者和智慧者，并且在求教时应该保持一颗虚心求教、诚心请教的心。这样做不仅是实现现有希望的最好方法，而且还会在实现希望中提升和发展自我，使自我更早一步明白和明确新的希望，这样的人生才大有希望。

倪云林

感悟篇

真正的聪明者，决不会说自己聪明，更不会去和人比聪明。凡是自以为聪明的人，总是喜欢在他人面前表现自己的聪明，并说他人是如何的愚蠢……

聪　明

真正的聪明者，绝不会说自己聪明，更不会去和人比聪明。凡是自以为聪明的人，总是喜欢在他人面前表现自己的聪明，并说他人是如何的愚蠢，其实这种人，从他大脑中产生自以为聪明的一瞬间开始，就表现着愚蠢。特别是自以为聪明，把他人当“苕”的人，更是最愚蠢的人。

“高贵者最愚蠢，卑贱者最聪明”，“聪明反被聪明误”，“机关算尽显聪明，反算了卿卿性命”，等等，对聪明进行了描述。我认为真正的聪明者，绝不会说自己聪明，更不会去和人比聪明。凡是自以为聪明的人，总是喜欢在他人面前表现自己的聪明，并说他人是如何的愚蠢，其实这种人，从他大脑中产生自以为聪明的一瞬间开始，就表现着愚蠢。特别是自以为聪明，把他人当“苕”的人，更是最愚蠢的人。

针对“聪明”二字本身来说，只能说在相对意义上才能成立，也就是针对某人某事，在受时间、环境约定的范畴内才能成立。如果不受时间和空间的约束时，我们很难确定哪个人聪明，哪个人办哪件事聪明，哪个人不聪明。

“聪明”二字的变性很强。你说某人聪明，办某件事聪明，当你转换角度再看时，你会发现他是愚蠢的，是最不聪明的。你在局中说某人办某事聪明，但当你站在局外看时，会说“聪明”人怎么办如此愚蠢的事。不妨回想一下，我们走过的人生之路都有过这样的经验和教训：当时自认为表现得非常聪明的一些事，隔一段时间后，自己回想起来便可能会自责那时的能力、眼光竟是如此的低能和浅薄啊！

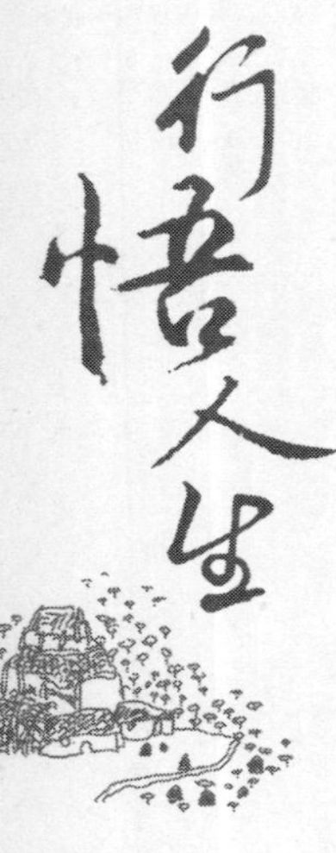

从当今许多高官腐败的典型事例来看，说他们不聪明，何以做到高官重位呢？说他们聪明，为何身败名裂、家毁人亡？难道他们做傻事蠢事时，就不聪明了吗？就想不到事情的后果吗？还是自以为聪明才做的？难道事后的感叹真是命该如此！真的是这样吗？这些都不能给他们下结论地说聪明或不聪明。因为我们都不是当事人，有人会说要是我在某种情况下，绝不会怎么样。也许说这话的人，当他在某人的某种情况下时，有可能还不如某人呢！

从古到今，人世间有多少被认为聪明的人，却办了不知多少糊涂的傻事，事后痛责自己的愚蠢。还有那些受人崇拜的人，他们创造了事业，创造了财富，推动了历史的车轮向前进。他们自己也会说自己是聪明人，写历史的人也认可他们是聪明人，看历史的人也评说他们具有多少聪明才智，但事实上他们真的是聪明人吗？

我看他们也未必是真聪明的人，只能说他们是有些聪明或说他们某些方面聪明罢了，甚至某些方面还是糊涂人。如果硬是要把他们说成聪明人，也只能说他们是小聪明人，绝不是大聪明者，是受时间、环境约束下的固定聪明者，只不过不同于耍小聪明的人而已，比耍小聪明的人聪明一些罢了。

因为他们的聪明都同样地只能在一定时间、空间中产生效应，绝对不是真聪明人，绝对不是了解生活，懂得人生的人，不用深究为什么，只要试问他们这些人一生是不是在马不停蹄、船不息桨地努力、拼搏、辛苦、烦恼……使得自己在行走的人生路上不停地喘气，无片刻休息，十分疲劳。还有什么时间清闲悠哉地享受快乐愉悦的人生吗?

我们姑且不说那些逃避现实生活的隐士，不说那些臭名昭著、游手好闲、好吃懒做的人，不说那些一生东游西逛、指手画脚的人，不说那些终日酒醉饭饱、昏睡不醒的人。因为要说的话，都会认为这群人如何长，如何短，只有贬义，绝不会有褒义的评价。其实，他们才是真正理解了生活真谛的人，是真聪明人，过着真聪明的生活，享受着智慧的人生。无忧无虑地来，无忧无虑地走，无牵无挂地生活，无牵无挂地走着人生的路，无须他人理解，优哉游哉地过着每一天，难道这不是最快乐幸福的人生吗?

千古一帝的秦始皇，灭六国统一华夏，谁能说他不聪明，但谁又能说他寻求长生不老药、做暴君、用谗臣、立酷刑是聪明的呢？更有那些供我们后人参观游览的名胜古迹的创造者，他们是聪明的人吗？他们用尽所有的钱财和毕生的经历，历经千辛万苦建立起来的豪宅大院，大多是在他们临终或是死后才完成的。说他们不聪明，何以能有如此财力和能力来完成一项项精美宏壮的事业呢？如说他们聪明，他们一生又何曾轻松清闲地享受过一天快乐的人生呢?

真聪明的人是那些看似痴，问似傻，做似呆，说似钝，遇事退，遇人让，不争、不吵、不闹，平静的心，憨厚的脸，不快不慢的动作，不紧不松地说话做事，天塌下来不关他的事，从生到死就没看见急时跳脚，喜时蹦腿。一切都是平静、平坦、平凡、平和地生活着，谁对也是，谁错也是，无论什么难事、大事、急事、烦事……他都能在不知不觉中轻轻松松、平静平和地解决，只有这样的人才是真正的聪明人。难怪郑板桥的不朽名言：“聪明难，糊涂难。由聪明转入糊涂更难”能流传于后世。可能郑板桥就是从这样生活的人群中悟出来的道理。

人世间不知谁真的聪明？我常看到聪明人被指责，糊涂人是好人；聪明人遭批斗，糊涂人被赞扬；聪明人创造，糊涂人享受；聪明人发明，糊涂人拥有；聪明人播种，糊涂人收获；聪明人善感，糊涂人洒脱；聪明人忧愁，糊涂人快乐……

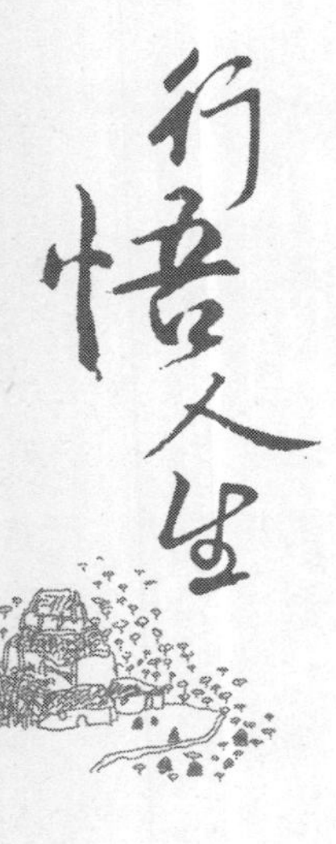

耳　眼

首先，还是应该用眼和耳去看去听，然后，再用智慧的眼和耳去分析思考，才能确定其真伪。因为，智慧的眼和耳，无论你怎么隐藏和设置假象，无论相距多遥远，都能够看得彻彻底底，听得真真切切，能够对发生了的和即将发生的事情作出科学的判断。

历史学家明辨历史的真伪，考古学家还原文物的原貌，生物学家追溯绝迹的古生物，还有更多的智者明确地预断后事。如：诸葛亮预料魏延之反；刘邦安排周勃辅汉；更有清朝嘉庆年间的龚定庵，预料中国不久必将大乱，并且要遭到日本的侵略。

人们总是相信亲耳所闻、亲眼所见。生活中常听人说道，在某时某地我亲耳听到、亲眼见到某人某事，不信，还有某人为证。但也有些人只相信“眼见为实，耳听为虚”的俗话。其实都不尽然，耳听不一定实，眼见也未必就是真。此话怎讲？因为有大量事例可以否定眼见为真耳闻为实，证明只有智慧的眼耳最明最聪。

一种情况：看到的现象是用特技方法做出来的，譬如：我们在电影、电视中看到的现象，人，来无影去无踪、飞檐走壁、呼风唤雨、飞沙走石、刀枪不入、水火不侵、能从墙中穿过……这些都是眼耳亲自感受到的，但能说这些是真实的吗？

另一种情况：看到的现象是由于形势、环境所逼迫，是出于某种目的演绎而来的。如三国时期的诸葛亮为周瑜吊孝，伏地大哭，泪如泉涌，哀恸不已，旁观者无不为之感动。可是他恸哭背后真的只有悲伤吗？两千年来不知有多少种说法，即便是当时亲眼目睹诸葛亮恸哭的人，也众说纷纭。是英雄惺惺相惜的悲伤？是凭借吊周瑜而探明情报？是用计气死周瑜后的真诚忏悔？还是化敌为友的做作？抑或是其他什么原因？只有诸葛亮自己，才知道恸哭的真实用意。

再一种情况：由于不了解事情发生的前因后果、来龙去脉，在某一特殊情况下，听到看到的表面现象或假象。如孔子“陈蔡之困”的故事。

孔子和弟子被陈蔡两国的军队围困了很久，草尽粮绝，几日未食，有天夜里子贡偷出重围，弄回一点米，颜回赶忙支灶煮饭。孔子忍耐不住饥饿，就去看颜回的饭做好了没有。当他走到离做饭的地方不远时，看到颜回正用手抓着饭吃。此时的孔子感叹道：唉！君子也挡不住饥饿呀！他看到的是实情，颜回确实用手抓着饭在吃，可孔子哪里知道自己的感叹是对君子高风亮节的误会啊！难怪佛语说：人世间的种种苦难，都是被自己的六根所惑而致。孔子是圣人，忍住了饥饿，看见颜回抓饭吃，为给学生保留尊严而悄然离去。但在吃饭前他还是忍不住拐着弯去试探弟子，说用餐前先祭祀一下然后再食。因为习俗规定祭祀的饭，必须是洁净而未被人先吃过的，被颜回偷吃了的饭，是不能用来祭祀的。孔子试探的话一说，诚实而有品德的颜回急忙阻止道：这饭已经弄脏，不能用来祭祀。在做饭时，有几只苍蝇飞到饭锅里被煮死，弟子发现后用手拿苍蝇时，不料手上粘了些饭粒，弟子不忍心浪费，将粘到手上的饭吃掉了。这个情景，正是被孔圣人看见的那一幕。用佛学的说法，孔圣人看见的是假相，是障。当弟子说出真相时，孔圣人得到了一个比看见颜回抓饭吃时更深刻的感叹！

既然眼见的真实都不能确定，那么耳听的就更不能确定它的真实了。眼见耳听的事情都不能确定其真实性，那如何才能确定其真实性呢？首先，还是应该用眼和耳去看去听，然后，再用智慧的眼和耳去分析思考，才能确定其真伪。因为，智慧的眼和耳，无论你怎么隐藏和设置假象，无论相距多遥远，都能够看得彻彻底底，听得真真切切，能够对发生了的和即将发生的事情作出科学的判断。还是举例说明吧：手机用手指点上几下，无论相隔多么遥远的声音，都好像近在咫尺；把电视的频道用遥控器按到直播的节目上，就如身临其中。智慧的眼耳把人身体的功能之有限变为无限，把不能变为可能，把假象去伪成真。

人们常说："人心隔肚皮，蒸饭隔簟皮。"讲的就是真相难以看见的道理。人生了病，不知道是什么原因，到医院用仪器检查，病因便一目了然了。海关缉查贩毒走私，只要将人和物通过现代透视设备进行检测，无论伪装暗藏得多么巧妙，都无法逃脱。这不都是人们利用了智慧的眼耳吗？智慧的眼和耳不仅具有听和看的本领，而且还有观天测地的能耐。气象台可以预报什么时间，在什么地点下雨、下雪、起风、山洪暴发、有泥石流等。智慧的眼帮我们观看变幻莫测的云，智慧的耳帮我们听那变幻无穷的风。宇宙飞船、人造卫星、太空望远镜，不都是智慧的眼耳帮我们实现的吗？

人老了，眼睛不明亮了，看不清楚人和物；耳朵也失聪了，听不清晰什么声音。其实，这种说法既对又不对，从人衰老的自然规律来说是对的，看听事物的表面现象都不清晰准确。但佛语说六根之相是假相，用科学严谨的说法是表面现象，是对事物肤浅的反映，对表面现象的看听只是知道了一点皮毛，与彻底了解事物的真相、洞悉现象的内涵还相差甚远！眼睛再明也不可能看清十里之外，不可能看穿房屋高山，不可能看透人的五脏六腑。耳朵再聪也不可能闻十里、懂心声，更不可听辨过去已经消失的声音，或预测未来可能产生的音符。真正明亮的眼睛和聪慧的耳朵是“心灵”。

贝多芬在双耳完全失聪的情况下，还能从他指间流淌出来世界上最美妙的音乐，难道这不就是他心灵的眼耳创造出来的奇迹吗？我国汉朝的窦太后，双目失明后，长住深宫，而将偌大的中华治理得稳如泰山。千古一帝的汉武帝在她活着的时候，也只能待在上林苑练习打猎而已。她用智慧的眼看着风起云涌的南疆北域，用智慧的耳听着风吼马啸的长城内外。你能说她看不到听不见天下吗？她用“心灵”的眼耳看得清清楚楚，听得明明白白，所以，才能执掌朝廷几十年。更要说的是她这种心灵的眼和耳，不是贝多芬奏乐的眼耳，也不是我们日常生活中常有的一种心灵感觉，更不是我们生活当中对某事某物的某种直感直觉，而是心灵的智慧之眼和耳。

历史学家明辨历史的真伪，考古学家还原文物的原貌，生物学家追溯绝迹的古生物，还有更多的智者明确地预断后事。如：诸葛亮预料魏延之反；刘邦安排周勃辅汉；更有清朝嘉庆年间的龚定庵，预料中国不久必将大乱，并且要遭到日本的侵略。纵观人类的历史，这样的事例数不胜数，不都是智慧的眼耳超越了时空，而听到看到的吗？所以说，只有智慧之眼耳最明最聪。也可以说，拥有什么样的智慧之眼耳，就能明辨什么样的事和理。

心　田

“心田”和农田还有一个共性，就是都不可将其荒芜。因为荒芜的农田和“心田”停滞太久后，想把它开垦成良田是很难的，是需要很长时间努力辛勤耕耘，才有可能改造成良田……

人生时光中的每一步，都要有品有德地好好地走好，养成好习惯，像农夫耕耘农田一样，时时刻刻按“季节”勤奋地耕耘自己的“心田”，爱护自己的“心田”，使自己养成良好的自然习惯，千万别误了人生中的每一个“季节”。

近代科学对人体的研究表明，人体的指挥司令部是大脑，否认了过去人是靠心指挥的理论。不过，还是有许多生理由心指挥、支配着的实际现象存在。现代科学进行了大量的研究和实验，仍无法解释心是否对人的身体、大脑和各器官功能的支配及影响作用。但是，在这里是大脑还是心指挥着人的行为和思维，这个问题不是此篇文章讨论的事情，为了方便写作，暂且把指挥人思维和行为的地方叫做“心田”。实际上人的“心田”和农田具有一样的性质。不种上庄稼就会长满杂草；长满杂草的田，如果不除掉杂草，庄稼是无法生长的；除掉了杂草的田，如果不及时种上庄稼，又会很快地长出新的杂草；如果种上了庄稼，不勤奋耕耘、努力除去杂草，庄稼必然长不好，还会被不断长出的杂草侵蚀蚕食，难获好收成。

农田，只要人们勤劳耕耘精心呵护，不仅当年可以获得好收成，并且，也能为来年的丰收奠定一些基础。勤奋耕耘的农田，不仅庄稼长得好，使农田的高产稳产得到保障；还能够大幅度地提高产能和效率，降低耕种成本，使人们耕种时节省许多人力、物力和财力。也就是说，种熟了的良田省心省力省投入，反而能获得有保障的丰收。像现代的科技农业示范园或农业高产示范田一样。其实，物种种在自然中自然生长的本质表现出的道理，既表现着物理又蕴涵着人理在其中。也正如王阳明所说“格物穷理，知行合一”。人的“心田”和农田是一样的，如果不在“心田”中种上“庄稼”，那么“心田”也会长满各种“杂草”，阻断记忆，干扰思维，白耗人生养分，进而蚕食人生有益有利的部分。“心田”耕耘成了优良的“心田”，就是把自己的习惯养成了良好的习惯，把“心田”耕耘成良田的过程就是自己养成良好习惯的过程。事实上，人的习惯决定着人生，人的习惯不同，决定着人生道路的不同，所以良好的习惯决定着人生价值的大丰收。

“心田”和农田还有一个共性，就是都不可将其荒芜。因为荒芜的农田和“心田”停滞太久后，想把它开垦成良田是很难的，是需要很长时间努力辛勤耕耘，才有可能改造成良田。“心田”的荒芜则更甚于农田的荒芜，因为农田无论荒芜多久，长满什么样的野藤荆棘，只要根据农田荒芜的程度，付出相应的心血去辛勤耕耘——只要多付出一些时间，多投入一些财力，多付出一些人力，还是能把它变成优良的示范高产良田。但是，“心田”一旦荒芜之后，却是一件极其不容易改变的事。因为人的生命是有限的，名声是不可自毁的。荒芜了少年，人生的价值便会大打折扣，想成为优秀的人，没有后来加倍的努力是不可能的；荒芜了青年，除了特殊情况之外，人的一生基本上可以说难有大作为。如果过了青年时期，“心田”尚处于没有基础、没有目标、没有志向、没有动力的荒芜状态，则可以肯定这一生差不多便无所作为。因为在人的各个时间段里，都具有着人生的特殊使命，必须在该时间段里完成。

有人说过这样一句话，人生的路永远是单程线，无论你怎么寻找，去弯去绕，都不能回到从前走过的路上去，过去了的就过去了。此道理，不管从他人还是自己的人生轨迹上去静观，都能在走过的人生经历中得到准确的答案，人生中此段时间的荒芜程度，自然影响和减少着此段时光和其之后的人生价值量。

人生“心田”时段的荒芜，正如农田荒芜的误了季节一样，在春天该种的种子，到了夏天就没法种了，即使种下去，也无法生长，即使能生长出禾苗来，也不会长出成熟的果实来，这是自然中赋予自然的道理。所以说，人生的不同时期就如同农田的不同季节一样，有着耕耘种植的季节性。要想人生有所意义和成就，就必须在人的“心田”里按“季节”种上庄稼；就必须像勤劳的农民，勤奋耕耘自己人生中的“心田”；就必须不断地努力清除“心田”中的各种杂草。只有这样，在“心田”中种植的庄稼才能茁壮成长，并最终获得人生的大丰收。所以说，人在少年的时候就要在“心田”中种上良好的种子，激励自己不断勤奋耕耘，努力除去有损人生成长发展的杂草，这样到了中年和老年，才会获得人生的大丰收。切莫把人生的“心田”荒芜着，要知道农田“一年荒来三年耕，耽搁几天误一季”的俗话。更要知道“心田”荒之一年，十年废，终身后悔也难耕耘到从前，

八大山人

将严重地影响着今后人生的发展。所以，人更应该早早地趁年少时，如农民在农田里种庄稼一样，时时刻刻把握“季节”勤奋地耕耘着自己人生的“心田”。

当然，人的“心田”在人生时光中，如果仅仅只是荒芜了一小段时间，只是长了一些杂草，这倒是对人生的成长发展无大碍。当你明白人生道理后，努力地拔除“心田”里的杂草，这对人生价值和意义没有太大的影响，也只是对人生的作为和事业价值有些减少的影响，有些像农民种农田误了一季，少一季的收成而已。如果在荒芜之时，任其在“心田”中种上了“野草”或“毒草”，你的人生就意味着不一样了！这就是在改变农田的土壤和土质，是在改变农田种庄稼的性质，使农田的本质在发生破坏性的变化，要想再种上庄稼就难了。当你在大脑的“心田”里准许“野草”或“毒草”长出时，你的生命和人生就受到了破坏性的定格，要想改变你这种定格的人生，就不是仅靠自己勤奋努力就可以改变得了的。人的能力有大有小，事业也会有大有小，事业大小并不影响一个人的生命意义。只要在“心田”里长出或长满“野草”、“毒草”，就是在破坏和毁坏一个人做人的基本准则。损坏了做人的基本原则，就是毁灭了自己的人品和人格。一个失去了道德和名声的人，很难再找回从前的自己，即使自己认识到了错误并做到痛改前非，也无法除掉和改变以前在他人思想中的定格。

人生时光中的每一步，都要有品有德地走好，养成好习惯，像农夫耕耘农田一样，时时刻刻按“季节”勤奋地耕耘自己的“心田”，爱护自己的“心田”，使自己养成良好的自然习惯，千万别误了人生中的每一个“季节”。要么不醒悟，浑浑噩噩，无所事事，无所作为；要么及早醒悟，在后悔和忏悔中崛起。切莫在人生的“心田”中种上或任其长出“野草”或“毒草”来毁灭自己美好的人生！

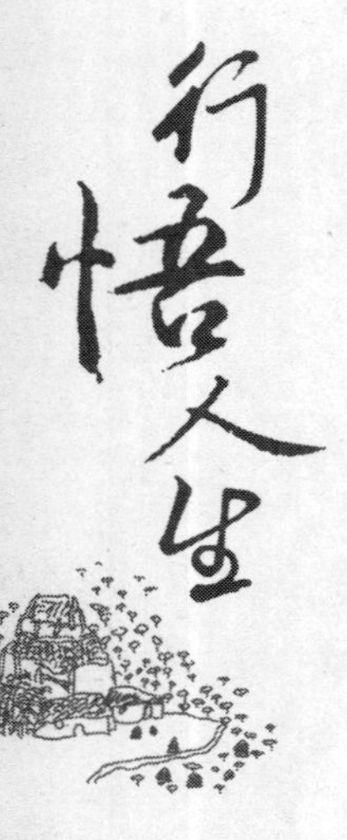

机　遇

温州人拥有的财富、获得事业成功的法宝，就是靠行动、用守候机遇和创造机遇以及获得机遇的偏爱而得来的。

机遇就是如此偏爱行动的人，无论想到了什么，哪怕想得十分完美，想得空前绝后，只要没有行动，机遇就不会理睬你，你也就什么机遇都抓不住，更谈不上会有什么收获和报酬。不管你想得怎么样好，只有你行动了，才有可能抓住机遇，获得机遇赋予的一切。

机遇面前人人平等，任何人的一生都有着无数机遇。有人说机遇是给予有准备的人，也有人说机遇喜爱执著的人，但我说机遇更是喜爱那些把思想付诸行动的人。一个人的机遇来了，不去用行动在它经过的地方守候它、迎接它，好好地去把握住它，机会就会稍纵即逝，机遇就不会产生作用。只有用行动去实践了，机遇才会归你所有，为你所利用，为你所发挥，为你所创造，为你作出贡献。

美国一家汽车公司在圣诞节前推出销售计划，登出广告：只要在规定时间内支付一美元到指定账户上的前三人，就可以得到一辆豪华的小轿车。但看了这则广告的人，都不相信这是真的，谁都不去付诸行动。有一位中年妇女，看到这则广告后，她认为这是一个拥有豪华小轿车的绝好机会，于是马上行动，很快就用一美元换到了她朝思暮想的小轿车。

许多人都知道商鞅变法的故事。为了取信于民，商鞅特立一木于咸阳市南门，告示：如有人将此木扛于北门者，赏十金。但观者众多，都持怀疑态度，无一人行动。几个时辰过后，商鞅看还是无人扛木，便涨为赏五十金。其后有一人想到，即使有诈，我也没损失什么，即付诸行动，将木扛到北门，便得到了五十赏金。

那位获得豪华小轿车的妇女也是这样想的，即便广告是假的，我也只付出了一美元，经济上并没什么损失，自己为什么不能把它当成获得小轿车的一次机遇呢？如果，只是去想一美元是绝不可能买到豪华小轿车的，就会对这则广告的真实性产生怀疑，去猜测这家公司为什么要登此则广告，其用意是什么？实际上，这些左思右想，对自身有什么价值和意义呢？对自己而言，唯一重要的是拥有一辆轿车，可眼前又没有买车的钱，为何不视这则广告是一次机遇，用行动去尝试一下呢？

再者，商鞅变法中的扛木者认为，秦国的法令向来没有重赏，今有此令，必有特别意义，纵然不能得到五十赏金，难道也无薄赏吗？扛木者的考虑不也是表明他付诸行动抓住了获得五十赏金的机遇吗？退一步说，即便没有得到赏金，也只不过是付出一点儿力气就可以把这个事情弄个明白，这才是积极的思维和行动。

提到温州人大家都知道，我们无不被他们经商的头脑和智慧所折服。温州已成为当代中国最富有的地区，温州人是捕捉市场商机的猎鹰，是把科技转化成生产力的智慧者，是敢于吃市场螃蟹的先驱者。他们是如何获得一次次成功的呢？不妨将他们成功的案例进行分析、解剖，来看看他们是不是敢于把思想付诸行动？就拿温州人在南斯拉夫获得成功的例子来说：战争的硝烟还没有完全散尽，谁都不会想到温州商人的各种商品已大量涌入了南斯拉夫，使得世界各国商人为之惊叹！为什么会来得这么快？原因是他们思考到了战争总会结束，结束后必然要建设，被战争毁坏的家园，再建设必然需要大量的各种商品。等到战争完全停止并结束，开始建设家园时，自然就会产生市场和价格竞争激烈的商业战争，为了避免商战，一切只有抢占了先机，占领了市场，才能无商战、无价格战地获大胜得大利。这样的思考，是谁都能想到的，但只有温州人抢先用行动，将各种商品运抵南斯拉夫邻国的边界城市，用行动守候着战争的结束，等待着时机的到来，机遇就喜欢这种用行动迎接它的人。温州人就是用这样的思维和行为，使得他们不仅在中国大地上到处有他们的事业，而且是世界各地都有他们蓬勃生机的事业。温州人拥有的财富、获得事业成功的法宝，就是靠行动，他们用行动守候机遇和创造机遇，以及获得机遇的偏爱而得来的。

在生活中像获得小轿车和得到重金的人很多，这都是机遇偏爱他们的行动而给予的奖赏，不然怎么会有“天道酬勤”的道理存在呢？“勤”难道不就是行动吗？但生活中，更多的人是当机遇来临时，他们因思想上徘徊，行动上犹豫而错失良机。温州人在南斯拉夫获得成功经媒体上报道后，也有很多人说他们也想到了，就是没有付诸行动而已。机遇就是如此偏爱行动的人，无论想到了什么，哪怕想得十分完美，想得空前绝后，只要没有行动，机遇就不会理睬你，你也就什么机遇都抓不住，更谈不上会有什么收获和报酬。不管你想得怎么样好，只有你行动了，才有可能抓住机遇，获得机遇赋予的一切。

为什么？因为任何机遇都是在运动中产生的，当机遇从你的身边经过时，你没有在那里用行动守候着它、注视它，一晃它就离你而去，它只会看看你，和你打个照面，却不会和你打招呼或是提醒你，更不会停下来等你。机遇始终是变化运动着的，你只有在行动中才有可能与它碰见，即使你有伟大的思想、完善的计划，如果没有行动对它来说一切都等于零。只有行动了，才有可能将好的思想和计划付诸实施，更重要的是在行动中才能获得机遇，才能得到机遇的帮助和垂爱，而且更多的机遇是在行动中创造出来的。所以，机遇偏爱把想法付诸行动的人。

这里所指的付诸行动，是明断明行的行动；也是勤奋勤劳的行动，是创造的行动，是奉献的行动，是积极努力的行动。但这种行动却不是盲听盲断盲行的行动，更不是带有某种欺骗、恶意的邪动。否则不但不能获得机遇的偏爱，反而将得到损人害己、失名失利的恶报，甚至是灾祸。

我曾与一位亿万富翁交谈，问他是怎样创造财富并获得事业成功的，他说："行动三分财，七分靠跑来。"我说："跑也是行动呀！"他回答："是呀！一切收获都靠付诸行动得来。"真是简单通俗地讲明了，在行动中获得机遇的道理。生活中的大量事例告知我们，只要你相信机遇是偏爱付诸行动的人，只要你在生活中明断明行，机遇的福星就会一次次地降临于你！只要你把握住了这一次次的机遇，降临的福星就会助你一次次地成功！一次次地成功必将造就你成功的人生。

留　心

凡事留心就会有所得。也就是说，人要在日常生活中，要有意识地培养自己留意生活的能力。这种能力的培养，就是要让自己有一颗好奇心，用这颗好奇心去观察，用观察来的信息带动思维去思考，去不断改变思维方式，更进一步地从多角度多视野地观察思考问题。

在生活中，只要你细心、留意地去观察和思考一朵花、一棵草、一片纸屑、一个馒头等看似非常平凡的事物，在潜心格物中一定会有很多新的发现。

许许多多的科学发明，都是源于留心观察日常生活。比如，获得诺贝尔奖的盘尼西林，是在清洗前几天吃饭用过的盘子时发现的；阿基米德定理，是阿基米德在一次洗澡时发现，人在水中时，水对人存在着浮力的作用，由此而联想产生出来的；伽利略望着天花板上被微风吹得来回摇摆的灯入迷后，发现了运动规律等等。许多伟大的发明和发现都是在平常生活中留心点滴所获得，因为真理就藏在平凡的生活中。

凡事留心就会有所得。也就是说，人要在日常生活中，要有意识地培养自己留意生活的能力。这种能力的培养，就是要让自己有一颗好奇心，用这颗好奇心去观察，用观察来的信息带动思维去思考，去不断改变思维方式，更进一步地从多角度多视野地观察思考问题。不要只用一种传统的观点、固定不变的形式来思维；不要用一种思维方式，一概而论地对待所有的事情；要学会用反向思维和跳跃式思维及联想性思维等不同的思维方式，来取舍你观察感觉到的信息。养成这样良好的观察和思维习惯，遇事时给自己多提几个为什么。也就是说，要自我培养留心、细心的观察能力和多种变换思维形式的能力，能够用不同的视角来观察事物，用不同的思维来思考一些事情，一定不能捆绑和束缚自己的思维和观察模式。

上面所述，并不是说用各种思维来做各种决策都是正确的，更不是要你漫无边际地胡思乱想，也不是叫你好高骛远、不切实际地去想空中楼阁，而是叫你学会使用各种思维能力，是叫你细心留意事物的各种事态和现象。如此就会有新的发现，可能会得到意想不到的收获。也就是说，站在不同的角度来看问题，进行综合分析，这样得出的结论才有说服力。特别要突破思维的定式进行思考，要敢于对传统的、公论的、一些人们都认为是对的事情进行辩证的思维，不要不假思索、从众地下结论。不要被事情的表面和假象所迷惑，努力突破现象去认识本质的存在。用哲学的思维方式，通过观察、分析、思考、推演，将事物还归到它的本原。

如人们上卫生间时，都习惯先行方便，然后洗手，人们认为这样才是讲卫生，但很少有人对这简单的过程进行分析。现在我们就此事进行分析：手接触外界事物时，什么脏东西和病毒细菌都会沾染其上，上卫生间时如果不先洗手就会将所接触到的细菌传给自己的身体，这么简单的问题，就是人们的思维被大众的习惯所束缚住了，丝毫地不去思考一下。大概人一般都有这种不思维的定式习惯。如果大家都是这样，也就成自然而然的了。

即使是名言，也有可能存在缺陷和更待升华的意义存在，如《增广》中劝人："静坐常思己过，闲谈莫论人非"。人在静坐时除了思己过之外，难道不能去想他人的优点吗？闲谈除了不说他人的是非，就不能阐述自己的观点吗？只做到"静坐常思己过，闲谈莫论人非"，难道不是一些消极、被动、保守的思维和行为吗？如果推而广之到人人都如此，不仅自身不能得到发展，并且社会也可能得不到进步和发展。

在生活中，只要你细心、留意地去观察，思考一朵花、一棵草、一片纸屑、一个馒头等看似非常平凡的事物，在潜心格物中一定会有很多新的发现。如果长期地去观察，思考，养成这种良好的习惯，一定会使你得到巨大的收获，起到改变你的人生、造就你人生的作用。或许某次的留心和留意就会改变你一生的命运，成就你一生的事业和人生价值。不信你可以多找找成功人士成功的原因吧！因为真理就藏在平凡、普通的生活之中。只要你时刻留心观察、思考，随时都有可能发现金子和真理就藏在自己的生活工作中，最终成为一个成功的人。

人　情

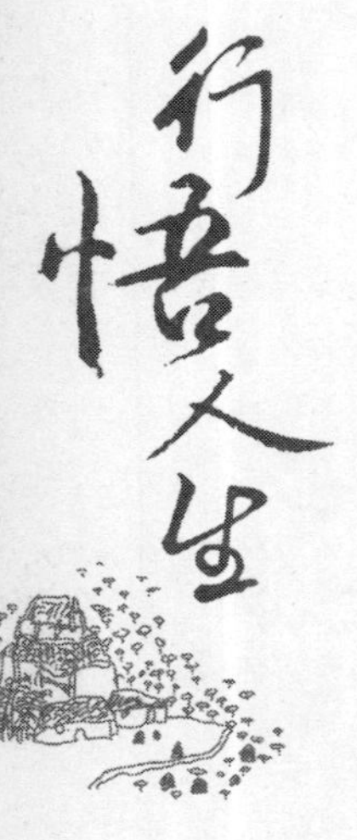

这许多被打、被羞辱、欺凌、歧视的伤痛，数也数不清地留在记忆里，让人难以承受交织在一起的肉体的伤痛和心灵之痛，已无法分清是哪个痛或哪个更痛……

纵观古今，横看中外，世态炎凉，人情高低，冷暖厚薄的变化，在富贵之家比贫穷人家更显鲜明；嫉恨猜忌的心理在骨肉至亲之间比跟陌生人显得更厉害。记得某历史书中的一段文字：越有权的人越心狠无情，越有权的人越想权；越有钱的人越想钱，越想榨枯贫民的骨髓。宫廷中最残酷，豪门贵族最重利。位高者总是策划损人害人，害过人后不留痕迹，还让人说他好。

人类的情感无比复杂，人心的变化也无穷无尽。今天认为的美好，明天可能变为丑陋；今天的热爱，明天可能转换为愤怒，不都是所谓的“人情冷暖，世态炎凉”，也就是人情反复、世路崎岖的道理。季羡林先生说：“人情冷暖，世态炎凉，古今所共有，中外所同然，是最稀松平常的事，用不着多伤脑筋。”季老的话这样说，肯定是正确的，但有谁真正面对人情冷暖时，能做到不用伤脑筋，不屑一顾地心如止水呢？即使是季羡林老先生恐怕也不能完全做到。如果做到了，就不会有下面一段感述：“对世态炎凉的感受或认识程度，是随年龄的大小和处境的不同而很不相同的，绝非大家都一模一样。我在这里发现了一条定理：年龄大小处境坎坷同对世态炎凉的感受成正比。年龄越大，处境越坎坷，则对世态炎凉感受越深刻；反之，年龄越小处境越顺利，则感受越肤浅。这是一条放诸四海而皆准的定理。”

我在生活经历中，虽然没能体悟到季老先生发现的这条定理，也没有季羡林老人家的好运与坏运那么多的相结合，也没有季老先生坦途与坎坷交替混杂相伴的人生，更没有季老先生长达近一个世纪的人生经历和阅历，肯定难以达到季老先生对世态炎凉、人情冷暖感受和理解的程度。但我还是要用我的经历和感受对季老先生的定理说出一点想法。季老先生被打成“反革命”后所经受的各种世态炎凉、人情冷暖，都是可以找到理解和接受的定位。因为季老被打成“反革命”时，遭遇一切世态炎凉、人情冷暖之时，已是具有了一定承受能力的成年人；成年人被打成“反革命”的对象后，都会理性地去思考，弄清楚、弄明白自己当下所处的处境。尤其在面对冤屈、灾祸、灾难时，都会努力去改变。面对无法改变的事时，都会本能地要求自己调整心态去接受、顺从和适应这种世态炎凉、人情冷暖的现实。

相比较之下，我要讲的是，季老先生谈的人情冷暖体会是他被打成“反革命”后的种种感受，固然是真情实感之言，可是这种体会和感受，却不能代表那些被打成“反革命”者的子女，特别是只有几岁大的孩童们，在紊乱的岁月中经历的一切。作家柔石曾深情地说：“孩子，是人类纯洁而天真的花朵。”可是这些纯洁天真的花朵，在那特定的年代，几乎是在一夜之间，被突如其来的狂风暴雨席卷神州大地时，他们的人生都发生了翻天覆地的改变。

那时的我尚生活在甜美的梦乡，当我被一群陌生人大声的吼叫惊醒，妈妈用比以往变笨了许多的手为我穿上衣服。我用小手揉着不愿睁开的眼睛，莫明其妙地被父母拖着在黑暗中高一脚低一脚地走，遭受从来未有过的折磨。

一下子从快乐朦胧的天堂掉到了现实的地狱中。离开繁华的城市，来到了茫茫的原野，看到的是枯草、荒坡、黄土，感受到的是荒凉和凄凉，一阵阵北风呼啸着吹得人直哆嗦，凛冽的冰针穿过衣裳，透过皮肉，带着酷寒直刺人心！从白天到黑夜，从黑夜到白天，有亮光没有太阳，始终是乌云翻滚，天就在眼前，却走不到尽头。父母的脸阴沉得比天还暗，天地之间都是一片灰暗色，没有生机、没有绿色、没有生命、没有声音，整个世界都在沉寂……只有妈妈紧紧抓住我胳臂的大手，潜藏着一种巨大的力量，驱使我早已麻木僵硬的腿向前走去，唯一能够听到的说话声，就是押送我们的人，在极静的沉闷中发出时有不耐烦地叫喊道：快走，快走……

经过多番辗转之后，终于在几天后的一个早晨，天刚微亮时，我们行走的目的地到了。当地村子里的一个人，把我们领到一个三面是土坡，在土坡之间用许多木棒搭着，上面盖着稻草的大棚子前面，对我们说道："你们就住这"。后来据说，我们来之前棚子里面养着三头牛，其实就是让牛过冬的牛棚，现在变成了我们一家五个人躲避严冬酷暑的栖身之地。转眼间一切都变了，失去了宽敞、明亮、温暖的房子，失去了我的许多小人书和玩具，失去了父母脸上的笑容，失去了同父母做游戏时的宠爱，失去了天天一起玩耍的小伙伴，失去了爷爷、奶奶、伯伯、叔叔、阿姨……人与人之间相互关心、相互关怀的亲情友情……原本无限美好的世界，一下子变得无情无义，并且到处充满着敌意

吴昌硕

和仇恨……一切的一切，所有的人和世界都变了。看到的是父母满脸愁眉不展，听到的是父母不休的争吵和莫名其妙的长吁短叹。也不知为什么父母时常对我的逗趣变成了大声吼叫。面对着父母反常的态度，我睁大着稚眼望着，泪水在哑声中涮涮流淌……儿童天真纯洁的心灵，天然固有的欢乐与童趣，被面对的未知和残酷无情的现实驱赶得荡然无存，却在心中留下许多用言语难以倾诉出的无穷迷茫，深深地烙在了灵魂的记忆里，如同空谷中的回荡之声，不停地敲打盘旋在脑海里，一遍一遍地冲击着心灵，怎么会？怎么会是这样……

冰天雪地的酷寒严冬，在无衣御寒、无柴取暖、无米充饥的窘迫中艰难度日固然恶劣可怕，却比不上身处在特殊年代中的人群里，看不到一张笑脸，听不到一句温暖的话，那样地令人恐惧。尤其是让孩童经受和目睹许多事情的场景，使之感到的惊惶、恐惧、胆怯……幼年的我经常看到父亲被绑着，戴上用竹片和纸做的高高的帽子，上面写着打倒他的名字，还有一块大木牌用绳子串着挂在胸前，上面写满着侮辱他的言语，到处地游走、批斗、挨打。每当如此，母亲就长时间地站在棚屋旁边沉默发呆，望着远处好久好久，一动也不动，盼望着父亲能平安归来，因为父亲经常是在被打得遍体鳞伤中被人抬回的。

在城里时，街坊邻里间出了名的淘气调皮的我，这时候却连离开棚屋太远都不敢。即使这样，还是避免不了一次次地被一群一群的孩子，有比我大的、小的和我差不多年龄的，一起用泥巴、木块、石块，甚至是牛粪砸，或是几个小孩一起动手将我打倒压在地下，狠狠地拳打脚踢，把我打得鼻青脸肿、头破血流，打完后还朝我身上脸上吐口水、尿尿等，至此，还不能令他们满意，虽然手脚停止，口里还得唱着他们得胜的歌谣，好像庆祝他们的胜利地骂："他是黑五类大坏蛋的子女，是小黑崽子，是小坏蛋，砸破小坏蛋，打死小黑崽子。一起喊：戴高帽、挂黑牌、游田埂、打倒他……"这许多被打、被羞辱、欺凌、歧视的伤痛，数也数不清地留在记忆里，让人难以承受地交织在一起的肉体之伤和心灵之痛，已无法分清是哪个痛或哪个更痛……

这许许多多连大人都无法接受和面对的事，从昨日到今日发生冰火两重天的变化世界，此境此况，却叫只有几岁的孩子去面对，让孩子生活成长其中，孩子的答案在哪里？让孩子更不知的是，为什么有学不能上，有路都不能走。总之，见到往日惧怕的蛇和狗都不怕了，现在反而最惧怕的是先前最可亲可爱的人。见到的无论是大人、小孩或是学校的老师，我都害怕得全身颤抖，在很远的地方就慌慌张张地躲避开，有时候会因路窄无处躲避时，顾不上是冬天还是穿着布鞋跳到有水的田里或淤泥中。因为经受的羞辱和欺凌太多太多，留在我单纯童真的内心深处是恐惧，以至于我时常在睡梦中重复着被一群一群小伙伴们追赶、羞辱、揍打、谩骂的可怕情境。被噩梦惊醒后，小小的我只好胆怯地躲在草铺的角落哆嗦、哭咽。这是我在儿童时代面对无知无能无可回避、无以解答、无人呵护、无处求救的现实，只能用压低了声音的哭咽、流泪来平衡人性的本能，除此还能怎样呢？即使这样，还是避免不了在深夜中吵醒父母，被白天批斗劳作折磨得疲惫不堪、身心憔悴的他们，哪还有心情来问明孩子为何而哭的缘故，作为一个正常的父母来呵护安抚儿童的心灵呢？因为他们是人不是神，只会自然表现出他们心烦的行为，对我发出恶狠的训斥：深更半夜哭什么！如若不能及时地止住哭声，还会挨上两巴掌。还有在小学里受到老师和同学的许许多多歧视、欺凌、羞辱，人心之恶劣尤甚于前……天真稚嫩的心灵中充满了疑问，怎么会是这样……我并没有做错什么？老师、同学、周围的小伙伴，昨日还是笑容满面，怎会朝夕之间翻脸无情，变幻得这样冷酷残忍？受到深深伤害又得不到解答，只能任由其自生自灭地去经历承受，这对一颗幼稚、纯洁、脆弱的心灵，带来的冲击和摧残程度，是任何时候、任何伤害都无法相比的。而生活成长在此情此景之下，对一个还不具备理性思维的孩童，对他们的心灵折磨、撕裂和煎熬留下的伤痕会是多么的深刻，以我亲身经历来看，即使用一生的时光也只能丈量一二。

季羡林老先生未经此等感受，所以季老写道“雨过天晴，云开雾散”后，对“世态炎凉，古今中外如此，因此，我没怪罪任何人，包括打过我的人，只是反求诸躬”。季老先生是成年人，知道那是时代的责任，在特定环境下产生的特殊原因。用时间淡化了一切，用见识明白了一切，用胸怀谅解了一切。可是，我们这些“黑五类”的儿童能明白，能清楚吗，能恨谁能抱怨谁？能宽容能理解谁，一句放下释然的话，恐怕不能承载起特定时代，给我们这一代人刻骨铭心的创痛吧！那些记忆都是如此的历久弥新，现在的我，只知道五十多年的历史过去了，道理、事理都在知天命之时明白了，但幼时的噩梦还是时常地做，时常地想起，撕割心灵的伤痛时常地在心灵中重复。那时恐怖的阴影还影响着我的人生行为和思维。扪心自问，人生之伤痛，人生之悲哀，实属莫过于此呵！

纵观古今，横看中外，世态炎凉、人情高低、冷暖厚薄的变化，在富贵之家比贫穷人家更显鲜明；嫉恨猜忌的心理在骨肉至亲之间比陌生人之间更厉害。历史上往往是越有权的人越心狠无情，越有权的人越想权；越有钱的人越想钱，越想榨枯贫民的骨髓。宫廷中最残酷，豪门贵族最重利。位高者总是策划损人害人，害过人后不留痕迹，还让人说他好。宫廷杀人须借刀，杀了人灭了口还要灭族。放火烧完了一切还要仔细审查火星灭尽没。父杀子，子杀父，母杀子，子杀母，兄弟姐妹所有亲情互相杀绝人寰，心不颤，手不抖，皇宫中就是典型。民间杀人者多为冤屈和气愤，皇宫杀人灭族无情无义更是无冤无气愤，只为争权和夺利。

人性这善恶，其实在荀子《性恶》篇中，就有相当精辟的阐释。尧问于舜曰："人情何如?"舜对曰："人情甚不美，又何问焉！妻子具而教衰于亲，嗜欲得而信衰于友，爵禄盈而忠衰于君。人之情乎！人之情乎！甚不美，又何问焉！"大意是尧问舜人情怎么样？舜答道：人情当然好，又何必问呢？有了妻子，对父母的孝敬就差多了。嗜好和欲望满足了，对朋友的依赖就差了。高官厚禄的愿望满足了，对君主的忠诚就差了，贪奢享乐的欲望就开始膨胀了，这就是人情呀！

还有一种人情，那就是当你显示出才华和高尚的人品时，有人会因此而嫉妒你；在你一帆风顺事业得意的时候，他在最阴暗的角落诅咒你；在你斗志昂扬、奋力进取的时候，他会用最肮脏的语言攻击你。其实细想来，面对别人的嫉妒，是不需要苦恼的，甚至是一种荣幸，他对你的嫉妒，是因为你需要嫉妒、值得嫉妒。有时是因为他的才能不如你，有时是因为你的才能居然和他相差无几。当一个人处在这种环境中生活，如不能心平气和地用冷静的态度来应付，不能用理智来压抑自己的情绪，面对这种人情世态，那就很难不陷入如坐针毡的境地，在愤怒抱怨中度日的。

古语云：人生不如意八九，可言说难有一二。我说不如意的才是人生，历经冷暖饱受炎凉的人生才有意义和价值。细细想来，未经世态炎凉、人情冷暖而有作为者寥寥。孔子言“未知生，焉知死?”没有经过，哪来的体验和感受，人生好坏、成功与否都是由自己创造出来的，人生的意义就是要在有限的生命中，尽可能努力将有限的人生价值创造得无限些。其实，任何人的人生都是公平的，一切的不平，都是己心的不平。只要明白了孟子所说的：“故天将降大任于斯人也，必先苦其心志，劳其筋骨，饿其体肤，空乏其身，行拂乱其所为，所以动心忍性，曾益其所不能”这段话的意义后，人生之路上哪里还有什么人情冷暖、世态炎凉呢？所有的世态炎凉、人情冷暖都是上天对你的垂爱，用来造就和砺练你的人生，希望你成就事业为社会作出贡献！

得　到

你时刻为他人着想，帮助他人去做他做不到的事情，把他人需要的给予他人，这样他人也乐意将你想要而得不到的给予你。只有在这种付出与产生的良性循环中，用你的付出所获得的价值去换取你所需要的，你才能从社会中获得你的需要。

一分付出，一分收获。付出的越多，得到的越多，收获与付出永远成正比。怎样才能得到？就是看一个人是不是真正弄懂了“付出”二字的道理，并按此道理切实努力地行动。这里有一个简单的算式可以算出付出与得到的值（S），把自己对认识付出的程度系数（x/a）和落实到行动上的程度系数（x/b）加起来的和除以 2 的商，就等于是自己付出所得到的价值，即 S =（x/a+x/b）/2。

第一，要懂得付出含义的真正定义。第二，要能够用付出的行动来验证，推理付出能得到的公式验算过程。第三，要从心态行为上明白一对一的付出，不一定等于一对一的收获。直接的付出，不一定会有直接的回报，可能是间接的或是转弯的回报。因为任何物质、物体的运动转变都存在着周期，存在着转变的过程，还存在着时间和空间的关系。当你具备了上述三个条件时，你心中想得到的事和物以及追求的目标就很容易实现了。如果你达不到这三个条件，那你想得到的一切目标必然是有限制的，是有困难的，是难以实现的。

在社会里，一个人的力量和能量都是极其有限的。你不去为别人着想，只想着自己的事，自然别人也不会为你着想。无论你需要的是什么，只要现在不归你拥有，那么必然是在他人处。无论你是多么博学多才、心灵手巧，把你的学识和能耐同社会比较起来都是微乎其微的。一个人的生存，仅靠个人的能力，是完全无法获得自己所需求的一切的。

而且由于现代文明的高速发展，社会中的各种分工越来越细，一个人会做的和能做的都是极其有限的。当你转换角度思维时，就会知道社会的他人是无限的，你也是社会中无限的“他”中的一分子，他人看你也是社会中的他人。你时刻为他人着想，帮助他人去做他做不到的事情，把他人需要的给予他人，这样他人也乐意将你想要而得不到的给予你。只有在这种付出与产生的良性循环中，用你的付出所获得的价值去换取你所需要的，你才能从社会中获得你的需要。

人生在世绝不可孤立自己，一定要把自己同社会联系起来。社会是丰富多彩的，人所需要的无论是物质的还是精神的都在社会中，脱离了社会你的所需就无法得到满足。一言以蔽之，最顺、最好、最大的得到，就是在人生的各个阶段都把自己该做的事努力做得优于他人，用自己积累的能量去创造有益于社会的东西。这就是人生的成功，就是付出而获得的价值。用自己的价值从社会中换取自己的需求，就是自己的得到。

森 林

在森林中由自己探索走出来者，是付出的多，收获的不一定多；消耗的时间长，行走的路程长，有效的路不一定长；走的弯路多，见识的多，感知感悟的不一定多；疑惑的多，识别创新突破的也不一定多。

人生的意义和价值，就是要从森林中走出来，要把森林中的宝藏和真理带出来留给后人，要把在森林中的感知、感觉整理出来，指导准备进入森林的后来之人和在森林中行走的人，帮助他们更快更顺利地走出森林。

人的一生就是人生之路的全程，行走人生之路如同穿越森林之旅。旅行中用脚走的是自然之路，不是人生之路，但用脚走出的路也是人生之路。健康有脚的人，用时间从自然之路上走出人生之路，但无脚的人不用脚，用时间走出的距离也是人生之路。生活中有许多四肢发达强壮的人，在自然之路上行走、奔跑十分强健，却很不会走人生之路，人生之路走得还不如拄着拐杖的人，甚至还不如下肢都瘫痪了的人。有脚的人走自然之路，比无脚的人强，但在走人生之路时，并不一定会比无脚的人强，甚至无脚的人还可能比有脚的人在走人生之路时走得更快、更稳、更成功，有可能走出的人生之路更长、更宽、更辉煌！

人生的路无论是用脚走还是不用脚走，都如同穿越森林之旅行的过程。只不过人生之路不可能重复走，并且人生之路的森林比自然中的森林更茂密、更宽广，更无边无际。当然，人生的森林大小、茂密的程度和森林中的树木种类、树木的大小及森林中的景色、宝藏等都是不相同的，会因人而异有着不同的森林。而且有些人的森林还不是树木构成的，可能杂草丛生，可能荆棘无边，可能花海锦簇，是以各式各样的内涵和形态展现着的存在。但无论是什么样的人生森林，都必须用一生的时间才能走完，只要你的生命还在延续着，你的人生之路就没有走完，就得继续走在人生之路上。自然的森林之旅与人生森林之路的不同之处就在于，人生的森林之路是用一生的时光走完的，一生只能走一次。无论是生命之长与短，人生的森林之路在生命终止时，都已走到了尽头。活着的人和后人，会对一个从人生的森林中穿越、经过了的人进行验收统计，以确定其在人生森林全过程中付出、发现、创造的意义和价值的大小。

在自然的森林中行走，会有如下的一些方式：一种是走出森林，另一种是走不出森林，再就是从原路返回或是迂回地走到走进森林的终点或走过森林的一点边角，或从森林的某一斜角中穿过，或穿越已走过的地方，或多次来回往返地穿越森林，或反反复复地退回来重走等。而人生的森林之路只有一种走法，向前走了多远就是多远，走过了的路是无法回去再走的，哪怕退回一步，都是不可能的，即使退后也是一种向前。不过人生的森林之路，虽然走过了的就没法回返，却可以不断地从当下开始，选择不同的行走方式来走下一步的路。

走出森林者，能够让人知道他是从森林中走出来的，能把他在森林中的感知、感觉带到森林之外，他能让未进森林的人，听到森林之路的概况和奇遇，或使未进森林者产生对森林的遐想，或引导他人去探寻森林之中的奥秘世界，或同从森林中走出来者交流行走于森林之路时的所见所闻所感所思……走不出森林者，必然在森林中死亡，不过在森林中生存的时间有长短，方式有不同。但是，每一个人都是在迷茫中行走着人生之路，在未知中寻找着已知，探求着认识上的未知，或把未知变成已知并将已知进行升华，把握未知，而将其进行着人生的许多的求索。

总而言之，无论你在森林中行走了多么长久，行走了多少里程，看到多少绮丽玄妙的风景，也无论你在森林中战胜了多少困难，历经多少惊险奇特，哪怕是获得了许许多多有价值、有意义的思想和真理，如果没有走出森林，都是没有用的。如果你未从森林中走出来，哪怕你到达了谁都没有去过的地方，谁都没有到达的领域，发现了谁都没有发现过的事物，探寻和感悟到影响和改变世界的真理，你却死在了这个从未有人知的地方，这又有什么用呢？你的有幸发现，不是又同你的不幸死亡一起失去了吗？要是哥伦布发现了美洲大陆后，在他把这个发现未告知世界之前，他带着这个“发现”死亡了，那还能说发现美洲大陆的是哥伦布吗？

因为你的所知所能，在你走出森林之前，这一切都归你个人单独所有，你未能走出森林，传授与他知道，你所有的伟大都如同你的渺小一样，随同你的生命都将在森林中消失……除非有从森林中走出来的人把你在森林中有价值地遗产带出来，用于社会并告知他人。否则，也只能是让从森林中行走和走出的人，看到一具不知姓名的几根白骨而已。永远不会有人知道，你也曾经有过理想和抱负，为追求人生真谛，也付出了许多努力和奋斗。

在森林中由自己探索且走出来者，是付出的多，收获的不一定多；消耗的时间长，行走的路程长，有效的路不一定长；走的弯路多，见识的多，感知感悟的不一定多；疑惑的多，识别创新的也不一定多。无论是走人生的森林之路还是走自然森林的路，要想走得轻松、快捷，目标明确、方向准确、规避风险、防备灾祸的发生，就应该去拜从森林中走出来的人为师，听从他们的教诲，用他们的经验指导自己的行走方法和方向。并且要多拜访、多求教于不同时期用不同方式从森林中走得快、看得多、带出的宝藏多的人。更要潜心拜读他们整理的感悟，用以指导自己穿越人生和自然的森林之旅。做好了准备工作，如何行走才是比较好的方式呢？那就是约上志同道合、有着共同的爱好和理想的人，一同进入森林的路上去行走，一同去探寻人生和自然森林中的未知奥秘，在欣赏森林大自然奇妙美景的同时，享受人生与自然森林恩赐给人类的快乐，把两种森林之路融合成一条大道。在行走中，相互的切磋琢磨地感悟，用感悟来升华人生的意义，创造人生的价值。这样的行走就是最好的人生森林之旅。

人生的意义和价值，就是要从森林中走出来，把森林中的宝藏和真理带出来留给后人，要把在森林中的感知、感觉整理出来，指导准备进入森林的后来之人和在森林中行走的人，帮助他们更快更顺利地走出森林。因为人生太短暂，且人的生命太脆弱，如果不能很好地把握，会在不知不觉中虚度了光阴，或无意之中自耗自毁了生命！怎样做到无愧于人生？须明白季羡林先生说的：人生的意义就是承前启后。学的知识叫承前，将学来的知识和感悟一并传于他人叫启后。如果不学习前人，怎么好去承前呀？

人起初和动物相差无几，造就人类与动物的差距，使人类成为自然的主宰者。这是人类具有了前传后教的一种学习方式得来的。离开了学，则一切都不会得到发展。前人的所有传承，都是需要我们后人去承前的。否则，就会失传。

所以，每一个活着的人都有责任和义务去好好学习，一定要把我们前人总结创造的文明承接下来，才是我们人生意义的一部分。没有承前的人生意义，如何有能力去开启人生明天的意义？不学习，一是没有承前；二是想承前而不能承前；三是有承前没有能力而不能传后；四是想传后而无法传后。学习是培养传承的能力和获得承前的内容，致用是学习培养出来的传承能力，去将承前来的内容启后传下去的发展。只有这样的学习和致用，才能使自己在人生的森林中行走得顺畅快捷，发现得深邃广博，收获得硕果累累，才能有知有能有宝物地去传给后人而不枉此生！

感　激

行悟人生

如果你在被激动和感动的时效期内未付诸行动，那么随着时间的离去，你的激动和感动被带走，你就会一动不动。所以，你要在被他人或他事激动、感动时，借助使自己激动、感动产生的动力去马上行动，以自己的行动去实现使自己激动、感动的愿望，用自己的行动去激动和感动更多的人。

没有人一生都没有被某人或某事所激动和感动过，也没有人一生从未经历过激动和感动的事。使人感动和激动的内容很多，激动和感动也不是局限于某种形式和格式的，不过都是由人的情感所反映出来的现象。有时候是由可恨、可恶、可恼的事情产生的激动，有时候是由可敬、可尊、可佩的事情产生的感动。总之，激动、感动在人的生活中，无论看到的是他人，还是自己，都是人的一种很普遍的情感表现。

激动、感动的这种情感的表现，无论是在自己的身上，还是在他人的身上，都是难以长久保持的。不管它是他人创造的感动，还是被激动和感动的人产生出来的情感，能够保持长久使人激动和感动的事是极少的；在被激动和感动中将其转化为行为的人更是极少的。因为感动和激动都是具有时效性的，有的激动和

徐悲鸿

感动，还必须具有场景和背景时才能产生。无论感动、激动的内容使本人和他人感动和激动到何等程度，都容易随着时间的远离而淡化消失，随着场景和背景的分离和转移而衰退和减弱。当情绪稳定、心情平静后，事情也就必然会慢慢地淡忘和消失，它的意义也就慢慢地不复存在了。

激动和感动是人被激动和感动的事与人感染出来的一种情感表现形式。一旦将激动和感动转化为行动就不一样了，激动和感动的情感现象，就会由虚变成实，由形式的变成内容的，由短暂的变成长久的。因为行动是具体的，有着实际意义和实实在在的内容和内涵，它看得见摸得着。只要你的行动内容和行动创造的价值还存在，就等于引起你行动的激动、感动的内容和价值还存在，行动的存在是由行动创造的价值而决定的。

激动和感动所具有的意义是有时效期的，对他人的价值，也只能停留在感动、激动的时效期内。而行动则不一样，无论是对自己还是对他人都是有着实际内容的，有着实在的价值和意义存在。只有行动才能把激动和感动的情感留住；只有行动才有可能使你为之激动、感动产生的愿望得以实现；只有行动才能把激动和感动所具有的价值时效性进行延长和提升；只有行动才能造就一切愿望的实现。

激动和感动都有可能促使人去行动，但激动、感动不能决定行动，反之，任何形式的激动和感动，都是用行动的形式表现出来的，并且在行动中又可以促生出新的感动和激动来，进而可以创造出更多令人激动和感动的事情来。如果你在被激动和感动的时效期内未付诸行动，那么随着时间的离去，你的激动和感动被带走，你就会一动不动。所以，你要在被他人或他事激动、感动时，借助使自己激动、感动产生的动力去马上行动，以自己的行动去实现使自己激动、感动的愿望，用自己的行动去激动和感动更多的人。让更多的人激动、感动，让人们永远生活在美好幸福的激动、感动之中，去感知人世间的真情实爱，去感受人世间的真善美！要知道，这一切人间的幸福美好都是由行动创造出来的，当自己被激动、感动的时候，对激动、感动的最好回馈就是行动。

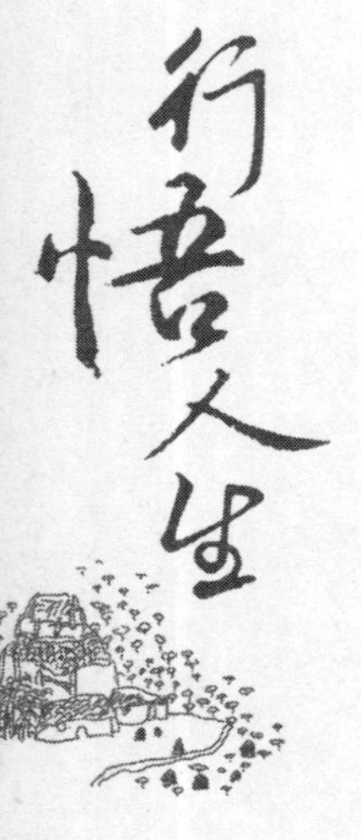

环　境

一方水土养一方人；日照多的地方人就会黑一些，日照少的地方人就会白一些；炎热的地方建房子讲究南北通透开大窗，寒冷的地方开小窗建夹墙，筑火炕；东甜南辣，西咸北淡，不同区域的气候环境，造就人的口味都不同；北方人能喝酒，南方人喜喝茶；等等，这些都是环境所起的作用。

你想成为什么样的人，你就应该到什么样的人群环境中去生活，才有可能同这其中的人一样；你想叫你的子女成为什么样的人，你就应该给予他们什么样的成长环境。

历史故事“孟母三迁”，就是孟子的母亲为了给孟子寻找一个好的成长环境，孤身一人带着幼小的孟子三次搬迁居住的家。这对一个柔弱的女子是多么的不容易啊！是什么力量指引着她这样做呢？是她深刻地领悟到了环境对儿子成长的重要性。为了有一个适合儿子成长的好环境，她在所不惜，再穷不怕、再难不惧、再困不畏。结果证明了孟母的选择是对的，并因此造就了一位与孔子比肩的亚圣，成为中国历史上的儒学创始人之一。

如果没有孟母为改变孟子的成长环境的三次搬迁，恐怕孟子的一生该另当别论，也许我们就不会知道历史上有过孟母和孟子二人。从孟母为孟子选择的环境来看，孟子的母亲是一位非常聪明而富有远见卓识的人，是一位贤德而富有智慧的母亲，她非常清楚为儿子选择健康成长的好环境，才会造就儿子成才。她有了这样的考虑，并能坚定不移地执行自己的想法，结果事情果如她意。孟母既造就了儿子的成才，又通过造就儿子而成全自己为“亚圣之母”。几千年来只要知道孟子的人就知道孟母。

“近朱者赤，近墨者黑”，“跟好人学好，跟坏人学坏”，“久入芝兰之室不闻其香，久处鲍鱼之肆不闻其臭”，等等，这些格言警句都是以不同角度，从人到事、到物、到自然，肯定环境对人的作用力。“橘生淮南则为橘，橘生淮北则为枳”。如果中国的小孩在美国成长会自然地讲英语，美国的小孩在中国出生成长，就会自然地说汉语，生活在几国边界上的民族，就自然而然地会讲几种语言，这不都是环境原因造成的吗？

曾看到一则报道，有一位出生不久的婴儿，被一匹狼叼走后，同狼一起生活了七八年，被救回来时，走路只能像狼一样地手脚爬行，不会说话，只能像狼一样嚎叫，这是环境把人变得像动物一样。马戏团里好多种动物，通过像人一样的训练做各种表演，这一切的例证说明环境的变化不仅改变人和动物的性情、习惯，而且能将人的性情、习惯传给动物，将动物的生活方式传给人。环境的影响力是巨大的，环境的变化是可以改变一切的，并且在环境变化的过程之中，无论是人类还是自然都会自然而然地发生变化。

“以身作则”、“言传身教”，是要求父母创造一个以自己的言传身教去影响孩子的成长环境。孔子说：“其身正，不令而行；其身不正，虽令不从。苟正其身矣，于从政乎何有？不能正其身，如正人何？”这段话是孔子讲述当权者应该以身作则，言传身教。如果自己做到了，清正廉洁，勤劳朴实，造就成了和谐自然的氛围，那么政令自然会畅通，用不着反复下命令强迫、强制性去说去做。反之，行政者没有亲历亲行而造就这样的环境，通过强制、强迫是行不通、做不到的。

人和动物在成长之初，把人放到了动物生活的环境中生活成长，就自然会有一些动物性的习性。把动物放在人生活的环境里，按人生活的方式去驯养它，就会培养出很多和人一样的习性。“将门出帅子，书香门第出才子”；一方水土养一方人；日照多的地方人就会黑一些，日照少的地方人就会白一些；炎热的地方建房子讲究南北通透开大窗，寒冷的地方开小窗建夹墙，筑火炕；东甜南辣，西咸北淡，不同区域的气候环境，造就人的口味都不同；北方人能喝酒，南方人喜喝茶，等等，这些都是环境所起的作用。所以说，你想成为什么样的人，你就应该到什么样的人群环境中去生活，才有可能同这其中的人一样；你想叫你的子女成为什么样的人，你就应该给予他们什么样的成长环境。

孟子的弟子问，怎样才能学到他国的文化、礼仪和习俗。孟子曰：“有楚大夫如此，欲其子之齐。”

习 俗

正是那些为了追求真理而不计个人得失，并遭受同时代之人唾骂指责的逾规者，用自己周遭苦难的立信虔行破世创俗，才推动了社会的前进与发展，他们也因而受后人敬仰，名留青史。

刀用则光，脑用则灵，水流则不腐，思流则鲜则涌则日新。一旦思考成熟，就去行动，就去超越，千万不要被世俗的观点所束缚，千万不要被权威所禁锢，千万不要盲目地从众，千万不要忘记慎思辨行。

习俗像一个人养成的生活习惯，但又不完全是。习惯有个人的习惯和共同的习惯。共同的习惯就是习俗。人的习惯一旦养成就很难改变，无论好坏都一样，而习俗更是如此。可以说，绝大多数习俗，在形成之初都是积极的，对人类社会是有益的，人们应该去遵循的。但我们不能不思考，习俗的生命力有多长久，当下是否应该继续遵循下去？如果我们在遵循的同时，对其不断深思，并积极加以改变和创新，习俗也必然会更有利于个人和社会。

尊重遵守习俗之人，往往可以赢得好的口碑。但如果只是一味地遵守遵循，而不去思考它的时效性，将思维和行动保守禁锢起来，不求有突破和创新，就会阻碍社会的发展和进步，甚至损害人们的身心健康。查考历史上的一些发明家和创造者，他们在生活中往往不拘细节、不安本位、自行其道，超越时代追求新生活，或者恰好是一些破俗立世，不被当时社会所接受和理解的人。正是他们这些人明白了习俗的内涵，进而参透了习俗的时效性和局限性，领悟到世界上没有永恒不变的绝对真理，因为真理也存在着时效性和局限性。随着时间的推移，空间的变换，环境的改变，真理也会与时俱进、与变同变，只有这样才能保其作为真理的价值。正是那些为了追求真理而不计个人得失，并遭受同时代之人唾骂指责的逾规者，用自己周遭苦难的立信虔行破世创俗，才推动了社会的前进与发展，他们也因而受后人敬仰，名留青史。

习俗的发展是由一人、几十人、几千人……几亿人，一个民族、几个民族，一个国家、几个国家，在生活中总结、积累、传播、认同而形成的。一方面，在不同的地区，不同的民族，能看到不同的习俗；另一方面，不同地区，不同民族，不同国家和地域，也可能有着同样的习俗。如欧美人喜食奶酪牛排，亚洲人爱吃米饭熟食等，则说明习俗的产生都有着一定规律。最初人类开始使用工具、穿衣服、生火吃熟食等，就是在生产、生活中不断总结积累而形成的。像过年、过节等习俗，是在某一特定情况下形成的。过年放鞭炮、贴对联等，或许是先从某一创新突破者开始，有人随后效仿，并逐渐传播开来。时间久了，大家就接受和认可了，过年放鞭炮、贴对联的习俗也就传承下来了。越南人说法语、用法文，遵循法国的习俗，现在虽然法国不再统治他们了，但也更改不了在强制情况下形成的习俗。

春秋战国时期，华夏大地处于分裂状态，大小国家林立，民族众多，语言文字也很多、很复杂，不便沟通与交流。秦始皇统一中国后，为了使政令畅通，促进社会发展，让人与人之间的生活交流沟通起来简捷方便，并对文字以及度量衡等都制定了统一的标准和规定，让人们接受、使用、推广，从而产生的新习俗。现代社会进而发展出了，使人们更方便、更易接受、涵盖面更广的汉语普通话和汉语拼音。许多习俗都是人们在长期生活中，为满足生产生活的需要，根据实践经验的总结和创造，进行一次次规范性定格、破格，逐步演绎形成的。也有一些习俗是在国家和民族的发展中，随着社会的进步，自我推陈出新更迭而来的。当然，产生习俗的方式和原因有很多，以上例子说明：习俗的产生与形成，都是具有某种特定社会原因和自然原因的。既然有特定社会和自然的原因，那么习俗就会具有它的特定性、区域性、时效性等诸多可变性的特征，也必然是旧的习俗不断被淘汰，新的习俗相继应运而生。

孔子在两千多年前，曾取笑他的学生采摘路边树上的果子，理由是：在路旁，人来人往很方便的地方，树上还挂满果子，肯定是不好吃或是不能吃的涩果。如果是好吃的果子，肯定早被人摘光了，用这样的思维、推理、决断，在当时特定的条件下，孔子的思辨话语是正确的，这使摘尝果子的弟子感到羞愧，从心中更加敬佩老师的博才高智。时间过去了两千多年，我未发现有人对此事进行再思考，或对孔子的这段话进行质疑。追寻原因，则是人们相信了权威把自己的思维依托在“圣”字上了：孔子是圣人，他的话还会有错？要知道任何事情都不是绝对的，只有相对中的绝对。即使是圣人也会有错的地方，更何况一切事物都是运动变化的，千万不要丢掉自己的思维，肯定和否定都要用自己的思辨来判决，不断地寻求对应和不对应的信息支点，用来判断和思辨原有的或现在的以及未来的事物，绝不可盲目地跟从他人。孔子说路边之树有果子必然不好吃的观点，其实是有局限性的。

前不久，我到一个地方去，发现整个村庄的大小路边、房前屋后都长着高大的果树，枝条上挂满了金灿灿的果子，并且还有不少熟透的果子掉落在树下。我见后生疑，便请问了当地的一位老农："让这些果子烂掉，是不是不好吃?"，老农回答："不是，在改革开放前，群众生活很贫困，还未等果子成熟早就被摘光了。现在生活水平提高了，好吃的东西太多，我们吃不完了。这一棵棵的果树长这么大不容易，果子挂在上面又很好看，就任其长着，谁想吃就可以随时去摘。"他一边说着，顺手就摘了几个递过来，我接着剥皮吃了一个，真是清甜可口。这使我想到孔老圣人的言论其实并不完全正确，应该说：好吃的果子多了，也可以挂满树枝；不好吃的涩果遇上饥饿的人多了，也会被吃光。还可以说，如果与果树相遇的人，都是道德品质高尚的人，不是己物不取者，果树的主人又未采摘，好吃的果子不是能同样好好地挂在树枝上吗？之所以两千多年来没人对孔子前面论断产生异议，是因为人们被崇拜圣人的习俗禁锢了思维。

曾有研究所做过实验：将一只凶猛的鲨鱼和一群热带鱼放在同一个池子，然后用钢化玻璃隔开。最初，鲨鱼每天不断冲撞那块它看不到的玻璃，奈何这只是徒劳，它始终不能游到对面去。而研究人员每天都会放一些鱼在池子里，鲨鱼并不缺少食物，但它每天坚持拼尽全力地不断冲撞钢化玻璃，想到对面去品尝热带鱼的滋味。它一次次努力，一次次失败，并且每次都彰显着它的本性。更有趣的是它还不断地变换位置，试图从某个角落能冲撞过去，但总是不能如愿，有好多次都撞得头破血流地昏死过去，

徐悲鸿

当它苏醒恢复过来后又继续冲撞。就这样持续了相当长的一段时间，鲨鱼不再冲撞那块玻璃了，对那些斑斓的热带鱼也不再有兴趣了，好像它们只是墙上会动的壁画。实验到了最后的阶段，研究人员将玻璃取走，鲨鱼却没有了反应，每天仍是在固定的区域游着，它不但对那些游来游去的热带鱼视若无睹，甚至于当那些鱼游到曾经被隔离过的区域去，它也不再追逐，好像说什么也不愿再过去……鲨鱼实验前后的现象，直接表明习惯成自然，是在经验中和失败中形成了思维被禁锢的缘故。

某马戏团有一头象从小就比较好动，团长为了防止它乱跑，就用铁链把它锁住直到长大。后来，它只要被锁住就很安静，为什么？这是在它的成长过程中与铁链进行无数次的较量后，失败的结果在它大脑里形成的定格思维，认定了自己是无法挣脱那根锁链的，它哪知事物是不断变化的。有一天，大象的悲剧发生了，马戏团发生火灾，那头大象被烧死了。其实，那天绑住它的只是一根普通的粗麻绳而已。从动物的身上尚且可以看到，习惯的力量有多么巨大啊！想一想我们的大脑中，谁没有那样的锁链呢？

还讲一个我在生活中感悟出的小例子：据我观察，去上卫生间的男士，虽不能说是全部，但也可以说十之八九，都是先行方便，然后去洗手。我在想，洗手的目的是为什么？不妨分析一下，上完卫生间后洗手，是因为手接触了自己身体上的排泄物有气味，应该洗净，这就是上完卫生间后洗手的目的。如果用未洗的手去接触自己身体，又是怎样的情况？人体与外界接触最多的恐怕就是手，什么样的细菌病毒都有可能沾在上面，用这样的手去接触自己的身体前，难道不更应该洗一洗手吗？所以，一些看似理所当然的习惯，其实是值得思考、改变和改进的。

鲨鱼和大象由于外界力量的控制，不能超越突破时，思维和行为被固定下来形成了习惯，僵化了头脑，就不再去思考，宁可选择放弃和付出生命的代价，也不再去尝试一下。世界上最高级的动物——人类，不也是如此吗？不也是经常习惯性地不用思考，就跟随他人的行为而行动吗？殊不知万事万物都在运动变化之中，人不可能两次踏进同一条河流，同时人也不可能一次踏入两条河流。但有许多人不明白事物是不断变化的，就连人的自身也是不断变化的。跟着习俗习惯走，却不去思考习俗的产生和形成的条件与背景，随着时间的推移，空间的变化，环境的改变，原来的一些习俗习惯早已事过境迁，成为了明日黄花。

中国古代的四大发明，是世界上公认的最伟大的发明，它对推动整个人类社会的文明发展起到了不可估量的作用。为什么现在的中国没有产生像诺贝尔和拿诺贝尔奖的人，究其深层原因，就是我们的思维被传统性、封建性、权威性、习俗性的文化教育给禁锢了。

中国是五千多年的文明古国，有着博大精深的华夏文化，令人深思，发人深省。常常听到有人教育孩子明哲保身，“人怕出名，猪怕壮”，“枪打出头鸟”，“不要出风头，要随大流”，“夹着尾巴做人”，“前面有沟、有水、有坎，不要跳、不要蹦，狼来了、老虎来了，不要哭”，等等。这些传统的“贤言圣哲”，几千年来一代一代地传承着，给中国人的思维套上了枷锁：按规矩，按传统道德，按祖训，按圣典去行动。很多的时候，明明是错事、错言，只因为是名人、伟人或是书上说的，就毋庸置疑地接受下来，照做照说。当小孩产生疑虑时，说出自己的想法，便会遭到家长、老师的严厉指责和训导；当青年人突破世俗和传统发表一点言论时，即会遭到指责和批评：目无尊长、不知天高地厚……诸多的帽子就会扣下来；面对不服气而继续理论的青年人，就会有升级的语言指责，“毛孩子，你有几斤几两，‘老子’吃的盐比你吃的饭还多，走过的桥比你走的路还长”等类似语言。就这样一代一代地传承下来，结果将最聪明、最有思维、最有想象力、最有发明潜能和创造天赋的中国人，变成了安分守己、不思进取、不求有功，但求无过的平庸之人；变成了克己复礼、常思己过、循规蹈矩的固守者；变成了天塌下来有高个子顶着，带着压不到我的安逸思想生活，使一切先进思想和创新思维不断离我们远去，使历史上文明强大的东方帝国，在近代却变成了被动、落后、挨打，任由列强们蹂躏和宰割的民族。

我们读圣典、学圣典、研究圣典的关键是取其精华，去其糟粕，带着“温故而知新”的道理去学，去思考，去行动。如果不能知新，温故有何用？始终墨守成规，抱着圣典时代的皇历一成不变在今日又有何用？让我们的思维活跃起来吧！刀用则光，脑用则灵，水流则不腐，思流则鲜则涌则日新。一旦思考成熟，就去行动，就去超越，千万不要被世俗的观点所束缚，千万不要被权威所禁锢，千万不要盲目地从众，千万不要忘记慎思辨行。

如果十三亿中国人的思维活跃起来了，试看天下哪个民族能与之相比？中华民族的伟大复兴则指日可待！人类文明必将谱写出辉煌的新篇章！

搬　家

人的一生要像往家里添东西一样，不断地往大脑里添进知识；像管理家俬、工具一样，对大脑中的知识进行归纳整理，并将无益的东西毫不犹豫、毫无顾忌地舍弃；像维护电脑一样地维护人的大脑，按步骤程序、清理整理、防护一样地保护和使用大脑；更要跟上时代的步伐，让大脑像电脑一样不断更新升级，增加新知识新思维！如能这样恒久精进，勤奋耕耘人生，必定会成功而有价值，幸福快乐而有意义。

搬过家的人都知道，平时家里好像没有多少东西，怎么搬起家来会有这么多杂七杂八的坛坛罐罐？以致搬家时东西多得几卡车也装不完。仔细想来这都是在长时间的生活中，由今日一点明日一件，在不知不觉中积累起来的。即使这样，在平常要用的时候，还是缺这少那，不是这个找不着，就是那个不知去哪儿了。为此，家人之间没少互相指责、抱怨是对方弄丢了，只好因当时所需又去买，没想到在搬家时，原有的、后来购置的全都冒出来了。

这使我想起了元末明初的陶宗仪，他有一个习惯，总是在衣袋里装着很多树叶，以便将生活中偶然想到的灵思杂感，及时准确地记录下来，带回家放进瓮里，装满后埋在树下。十年间，不知不觉竟埋了几十瓮。后来，他把叶子上的文字整理成书，就是我们今天看到长达三十卷的《南村辍耕录》。真是高台起于垒土，大海源于细流，积跬步以至千里呀！无怪乎诸多成名之人，在回应世人的赞美时说：我没有什么了不起的，只是相对于比他人勤奋一点，相对于他人坚持做一项事业的时间长久些而已。

行悟人生

在搬家过程中使我感悟到：真理就藏在平凡的生活中。一个人，只要选择了正确的方向和目标，坚持不懈地走下去，就一定能够实现目标。日积月累地往大脑里装知识，十年、二十年后，白丁之人，也可以成为学富五车的鸿儒雅士。不过积累的知识，如果没有系统化的融会贯通，像图书馆里的书，未分门别类地整理、有序地排列，而是杂乱无章地堆放着，想找的书和内容又怎么能找到呢？储藏于大脑中的学识，不就像图书馆里堆着的几堆书吗？当你面对生活和工作中所需知识时，能在大脑中找到？能应用自如吗？事实上，大部分人都会像书一样堆得越多越乱越难找到自己需要的内容，人脑中也是越杂越乱越难做到正常发挥和运用好已有的知识。更让人感受至深的是，很多知识我们在平时都是知道得非常清楚的，在某些时候说起来，可以口若悬河、滔滔不绝。可是，在某种场合或某个时间段里，需要讲几句话或写一点东西，却绞尽脑汁也难尽如人意！究其原因就是把所学的知识，都杂乱无章地塞在大脑之中，未整理，未温习，未融会贯通。

人的大脑中，还有一种情况，也和从旧房搬入新居时，需要面对的问题一样。新房子最初是空的，入住时，吃饭需要餐桌，放衣服需要衣柜，放书籍需要书橱，放杂物需要杂物间等。于是，因为生活的需要，一件件的家俬、物品不断地被搬进了家，房子里的空间逐渐被占满了，有些物品因为不常用，不知不觉地就被塞到不知不明的地方去了，待到要用时却找不着，不能物尽其所用，体现物的价值。何况人对新的事物都有着关注的天性，总会觉得新的好。但是，地方都被旧的物品占满了，最新最好最先进，符合心愿的时尚之物，也就无法进入家门。眼看着别人家里享用新家俬、新电器，适应新潮流，品味新生活，即使有购置物品的经济能力，也只好望之兴叹房子太小而作罢。

沉思静想，人的大脑何尝不是如此呢？无论什么知识、观点、理论都只管往大脑里放，不加分辨，只顾当时的需要。抽烟的知识、喝酒的理论、谈天说地的趣闻以及练字弹琴、唱歌跳舞的技艺，不管好坏，只顾往大脑里装，把大脑的空间塞没了，把人生的时光给装丢了，把人性的思维搞复杂了，把生活的习惯搞得随意无定力、无定品了。达到这种自由散漫、懒惰的状态之后，不管是年轻人，还是中年人，他人生的理想和追求，不是自然地被遗弃了，就会是茫然一片……那些有利于人生发展的新知识，再也难以装进去了，就是以前装进去的知识，到需要用的时候也很难调出来。这时，年长者抱怨自己年纪大了，记忆力差了，脑子不好使了；年轻人则说这样或那样的生活不是我所需要的，用不适合我的借口来推脱搪塞。当面对自己真心企盼的好事情真正来临时，不免先喜后忧地心生感慨：此样的好事想做成，竟然也无能为力，只得无可奈何地选择放弃，顺其自然地自我安慰：一切就只好这样了，认命吧！这是消极的世界观，是自我麻醉的逃避现实。这是表面上的认识，没有从根本上去探研实质性的问题，完全是平时由着自己的性格，无约束、无目标、无追求的任意所为，不加以分辨分析就往大脑里塞，塞进去后又不加以整理、归类、消化和温习的结果。

在家里，我们时常会感觉到家俬乱放乱摆着，既不实用，也不方便，更没起到装饰美观的作用。活动空间被压缩得分外狭小逼仄。如果，用心将其有条不紊地摆放，则会使人看时焕然一新，用时方便顺手，在充分享受舒畅宽阔的活动空间之余，还可腾出摆放其他物品的位子，更能体现出主人的素质和品位。

难怪有一次，南隐禅师在面对一位大学教授问禅时，听了一会他的话语后，什么也没说，拿起水瓶就往杯子里倒水，水杯满了，外溢了，还不停地倒。教授忍不住说道："水已经溢出来了！"禅师答道："你现在的大脑，就像这只装满水的杯子，杂乱地装满了你自己的看法，你不把自己大脑中的杯子倒空，或者腾出一些空间，让我如何对你说禅？我说的禅又如何进到你的大脑中去？"

这是最简单的道理，有多大的空间，才能装多少东西，杯子装满着水，水还能加得进去吗？没有空间就装不进新东西。如果人不是处于虚心接受及诚心求知解疑的状态，执守自己的成见，排斥善言，新的知识是无法授予你而属于你的。如果大脑中的知识没有秩序地排列，没有腾出接纳的位子和空间，不但新知识进不来，而且，装在里面的知识也出不来，也会像电脑一样，因内存空间狭小、程序混乱而不能存储、降低速度，不能发挥功能正常地运行，甚至机器不能开启，即使能开启，死机的情况也会经常的发生。

随着自身的发展，经济条件改善了，又买了一套新房，可是在搬往新房时，又出现了新的问题。有些已经坏了不能用的物品和淘汰过时了的物品以及没有多大价值的丢掉就算了，不用费思劳神。但是，有些东西，就会让你取舍起来十分困难：搬进新房吧？既占地方又不雅；丢掉呢？又觉可惜，说不定哪一天还会有点用。而且，有些东西跟随自己几年或几十年了，自己的许多记忆，早已依附在其中，到了情入物里、物融情中、难以割舍的地步。此外，还有更让人头痛之事，是家人之间彼此对某些物品取舍不一，这是因各人对物品的情感相异所至，为了家庭的和谐，只能求同存异。因此，常常把它们搬来搬去，作无用功。哪知该舍不舍，劳力伤神又伤财，还会给自己带来许多麻烦和害处。如前一天吃剩的菜，舍不得倒掉，第二天坏了，勉强吃下去，生病住医院，因小失大，损财伤人。过了保质期的食品不能吃，到了期限的机器不能用，到了年限的房子、桥梁等要强行拆除，这或许就是“为道日损”吧！该损不损，最终的损失更大、更惨！

生活中不明白这一道理的大有人在。明知道某人不可交，某事不可为，却只顾着有名有利和图一时快活，继续与其共事和交往，结果造成惨重损失，或深受伤害，甚至一世英名毁于此，而后悔不已。逾年限该报废的汽车，你还开，还要它为你服务，却不知道自己的生命正受到潜在的威胁。它到期了，就如同宣告任何后果都与它无关，你受到的伤害也与它没有一点儿责任，因为是你强迫它干的，责任全在你。就如同你干的是违法的事情，不仅得不到法律的保护，相反还要受到法律的制裁！作为一个头脑清醒且有理智的人，对自己人生质量有减值和伤害的东西，要毫不迟疑地舍弃它，哪怕它还带着一些有益的部分。

苹果只烂了一半，就应该整个扔掉，未烂的部分看似好的，其实它已变质，只是还没烂到肉眼可见的程度。今天的好苹果不吃，吃烂苹果，到明天可能吃的又是烂苹果；丢掉烂的吃好的，天天吃的是好苹果。

一位探险者，独自在森林中探险被毒蛇咬了脚，如果不能及时得到救治，蛇的毒液很快就会随人的血液流动而传遍到全身，进入到大脑的中枢神经里，使自己失去知觉而断送生命。面对如此状况，他必须马上作出决断，在大脑清醒的时间内，无论如何是不可能到达可获得救治的地方，为了拯救自己的生命，于是，他毫不犹豫地斩掉了被咬的那条腿。他做出这样的行为，是因为他清楚地知道：腿只是人体的一部分，如不及时舍去，则会危及他的生命。像唐山大地震中好多人，都是在及时锯掉手臂和腿的情况下，才得以救出来而延续生命的，这就是局部必须服从全局的道理。

可见，人的一生要像往家里添东西一样，不断地往大脑里添进知识；像管理家俬、工具一样，对大脑中的知识进行归纳整理，并将无益的东西毫不犹豫、毫无顾忌地舍弃；像维护电脑一样地维护人的大脑，按步骤程序、清理整理、防护一样地保护和使用大脑；更要跟上时代的步伐，让大脑像电脑一样不断更新升级，增加新知识新思维！如能这样恒久精进，勤奋耕耘人生，必定会成功而有价值，幸福快乐而有意义。

佛 经

让自己修身养性就应该做到：想人之所长，容人之所短；想人之所想，宽人之所过；平己之气，静己之心，安己之神，调己之性，明己之理，修己之品，立己之德，健己之体。

用改变自己去改变一切，是最好的改变方式。改变自己最重要的是，先从改变自己的心态开始；心态改变了，思维就会改变，思维改变了，行为就会自然改变；行为的改变就是自己的改变，自己的改变就是改变一切的开始。

人非圣贤，孰能无过？人非圣贤，谁无七情六欲？即使圣贤也有过错、有情欲。如果不能宽慰调制自己的情绪和行为，在生活中难免会生气、烦恼、动怒、发火，使自己痛苦难受，使他人难堪、难为。其实，无论在生活中遇上什么样的坏事、难事、烦恼事，都没有必要让自己的心情受事因的影响，让激动的情绪去指使自己的理智，产生逾越常理的粗暴行为。我们应该努力地做到随事而去，随影而失，随时而过，随气而消，随烟而散，始终保持着平静平和的心理状态，如同禅语：一切随缘而来去，来也是缘，去也是缘，拥有一颗平常心，即是佛心。

其实，这些道理和心境，人们一般在心平气和或清闲无事时，也都懂都做得到，也都能知道人各有长短，谁在生活中都有着不同的烦恼和不顺心的事。想他人之过错，都必有缘由，应该体恤人之苦恼，体谅人之过错。人本来天生各有所不同，怎能事事如人意如己想呢？让自己修身养性就应该做到：想人之所长，容人之所短；想人之所想，宽人之所过；平己之气，静己之心，安己之神，调己之性，明己之理，修己之品，立己之德，健己之体。即使遇上品行不端者，也没必要与其计较，做到提醒自己“害人之心不可有，防人之心不可无”，避免受其伤害。若是有人蓄意挑衅伤害自己，过错在他，也不应跟他人一般见识，去针尖对麦芒，一拳一脚地你来我往，即使占了便宜揍人两拳，也难免挨人一脚。忍一时风平浪静，退一步海阔天空，这该多好！当然，遇上坏人坏事时，不能视而不见，侮辱人格和尊严时，不能麻木不仁，宽容、理解是胸怀是修养，而不是软弱、麻木，更不是无人格、无尊严、无原则的受辱损德。

当然，这些道理在清静闲着时都会说。可是每当面对具体事情的时候，这些高尚的思想，宽容善良的心意，和和气气的语言，平平静静的心态，很少有人不被忘得一干二净。如果做到生气和发脾气的时候，能想起冷静时的思考，哪怕只是部分思考，自然而然就会对自己发怒发脾气的行为有所控制，久而久之，就会逐渐养成遇事不发脾气的性格。使自己的烦恼和苦痛逐渐减少至零，会使自己和与己相处的人越来越多一些开心和快乐！这样对自己身体的调心养气也会大有益处。只有这样坚持，才能真正把自己善良高尚宽容的人格、人品表现出来，才能使自己的人生修养得到升华，生活得更有意义和价值。其实，我们在人生中每每经历许多事情之后，静下心来一反思，追其缘由，生活中诸多烦恼或怨恨的事情，都是源于小小的计较而产生的不悦，由不悦升级发展而来的各种糟糕结果。等到事情过后，情绪稳定，心态平静下来一想，什么样的困事、难事、烦事想开了，想透了，想明白了，不就那么一回事？一切就自然顺畅地好办了。更有一些十分令人烦恼愤怒的事，也是用不着去理会的，只要做到克制情绪，让自己的心情平静下来，一切就会过去，就会消失！其实，任何喜怒哀乐的事情都会随着自己心情、心态的改变，一切事情的形式和结果也都会自然改变。佛经中说，自己用什么样的心境去看人和物，看到的就是什么样的人和物。即使是改变角度看鸡蛋，鸡蛋也在随之而改变，心怀佛性去观一草一木一花，看到的便都是佛光普照下的可爱众生。所以说，用改变自己去改变一切，是最好的改变方式。改变自己最重要的是，先从改变自己的心态开始；心态改变了，思维就会改变，思维改变了，行为就会自然改变；行为的改变就是自己的改变，自己的改变就是改变一切的开始。

可以说，天底下绝对没有哪个英雄豪杰是自以为是的，是绝不宽容他人的人，天下也没有一位真正有学问的人，会去怨恨他人的学识渊博。是英雄豪杰的人，一定能做到虚心谦和，严于律己，宽厚待人。由此说来，我们在生活中，遇人遇事不称心如意之时，都是因为自我控制力不够，道德修养还不够，学问学识还不够，感染感动人的能量还不够，给予人的分量和影响力还不够。所以，遇上不称心如意时，要反过来检讨自己，反省自己哪里有问题，哪里存在着不足、不够的地方，加以努力克服和改正。同时，应该把他人的错误或对自己的诽谤、伤害，当成是寻找自己心性差错的航标，当成是锻炼磨砺自心觉悟的机会，提升自己修养的测验。快乐地去面对，若能做到，哪里还会有什么烦心烦恼的事情呢？哪还会有什么生气抱怨的事情呢？人生没有了

徐悲鸿

烦恼，心情能不愉快吗？就像佛经中说，听到别人说我坏话不生气，看到别人的错误不生气。只要自己心不动，就是他人对你有天大的过错或诽谤冤屈的话铺天盖地，也如同拿火烧天一样，丝毫没有用处，火会自然地熄灭。

做人最重要的是，当善人指出自己的错误，告知改正的方法后，自己也认可他人说的是对的，就应该立刻去改正。如果是很难改掉的陋习，则更应该努力要求自己去改正。并且要不断地自我提醒：如果能得到这样的认识和行为，就会对自己有益；如果听之任之，不但不能获益，反而会使自己的短处更短，弱处更弱，且更有害有损于自己；如果在改正时使自己很难受，则说明这种难受是有益的，面对时，更应该努力彻底地去改变和改掉。更应该明白，越难受、越难改的习惯，越是要求自己，越是要改掉。只有这样痛下决心地改，才会越有益于自己，越能使自己得到进步和提高。这样的道理明白得越透彻，行动得越坚定，坚持得越持久，越是有利于自己人生价值的彰显，于自己的人生也是弥显珍贵的真理。面对明白懂得的真理，务必要告诫自己切记切行，只有这样才会使自己不断地完善，不断地提高，不断地进步和发展。

经 典

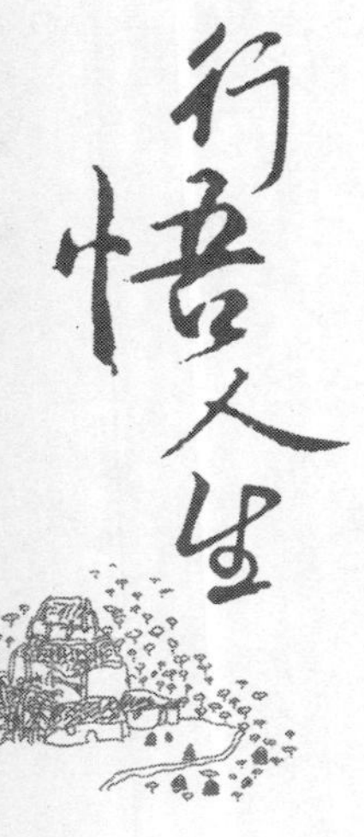

经典就是经过时间的检验和历史的洗礼，时间不能让它腐朽，反而愈久愈醇香；岁月不能使它暗淡，反而愈久愈光辉；历史不能把它掩埋，愈久愈闪耀。崇拜者视之为珍宝，阅读者视之为明灯，思索者品味无穷，求知者增智长慧，迷茫者知途解惑，反对者清醒羞愧，狂妄者深感无知……

什么叫经典？我认为，经典就是经过时间的检验和历史的洗礼，使后人景行仰止。时间不能让它腐朽，反而愈久愈醇香；岁月不能使它暗淡，愈久愈光辉；历史不能把它掩埋，愈久愈闪耀。崇拜者视之珍宝，阅读者视之为明灯，思索者品味无穷，求知者增智长慧，迷茫者知途解惑，反对者清醒羞愧，狂妄者深感无知……经典是浓缩人类有史以来的思想结晶，是指引现代和未来航行者的耀眼灯塔，是用最精确、最精练、最精美的文字写成的书。

能称得上经典的书，都是与人为善、造福于人的。它赋予人智慧、思想、方法、观点、社会法则和自然规律；它让人认识社会与自然；它让人认识人的本性；它让人感受到经典的魅力。无论何人读何部经典都会受益，当然，受益的大小与你读经典时所用的功和你的经历及阅历以及你阅读经典的能力，都是成正比的。学好一部经典，就能受益无穷，成为有用有才之人。

读一本经典而成就伟业的人，历史中的例子不胜枚举。张良读了《太公兵符》辅助刘邦得天下，建立汉朝；孙膑熟读了《孙子兵法》，使得智慧和谋略超越庞涓，成为战国时期著名的军事谋略家；等等。不用说读一部经典，宋朝的宰相赵普只读了半部《论语》，就辅佐赵匡胤兄弟把江山治理得平平安安。

五千年的华夏文明，博大精深的中华文化，能被炎黄子孙视为经典的书，也没有多少。最能代表儒家经典的书，也只有《十三经》。如果把中华五千年以来的人口进行统计，大概总数会有上百亿炎黄子孙，才总结创造出来了儒家学说的代表著作《十三经》呀！可想而知，一部著作要成为经典是多么不容易呀！所以，经典是华夏子孙的文化命脉；经典是中华儿女躯体的灵魂；经典是中国人儒家思想的源泉；经典是炎黄子孙的脊梁。

很多初读经典的人，都感到经典的书难读、难明其意，这是为什么？就是因为轻浮烦躁，心不静，思不能定。《大学》的开篇讲："知止而后有定，定而后能静，静而后能安，安而后能虑，虑而后能得。"读经典心不静不定，怎么会读得进去呢？《大学》又讲："物有本末，事有终始，知所先后，则近道矣"，"欲明明德于天下者，先治其国；欲治其国者，先齐其家；欲齐其家者，先修其身；欲修其身者，先正其心；欲正其心者，先诚其意；欲诚其意者，先致其知；致知在格物。物格而后知至，知至而后意诚，意诚而后心正，心正而后身修，身修而后家齐，家齐而后国治，国治而后天下平。自天子以至于庶人，壹是皆以修身为本"。其实，这些道理说的就是，不管你什么人，在做何事，都是有起点、有开头、有章法的开始。你的心不静，做什么事都无从谈起，心静就是做好任何事情的开端。估计任何一个人在人生中一般都有过这样的体会：在做自己喜欢的事情时，心情都会愉快无烦恼，但有很多人一做自己不愿做的事时就心烦意乱，一味抱怨他人而不是把事做好。试问人生之中，哪可能都是自己愿意做的事呢？人们常说：“人生不如意八九，如意难得有一二。”但我觉得，不如意的才是人生，人生是由困难坎坷组成的。只要是该做的事，别管它如意不如意，做时有多少困难，只要求自己静心地去做就不烦了。有了这样的心境，我们再去看经典就会易读易懂了。

懂了经典还不行，还要多读，反复地读熟、背熟。要从读懂、读熟的经典中多体会和感悟，从经典中找到自己的人生。

读了经典的人，读懂了经典的人，都知道读哪一本经典都需要耐心忍性地反反复复地精读，越读越知经典的内容“经典”，越读越明白使人生成为经典人生的道理就蕴藏在经典中。

建 筑

一个潮流过去了，另一个潮流涌来，前一潮流的建筑作品，就成了阻碍这后一潮流的废物建筑了。前期建筑的使用年限还远远没有到期，就被这另一潮流的潮水当成废物冲走掉。不过，这样对政府也好，建筑商也好，开发商也好，废物一清除，随着新来的潮流又涌起一波建房潮，于是官员政绩有了，GDP也上去了。

一个城市，一个地方，凡建造一个建筑物，政府是怎么定位，怎么规划的很重要，是否要求建筑物与当地的文化、历史、人文等自然环境的完美结合最为关键。除去政府的因素，投资者和设计者不能只考虑建筑物的实用功能，不能只考虑利益的最大化，也要考虑和自然环境的结合，还要从人文传统以及美学的角度上去考虑，还应该从历史和未来的发展变化趋势上去考虑。要考虑随着时间的推移，当一个建筑物达到正常设计使用年限时，这个建筑物会变成文物或是废物？要从所处时代的相关政府采取保护或拆除的方面去超越时空地思考。

当然，想把建造的作品建造成文物，是会需要多一些付出，增加一些成本和延长一些时间等，建造文物的投资也会相应地增加。但投资的多少和成本的增加或减少，只与所建造的是文物或是废物有一点儿小小的关系，而不是决定因素或主要因素。其主要因素是投资者和设计者的素质，是这两者的素质决定着建筑物成废物或者文物，而且还要两者同心同德地融合才行，不能和谐统一，是建造不出文物建筑作品来的。

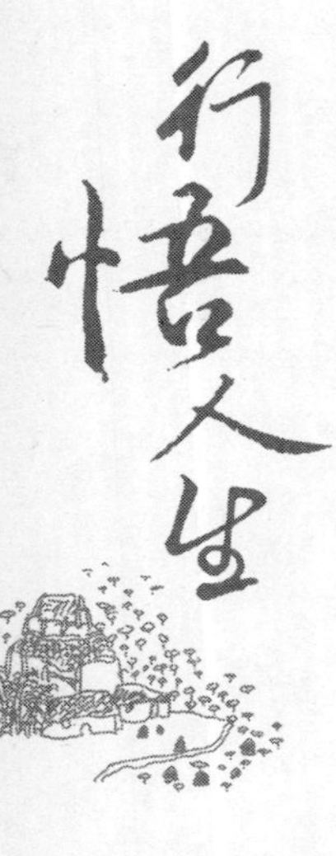

投资者达到了投资造就文物建筑的素质，但设计者拿不出文物设计的精品来，投资者注入的资金再多也是枉然；设计者创作出了优秀的文物设计作品，可是投资者不具备投资文物的品位和鉴赏能力，设计者的文物设计作品就等于一堆废纸，他们的知识和智慧得不到认可，设计者的努力就成了白费工夫。为什么我们见不到许多优秀的现代建筑作品呢？我们看到的不是传承人文文化的建筑物，而是看到越来越多的垃圾建筑物，用不了几年就得当废物拆掉的建筑。这也不单是投资者和设计者的素质问题，还有当今社会的功利性，所有的人都用短视思维指导着短期的行为。我们的社会进入了一个让后人写历史时，用悲哀来记录这个时代的思想和行为的时期。

设计者要设计出创新性的方案，造就标志性的建筑物和文物是很难的。设计建造普通功能性建筑物很容易，跟着现实走、跟着潮流走、跟着眼前利益走就可以了，这种建筑物设计使用的年限一到，或不用等到使用年限期满就成废物了。不用多费心思地去努力创造，市场上需要什么样的产品就造什么样的建筑，算清楚固定成本、投资需求、建筑面积和利益回报就行了。

一个潮流过去了，另一个潮流涌来，前一潮流的建筑作品，就成了阻碍这后一潮流的废物建筑了。前期建筑的使用年限还远远没有到期，就被这另一潮流的潮水当成废物冲走了。不过，这样对政府也好，建筑商也好，开发商也好，废物一清除，随着新来的潮流又涌起一波建房潮，于是官员政绩有了，GDP 也上去了。潮不起，潮不落，就没有潮水之涌浪，就不会潮涌出政商的枭雄。然而，这其中却没有了时代的痕迹，更没有“辈辈出人才、代代展风流”，无以体现人文建筑典范的影子！

政府官员也好，设计者、投资者也好，他们都只顾眼前的利益，殊不知文物建筑的人文价值之彰显以及“废物”作品的资源之浪费、环境之破坏，为此所付出的代价是多么惨重。建造成为文物的建筑给社会和后人留下的价值是无法估量的，也自然会让投资者和设计者的声名随着文物的存在而被久远地弘扬。这些投资者和设计者也会受到文物的观赏者、享受者、借鉴者的敬仰、赞扬，其留给后人的价值也是无法估量的。

当一种人文精神在时代中过去后，即使投入的人力、物力、财力再多也无法使历史回转，使文化沉淀融合地反映到某一建筑物上去。文物、文化的产生和积淀需要投资者和设计者们用超越时空的智慧，把时代的灵魂与未来的精神融合一体而创造出来的作品。它必须与建筑物在同一时间内完全融合为一体。只有这样才会随着岁月的久远、历史的沉积，而孕育出文物的生命力，以至历久弥新地泽被后人。

废物的投资者、设计者常被看到者所讽刺、挖苦，甚至唾骂，“废物”一旦建成，投资者和设计者就没法洗刷掉他们的无能和耻辱。他们的生命和声名也会随废物的消亡而灰飞烟灭。所以一个设计者和投资者，每做一个建筑物时，在满足实用性和功能性及时代性的基础上，都要去思考能否将其建造成标志性的文物建筑作品，不要一味地只追求眼前利益的最大化。尽管努力的结果是多数建筑不会成为标志性和文物性的建筑，但不努力的结果则是所建的建筑肯定不是好作品。努力总会比不努力的结果好，要相信坚持不懈地努力，必然会有标志性的文物建筑作品出现。换句话说，一个人用毕生的经历和智慧去努力、去塑造一座历史的建筑丰碑就足够了！

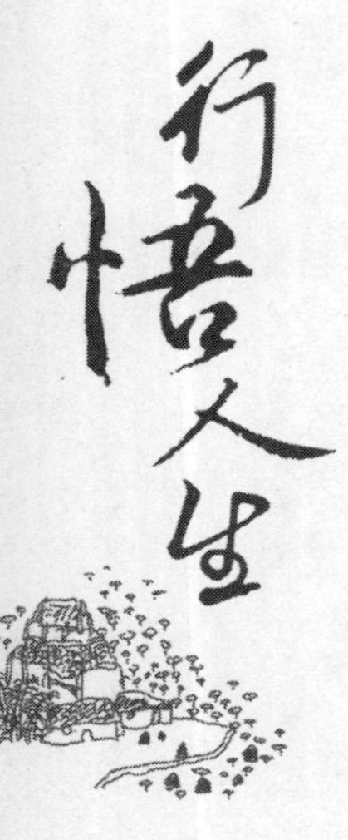

电 影

凡是票房收入高，人流量大，观看参与的人数多的影片和文化娱乐内容，都是枪战、暴力、赌博、武打、色情、恐怖、惊险、刺激、狂飙飞车……野蛮、赤裸、粗糙、毫无艺术文化内涵的内容，根本说不出其中含有文化和艺术的成分在内，全都是一些低级、庸俗、无聊堕落，腐蚀人的精神鸦片，对肉体进行摧残的兽欲、对灵魂进行毁灭的麻醉品，更有虚拟的网络游戏世界，可以让人在其中随意杀人放火、攻城略地、为所欲为地当天王、地王、财王、杀人王、奸淫王、破坏王……

我曾用了近一年的时间，走访了包括武汉在内的 9 个大城市，100 多个电影院、30 个网吧、10 所重点大学，对影视、网络、娱乐内容进行了广泛的调研。而且我还将年轻人最喜爱看的影片找来看，反复看，用责任心、良心、道德去静静地看，静静地思考，直至看得两眼红肿……最后我终于得出如下结论：凡是票房收入高，人流量大，观看参与的人数多的影片和文化娱乐内容，都是枪战、暴力、赌博、武打、色情、恐怖、惊险、刺激、狂飙飞车……野蛮、赤裸、粗糙、毫无艺术文化内涵的内容，根本说不出其中含有文化和艺术的成分在内，全都是一些低级、庸俗、无聊、堕落、腐蚀人的精神鸦片，对肉体进行摧残的兽欲、对灵魂进行毁灭的麻醉品，更有虚拟的网络游戏世界，可以让人在其中随意杀人放火、攻城略地、为所欲为地当天王、地王、财王、杀人王、奸淫王、破坏王……只要能想到的，就可以在其中得到变态的欲望满足。这样长此下去，任其发展，放其泛滥，怎么得了呀！现代文明社会，人为何反而会不断地退化、退回到原始野蛮的性情状态？

国家应在这方面制定好的法律法规，做好宣传和引导工作，清理打扫一下文化的卫生。这可是国家和民族的大事！文化是关系到一个国家和民族兴衰的最大最大的大事。只要有文化在，国家被打败和亡国都只是暂时的事。要是一个国家和民族的文化没有了，那么，就象征着这个国家和民族永远灭亡消失了。文化是引导社会发展的关键；文化教育的方向和内容是振兴国家和民族的关键。国家要振兴，民族要振兴，首先要重视文化的发展和引导。文化是人类的精神支柱，一个国家和民族如果没有了自己的文化，也就不成为一个国家和民族了。一个国家的厚重与稳定、繁荣与和谐或轻浮与躁动、混乱与动荡等，都是文化的教育和引导所致。如果一个国家没有健康、积极、向上的文化作为指导和引导，必然处于动乱不安的状态和局面，必然隐藏着巨大的社会危机和亡国的危险。

中国传统文化历史悠久，博大精深，是世界上任何其他国家和民族的文化无法与之相比的。为何抛弃？为何让它沉沦？为何要割断它的血脉？为何不引起重视？为何不开始传承弘扬？国人们要清醒，大中华的形成都是因为有了大中华文化！国人们要清醒，几千年的历史清楚地告知我们，华夏儿女曾饱受屈辱与压迫，但哪次不都是我们的文化为我们擦掉泪痕，洗刷屈辱，让我们中华民族重新地站起来，成长得更高更大，屹立于世界的东方？只有中华文化才能救中国，才能使中华民族得到振兴，才能使中国繁荣富强，才能走出国门救世界，才能去改变这个紊乱的世界，才能让世界文化和谐起来，让世界和平起来，让我们人类共同地拥有地球，得到文明和谐的发展繁荣。

哲 思 篇

在人的成长中，如果养成了某种坏的习惯，也许它就会毁掉你的一生。习惯决定性格，性格决定命运。什么样的习惯造就什么样的性格，什么样的性格造就什么样的人生……

习 惯

很多物质（如金钱），似乎能通晓人性的弱点，对人的欲望进行着强烈的刺激和百般的挑逗，摧毁人坚守的信念，让人丧失意志力，沦为物质的奴隶。

在人的成长中，如果养成了某种坏的习惯，也许它就会毁掉你的一生；养成了某种好习惯，就有可能造就你的一生。一切习惯都是人在长期的生活行为中养成的。习惯在养成的过程中，也锻造了你的性格，而性格不同又决定着人生的命运差异。简言之，习惯决定性格，性格决定命运。可见，什么样的习惯造就什么样的性格，什么样的性格造就什么样的人生。

人，无论是由猿猴进化而来的，还是由上帝创造出来的，最初都没有好坏之分。即使有好坏，人也不懂得区分。直到人类生养繁衍了很长一段时间后，人的大脑才在日复一日、年复一年的生产、生活中有了一些思维的孕育，才对自然、自身以及过去的人和事有了一些最原始的初级认识。随着人的思维形式的萌芽、缓慢成长和发展，人逐渐形成了分辨好与坏、是与非等简单的思维能力。

随着人类思维能力的发展，人类的知识也在积累中慢慢丰富起来，人的行为和思想也逐渐多样化，并推动着生产、生活方式的进化。人性的丰富多彩性和层次性使得人与人之间的关系变得越来越复杂。一方面，弱者试图约束强者的任意行为；另一方面，强者为了控制、管制弱者，以便获得更大的利益和权力。为了保障多数人的利益，让生产、生活有序起来，强者与弱者在相互博弈的过程中就产生了规则，并在长期遵守规则的过程中自然而然地养成和产生出了习惯。

当然，习惯是多种多样的，人们往往将它分为好习惯、坏习惯。好习惯都是从小自觉地遵守规则、克制惰性而慢慢养成的；坏习惯则是在不自省、不自制的生活中不知不觉地养成的。好的习惯并非所有人随便就能够养成的，尽管大多数人从小便被要求遵守规则，按照养成好习惯的标准进行培养，最终许多人还是在诸多地方难尽如人意。因为在成长的过程中，存在着许许多多这样那样的困难，其中包含着很多客观的和主观的因素。客观的原因太多，且因人而异，我们也很难说清，暂且抛开不说。

相对而言，朋友、物质、父母对习惯形成的影响不可小视。譬如，与朋友相处时，你可能从朋友那里获得益处，也可能受到朋友的一些负面影响。因此，人们常说："跟好人学好人，跟坏人学坏人"，"近朱者赤，近墨者黑"，"久居兰室不闻其香"。

物质固然重要，但所有物质都只是人暂时而有限的需要，因为所有人最终都必然走向死亡。随着生命的终结，任何物质都将失去意义。然而，现实生活中又有多少人能明白此道理，能做到把实际不需要的物质抛开呢？人们往往难以抵挡住物质的诱惑，习惯于追求一些对自身并非必需的东西。有趣的是，很多物质（如金钱），似乎能通晓人性的弱点，对人的欲望进行着强烈的刺激和百般的挑逗，摧毁人坚守的信念，让人丧失意志力，沦为

鏡花水月
當體非真
如是妙觀
是謂智人

勝閒居士以畫
冊贈
曇昕法師為
說是偈書冠
卷首 辛巳立春夕
晚晴老人亡言

弘一法师

物质的俘虏。人生的美好时光，在不知不觉地中消耗殆尽。现实生活中的很多人就是因为挡不住物质、金钱、美色的诱惑，而致身败名裂、家毁人亡。

父母的很多不良习惯、观点和行为，对子女也有着很强的影响，有形的或无形的、自觉的或不自觉的、明确的或潜移默化的。他们在传授给你好习惯的同时，也把他们的坏习惯自然而然地传输给了你。同时还把一些他们自认为“好的习惯”（实际却是坏习惯）也传授给了你。除此之外，还有遗传基因方面的影响。

人天生就有惰性。要想养成良好的习惯，首先要做到长期按良好的规则指导自己的思维和行为，并学会用良好、健康的方式来调节自己的不良情绪，加以长期的突破，才能战胜阻碍自己养成好习惯的内在“敌人”。没有人能够完全克服人性中的弱点，使自己成为完人，即使是圣人、伟人也具有惰性和弱点。所以说，从来没有能够战胜全部内在“敌人”的人，只能说，战胜得越多，养成的好习惯就越多，也越有利于人生。克服和战胜自我惰性的行为，是需要意志力和毅力的。意志力、毅力与好习惯的培养是成正比的；好习惯与人生价值的实现程度也是成正比的。

习惯像水一样无色、透明，它能在人的潜意识中自然准确地执行到位。习惯虽说是人最忠实的仆人，但你若想改变已养成的习惯时，这个仆人就成了桀骜不驯的恶魔，致使你这个主人也不得不屈服于它。这就是人们常说的“江山易改，禀性难移”。

在人的成长中，如果养成了某种坏的习惯，也许它就会毁掉你的一生；养成了某种好习惯，就有可能造就你的一生。一切习惯都是人在长期的生活行为中养成的。习惯在养成的过程中，也锻造了你的性格，而性格不同又决定着人生的命运差异。简言之，习惯决定性格，性格决定命运。可见，什么样的习惯造就什么样的性格，什么样的性格造就什么样的人生。

思行

“思”常作动词用，同时也是名词，是镶嵌在自己大脑内的名词，这就是我们遇事则思的本能。动词的“思”与“辨”连在一起便是思辨，是人的记忆和能力的融合反映，是决策事情是与否的指挥者。

善思者明，善辨者清，善行者能，善用思辨行者，人生幸福事业有成！一个人的思、辨、行，决定着人生的一切意义和价值。

大千世界，茫茫人海，能成就一番事业的人毕竟是少数，能成就一番大事业的人更是少之又少。普观现实生活中事业成功的少数人，他们的人生比一般人过得幸福吗？很难回答。但是，纵观历史可以知道，许多事业有成的人生活得一点也不幸福，甚至比广大普通人的生活还辛劳和痛苦得多。虽然这样的生活有痛苦、有辛酸、有烦恼，但拥有一番成功的事业，却是值得的，也是人生追求的幸事。如果能养成虚心好学的习惯，保持良好的心态和愉快的心情，乐观、积极、努力地去生活，做一个遇事思、思而辨、辨而行的人，将人生不同时期中愿和不愿的本职工作做好。实践这样的人生观处世，到颐养天年回首往事的时候，能够心平气和地对自己说：“我未虚度年华，也无愧于此生！”这就是成功的人、成功的人生。能做到人生无悔和事业成功，毫无疑问是最圆满的人生追求！而在这追求的过程中，正确地应用思、辨、行，能够帮助人成就事业、获得人生幸福。

遇事则“思”是人的一种天生本能。如果将这种本能培养到像职业司机遇上路障时，刹那间人体本能地条件反射，而至自然产生超越于思维之先的行为，手脚同人的感官同步作出规避措施，而不是在人的大脑发出指令后的行为。人的思维本能达到遇见事情能作出这样的本能反应，则表明这个人已具有了良好的思维习惯，这种习惯会让他终身获益。“思”常作动词用，同时也是名词，是镶嵌在自己大脑内的名词，这就是我们遇事则思的本能。动词的“思”与“辨”连在一起便是思辨，是人的记忆和能力的融合反映，是决策事情是与否的指挥者。

如遇上一个好的投资项目，资金量需求很大，时间很紧急，赶紧将自己的现金、存款、股票、亲朋好友的钱、银行能借贷的资金等，都展示和排列出来，通过大脑的自动交换机转交给“辨”的程序。资金不够，还会很快地寻找、确定融资目标和融资方法以及具体落实步骤，将这各种信息资料汇集的过程，是“思”的记忆功能。归纳分类处理信息、资料，拿出方法方案来，则是“思”的能力水平。把名词“思”和动词“思”完全融化为一体，直接同辨字形成的思辨程序，就是最好的思之功能，最好的思之习惯。

说到程序，在思、辨、行中是很重要的。做一个项目，申请一个课题，到有关部门去审批，一定要按程序。否则，即使你选择的课题很好，材料充分，又符合有关部门的要求，如果不按程办理，是很难行得通的。不说办事，就是说话也得讲程序，哪句在前，哪句在后，否则，话就讲不明白，事情就说不清楚。在某一场合同时碰到几个人，先与哪个人说话握手，后与哪个人，再与哪个人，都是有讲究的，在你的大脑程序中，很快地就自动编排出来了。在旁观者眼中看来，像未经思考的，是自然而然地同步表现在行动上。其实，是大脑编排的程序指使着行为，是大脑中的思、辨与行的有机结合，这个程序对做人、做事、做学问都很重要。

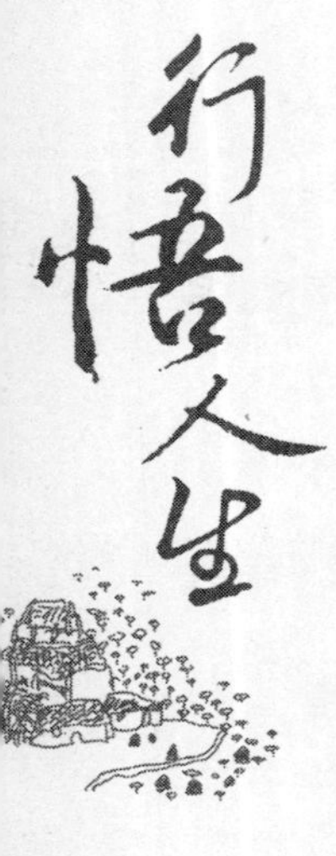

在通常的情况下，一个人只接受了小学教育，是不能直接进大学来读书的。原因很简单，哪怕是老师传授学生知识，还是学生自学知识，都不可能先学难的再学简单的，必然是由浅至深、由简至繁的循序渐进。就是做证明题和计算题，也得按步骤进行。盖高楼大厦也没有先不做地基处理就直接砌墙的吧！这一切都是只能按循序渐进的程序来安排、来执行、来发展，这是不可违反的自然规律。随着计算机和互联网的诞生，人类的生活和工作等各方面都更加快捷和方便。但是，你不按计算机和网络的程序操作，一切快捷方便的享有都不可能得到实现，反而，会使你适得其反。一个人的思路清不清晰、反应快不快，这是思维的程序问题。思维敏捷、话语严谨，这是人脑思维程序优良的体现。从一个人思维程序的表现上，就可以看出一个人的知识面、文化修养、综合素质以及其生活的背景和社会层次等多方面的因素。

“辨”就是辨明是非可否、曲直缘由、真假虚实等人生之中的各种各样的事情，用自己辨别的能力来取舍抉择。因为，人的一生就是生活在不断的选择之中，选择奋斗、选择平庸，这是人生观的选择；参加高考选择什么大学、什么专业，这是人生目标的选择；在人生十字路口，往左往右是方向的选择。总之，在人生之路上，无时无刻不面临选择。但是，人生的一切选择得正确与否，就是体现了“辨”字的内涵。能力大小、水平高低等诸多行为和语言的表现，也是一个人的辨字能力的体现，也说明了一个人的“辨”字能力与人生的价值是成正比关系的。

“行”很简单，就是执行落实辨明了、决定了的选择。只要做到“认真坚持”四个字，就是最好的“行”了。真正做到长久坚持不懈地认真完成“行”程中，所遇的大小事，则又是最不易的事。思之再好，辨之再明，无行则全都是空的；思、辨的好坏一切归之于行的检验。虽然说人生的成功与否、事业成就的大小与思、辨的能力至关重要，但是再好的思和辨，没有认真持久的行，而是得过且过，则会把正确的思和辨引向反面，把好的思和辨变成一场空。好的行，可以促进思的发展，弥补思的不足，拓宽思的思路，丰富思的思维产生出新的思；好的行，可以肯定和否定辨，修正和改变辨，提升和发展辨，使之辨得更清楚、更明白、更准确、更超前。总之，善思者明，善辨者清，善行者能，善用思辨行者，人生幸福事业有成！一个人的思、辨、行，决定着人生的一切意义和价值。

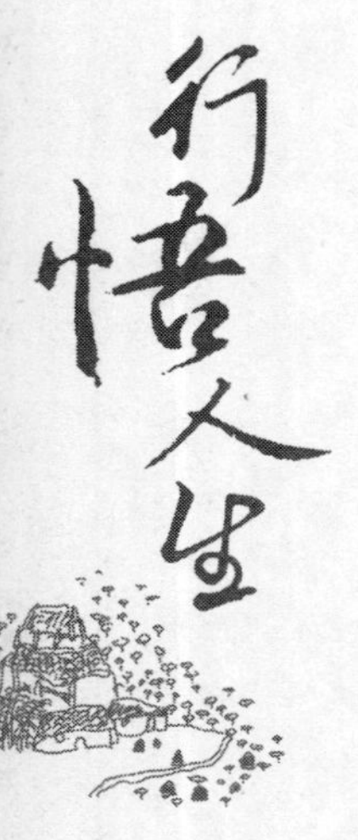

道理

在人与人之间，讲理论道中理屈词穷的人，不能因他理屈词穷而说他是不懂道理的人，恰好相反，事实说明他是真正懂道理的人，他不仅懂自己讲的道理，还明白了他人讲的道理，并且从内心里认可了他人的道理。

理解道理要从多方面、多层次去考虑，有时甚至是要逆向地或是从反面去理解。无论什么事物和现象，只要存在和出现就可能是合理的。无论一个人说的观点是什么，所指的是什么内容，都不能说没有一点道理。他既然能讲述出来，用以说明某种事与物，就可能是某种道理。

“有理走遍天下，无理寸步难行”，“人有道则能立，无道则不能行”，“凡事都要讲个情论个理，你这个人怎么这样不讲道理”，“他是一个不讲道理的人，请不要理他，不跟他讲”，等等。生活中经常听到这样的话和见到使用这样的语言去与人说道论理的人。可以说“讲道理”与“不讲道理”，成了许多人生活中的口头禅。

“道理”二字说起来容易，看起来简单，其实并不简单，把它当成简单容易的人，恰好说明他对道理懂得不深不透。先不说道理所表达的内容和含义，只就这两个字单独存在时，表达的内容和含义就深邃广博。“道”是一个难知其全义全指的字，有形的无形的，可言的不可言的。道是一切，一切都在道中，道无所不在，无所不有。如道路、天道、地道、人道、商道……这每一种道，展开又会有更多的道，真正把这个道字理解得透彻的，我看只有老子。他说，“道可道，非常道”，“道生一，一生二，二生三，三生万物”。意思是说，天地间无所不包含于这个“道”字之中。

“理”也是一个内涵极为丰富的字，《辞海》、字典里解释的含义用不着说，说一点我对“理”字的浅见：“里”加“王”字才能成为道理的“理”，如果没有王字的里字，是不能叫做道理的“理”字的。也就是说，这个里字由王字做它的部首偏旁了，就成了能理事的“理”，就上升成为道理的“理”字了。那么这个“里”字还能作何解释呢？一是可以作方位的解释，前、后、左、右的“里”，这里的“里”则带有王者之气，它表示着中间、前后、左右都是围绕着它的；二是指地址，这里，那里，简单、直接、明了，确定的告知；三是指量词，用来表示距离的单位，并且是距离的大单位。这个“里”字还能有很多种用法，用在不同的地方就起着不同的重要作用。你看里面的人，里面的事，里应外合，里里外外等，“里”字用在那里都是核心、是主体。这个里字简单吗？不简单！把本不简单的“里”字还加上一个王字旁而组成的“理”字，那不是说它更不简单了吗？再加一个难以言尽全意的“道”字组成“道理”一词，要知晓明白它所包涵的内容和所表达的全意，岂不更难？因此，做到对他人的道理接受和听从，要求自己不一知半解地乱用道理扣帽子就很不错了。

在生活中，常会碰到某人说他人不讲道理。这样说的人，其实也是不怎么懂道理的人，也是不太认识道理的人，并且还不如不提道理二字的人。有人讲述自己的观点和意思，让多数人都不能接受，这不能说他不懂道理和不讲道理，只能说他懂的道理和讲的道理让人不懂或使人不能接受而已，或者说他表述的道理有局限性、片面性，或者说他只站在他的角度在讲他的道理，绝不可说他说的没有任何道理。

在人与人之间，讲理论道中理屈词穷的人，不能因他理屈词穷而说他是不懂道理的人，恰好相反，事实说明他是真正懂道理的人，他不仅懂自己讲的道理，还明白了他人讲的道理，并且从内心里认可了他人的道理。之所以理屈词穷是因为他知道自己讲的道理不如他人的深刻、全面、客观。此时的他是在思考、理解消化他人所讲的道理、升华自己的思维、丰富自己的道理。应该说这是一位知理而明理的人，他有可能是有着诸多原因而停止反驳和辩证，如给对方面子，或尊敬对方，或适可而止，或遇到的是无法说理者……

理解道理要从多方面、多层次去考虑，有时甚至是要逆向地或是从反面去理解。无论什么事物和现象，只要存在和出现就是合理的。无论一个人说的观点是什么，所指的是什么内容，都不能说没有一点道理。他既然能讲述出来，用以说明某种事与物，就可能是某种道理。说明某人已对此事此物或此人有了他的认识和看法，这种认识和看法就是他懂得的道理。至于对某些事物的感悟和所讲的道理，能够让他人认同多少，只能衡量他对事物认识的深度和广度，绝不可给他扣上不懂道理、不讲道理的帽子，更不能说他的说法没有道理。说他人的言行表现是无道理者，则恰好证明说者是个没有明白和理会他人言行、他事真性、他物本性的存在之理的人。

道理的种类和存在形式也是多样的，无论是以哪种形式存在和表现的大道理、小道理、歪理、邪理等，他们都是道理，只是强调表述的内容和目的不同而已，一切都是有道理的，即使是小孩哭、大人发怒等，他都有他的道理的成分和内涵存在。一个人讲的道理让另一个人接受，这说明符合这个人的道理；讲的不能为人所接受，只能说不符合这个人的道理，并不是没有道理。道理也正如老子所说，“道”是广义的，但只要一说出来就是狭义的了。“道理”没有说出来也是广义的，无论何人的何种道理讲出来就被固定化了、狭隘化。所以，任何大道理也不可能让所有的人接受，再小的道理也会有人接受和应用，存在就合理，无论它以何种形式、何种内容存在或呈现，只要能表现出来的就是道理。

知 识

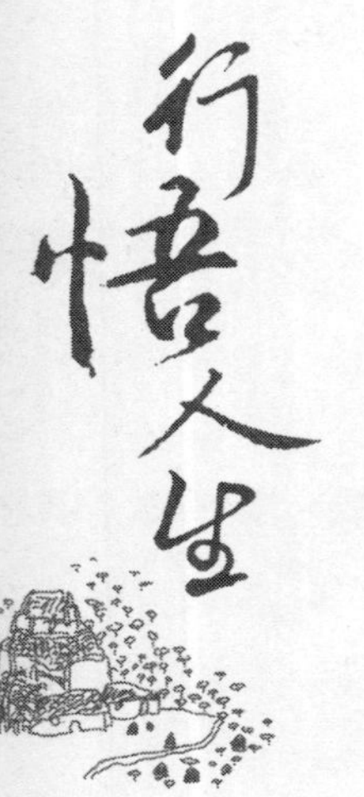

佛学中说眼、耳、鼻、舌、身、意六根所得色、声、香、味、触、法六种，是人的本能的知与识，是完全融合在一起的。知与识有层次的不同，有可分、可区别的地方，也有不能分、不好区别的地方。不能分、不好区别的部分，就是知与识的相融合之处。

无论如何地知，如何地识，归纳总结起来一切还是知识。对一切知识追溯起来又都源于学，却不是源于才、胆、力、辨、断的。而才、胆、力、辨、断等，无不是得于学。学识渊博，学字在前，识字在后，渊博更在其后讲的还是学，只有学，才能识，学得勤、学得多、学得深，知与识才能不断地得到增长，最终成为知识渊博的人。

人类的一切所知都是知识，而知识是由知和识组成的。"知"，《说文·矢部》曰："知，词也，从口，从矢。"它的左边是"矢"字，在古代是指箭；右边是一个"口"字，从造字的用意上理解，是作为射箭用的靶。研解"知"的字形，可得三层意思：一是要有箭，二是要有靶，三是要有人，三者缺一，则不可称之为"知"字。对箭的理解可以是工具、武器、乐器、工艺品等，也可以表示人的能量、力量、本领、能力等；靶心则表示着目标、目的、心愿等。造“知”字的用意是指有人用箭射中了靶的过程。换句话说，能够把人、物、事融合一体则为“知”。

“知”字对人来说，它包涵的内容丰富、寓意广泛，最起码可分为两大类：先天的知和后天的知。先天的“知”是天生的，是人的本能。如肚子饿了要吃，就连婴儿也有这种知，这是先天所固有的本“知”。这种固有的本“知”，不是一次性完成定型显现的，而是随同着人的成长、发育逐渐显现的。先天固有的本“知”，也遵循着成长、成型的自然规律，来完成它的本“知”功能。后天的“知”蕴涵的内容更丰富，是从不知到知，从不明不懂的无“知”到既明且懂的感知、认知等。感知是人通过自身器官感受觉悟到事，认知则是人对事物的自我体认。孟子说：“天之生此民也，使先知觉后知，使先觉觉后觉也。”（《孟子·万章上》）这说明了人利用固有的知觉功能来获得对世界事物的认知，即后天的知。后天的“知”也可分为先知和后知，并且是在先知的基础上不断产生后知，确认和否认先知。在此要说明的是，此时的先知不是天生的先知，而是时间上的先知。它有两层含义：一是时间上先前的“知”；二是超越时空对未来的先知，这都是后天的“知”，是随着人生的成长和阅历的增加，对先“知”的不断启迪和升华而得到的“知”。

知者非识者。《说文·言部》曰：“识。常也。一曰知也。从言，戠声。”“识”从字面上有三种基本字义，分别是知道、认得，所知道的道理及辨认是非的能力，名词、动词的属性皆有。知道得再多，也不一定能识；知道得再少，也不能说没有识。知道得多，只能说看的书多，见的事多，记性好，把它们都记住了。当然，知道得多，对识别能力的增加和发展有着非常大

徐悲鸿

的作用。“知”与“识”是有区别的，“知者”可能是知其一而不知其二，知其皮表而不知其内涵，知其然而不知其所以然；而“识者”就不同了，它有着认识与“悟”的含义。比如说，能知其所以然；能把各方面的知识，如从书上学习到的，自己在生活中感悟到的，拜能者为师学到的，或是自己思考得来的等融会贯通而加以应用；有自知之明，知道自己，了解自己。自知缺点和学“知”能力的不够而与时俱进，才能使自己的知识扩展和充实；明辨是非，不被假象所迷惑，能透过现象看本质；见其一而知其二，知其三，这些都是“识者”所具备的特点，也是“知者”难以达到的。

“知”，是人的感官功能，是由人体功能首先得到的感性认识，把功能感受认识到的“知”上升为理性认识，这一过程就是由“知”升华到“识”的过程。梅花令人高洁，兰花令人清幽，菊花令人归真，莲花令人淡泊，春海棠令人明快，秋海棠令人妩媚，牡丹令人高贵，芭蕉令人豪迈，翠竹令人韵致，松柏令人俊逸，梧桐令人清纯，椰树令人遐想……都是人的儒雅表现，从不同的儒雅中可“知”可“识”不同的人格。

“识”，是对“知”的升华，能看得准时代发展的方向，对各种环境的适应能力很强；能抓住事物的核心和本质，有较高的审美能力和鉴别能力，就能窥一斑而知全豹。也就是说识不仅有识别能力、适应能力，而且还有驾驭能力，通俗地说就是本领。在治学、求学阶段，能抓住所学领域里面最关键的核心，这就是才能；能以审美的标准对待和衡量自己的工作，这就是素质；能知人善任，这就是智慧。如果没有“识”做基础，是产生不出智慧的。如果对事情不能正确地识辨，用智则会适得其反。因此，识辨能力是很重要的。

行悟人生

关于“知”与“识”，有很多阐述是把它与“才”字联系在一起的，并列为知、才、识。明代著名思想家李贽认为知、才、识三者之中，“天下唯识难”。天下最难的就是“识”，知是容易的，才也容易，唯独“识”难。不仅如此，李贽还提出“胆”字，他认为，“有其才而无其胆，则怯而不敢”。你有才没有胆，做什么都怯生生地，前怕狼后怕虎，才也难以发挥出水平来。他又说：“有其胆而无其才，不守冥行妄作之人。”你有胆，但没有才也不行，那是妄作。为什么说是妄作？瞎闯、莽撞，自认为能做，却不知道深浅，这就是人的浅薄，一介莽夫，大话能吹，小事却不能干。他还认为：“天下有因才而生胆者，有因胆而发才者”。因为自己有才，所以生出胆量来，因为有胆，才便得到发挥。有句话说：“艺高人胆大。”如果把胆放到识里去，就是胆识，这里将胆字提出来，说明识也能壮胆。所举这些例子，不就说明“识”最难吗？

清代诗歌理论家叶燮提出：才、胆、识、力，还添了个力。他认为，“大凡人无才，则心思不出；无胆则笔墨畏缩；无识，则不能取舍；无力，则不能自成一家。”这其中“识”还是关键的。就是说，很多没有才的人，他的心思无法明明白白地表达出来；无胆，写文章时畏畏缩缩、含含糊糊，不敢明确地表白自己的主见；无识，就是不能取舍，无法辨别；无力，没有功底、能力，就难以自成一家。这个力非同一般，是指功力、笔力、想象力、智力等综合素质。

清代章学诚认为：“人在童蒙之初，就有记性、作性、悟性。”他又说：“记性积而成学，人的活动能力增长扩大而成为才能，悟性达到一定的水准就成为了智慧。”他还说：“诵记是为学也，辞采是表才也，击断是能识也。”击断，就是判断，辨别。击就是谋划，谋定。能谋善断，谋是才，断是识谋用谋。才再高深，不能断，不能识，都是纸上谈兵，所以，识最为重要。

袁枚指出："作史之长，才、学、识缺一不可。余为诗亦如之，而识最为先，非识则才与学俱误用矣。"就是说，要有自己的见解，这个见解就是识。有自己的见解，就能自成一家，不是人云亦云，识很重要，很难得，也最能吸引人，最能显示出人格魅力。才、学、识三者虽各有异义，但在人格的组合中，又是互相映衬、协同的。有人认为识是从书本中来的，这是狭义的识，也是狭义地理解识，认为识是从学中来的，这是广义的识，是广义地理解识。识是离不开学的，但离不开的这个学，也应该是广义的学，不是固定在书本上的学，不是一种单一的学，如果把学固定在书本上或某一方面，则学就成为狭义的学了。由此所学所得的识，也就必然会成为狭义的识，所以，学也应是广义的学。广义的学除了从书中学以外，还应包括日常的观察和体验的积累，包括向能者的求学。反过来，无论什么学和识的积累，都离不开人本身固有的知觉和记忆。人之初始就有初识，如婴儿肚子饿了的哭，是知其饿；不辨物地往嘴里放，但到嘴里后，感知不是母乳而拒绝也是一种识，这表明有知的时候就有了识。佛学中说眼、耳、鼻、舌、身、意六根所得色、声、香、味、触、法六种，是人的本能的知与识，是完全融合在一起的。知与识有层次的不同，有可分、可区别的地方，也有不能分、不好区别的地方。不能分、不好区别的部分，就是知与识的相融合之处。

孔子同子贡观大河东流入海时，子贡问："君子见大水必观焉，何也?"孔子曰："夫水者，启子比德焉。遍予而无私，似德；所及者生，似仁；其流卑下，句倨皆循其理，似义；浅者流行，深者不测，似智；其赴百仞之谷不疑，似勇；绵弱而微达，似察；受恶不让，似包蒙；不清以入，鲜洁以出，似善化；至量必平，似正；盈不求概，似度；其万折必东，似意。是以君子见大水必观焉尔也。”孔子的回答大意为：“水，它普施众生，而无所求索，好像情操；它流向低下，弯弯曲曲，遵循条件，好像正义；它浩浩荡荡地奔流不息，好像道行；把它决开任其横溢，它随即疾速汹涌向前，就如同回声在山谷中应和；它奔向万丈的沟壑，无所畏惧，好像勇敢；它注入到一定容积的地方，顺其体容的均平，好像法度；水流动之后，用不着用水平木去取平，好像正直；它本质柔弱，能参透细微所在，好像明察；万物在水中出没浸润，都趋向于清新洁净，好像善于教化；它在流动中千曲万折，始终奔向东方，好像意志坚定。”这便是孔子对水东流归大海的知与识。

孔子曾说：“君子有三思而不可思也，少而不学，长无能也；老而不教，死无思也；有而不施，穷无与他。是故君子少思长则学，老思死则教，有思穷则施也。”这是在说明人生有三件事，不得不去思考，不得不充分认识。一是少年时不学习，年长时就没有谋生的才能；二是老年时不教诲他人，死后就没有人怀念；三是富有时不布施援助，贫困时就没人周济。这是每个聪明人都知道的常识。更有孔子的《论语》包含和概括了做人做事的各种“知”与“识”。无论是先知和后知，都是“识”的基础，“识”是“知”的发展与升华，见多才能知多，知多了就见怪不怪，称之为见多识广，见多识广是因为知多而识广的。知浅了，知少了，就会见怪而怪，见不怪而生怪。知是识的原材料，知越多，识的就越丰。“知”是“识”的积木，积木越多，识的拼图组合越丰富。说无知则无识，有知的不一定有识，但有识之前必有知在其中，即使是最高境界的识，也必由渊博的知才能取得。

汉朝的东方朔能广识，是因为他广知才能广识。刘邦能得天下做皇帝，是因为他能知能识、能识能用，将知、识用得达到了从善如流的境界。舜帝在雷泽，"见渔者皆取深澡厚泽，而老弱则渔于急流浅滩之中，恻然哀之，往而渔焉；见争者皆匿其过而不谈，见让者，则揄扬而取法之。期年，皆以深澡厚泽相让矣。"舜的知和识已是完完全全地将已知与己识融会贯通升华到大智大慧了。能将已知、已识在潜移默化中，转化为他知、他识、他行而益于人和益于社会，能到此种境界者少有。但这样的大智大慧也是要有知时、知事、知人的知为基础。才会有大智大慧的产生，才能有大智大慧的应用。其实，知与识是识中有知，知中有识。识源于知，融于知，高于知。知的目的是要能识，识的目的是要识而能用，知而不识等于白知，识而不能用等于无识。无论是才、是胆、是力、是学、是辨、是断等，都称之为知识。无论如何地知，如何地识，归纳总结起来一切还是知识。对一切知识追溯起来又都源于学，却不是源于才、胆、力、辨、断的。而才、胆、力、辨、断等，无不是得于学。学识渊博，学字在前，识字在后，渊博更在其后，讲的还是学，只有学，才能识，学得勤、学得多、学得深，知与识才能不断地得到增长，最终成为知识渊博的人。

真 理

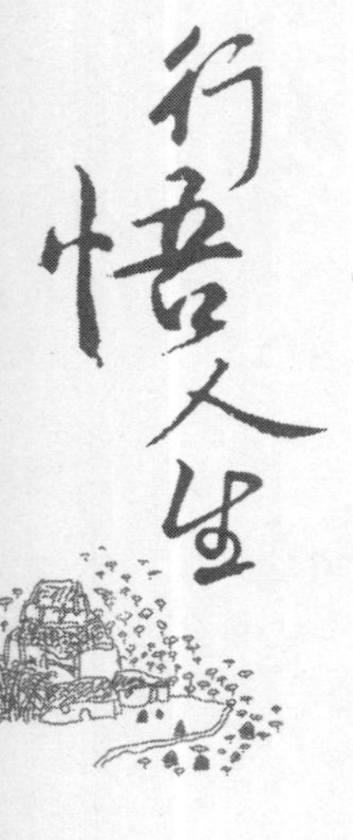

人生的时光过去一日损掉一日，是日损；但生活一日，做一日的事，那么事的数量和产生的人生价值就会日升日益。

事和物都是根据时间、空间、区间的变化而变化的，真理则是用来表达事和物的客观规律在人的意识中的反映。人除了灵魂在佛经中说是不灭的，其他都是有限的。但灵魂也是变化的，一个生灵有一个灵魂，一个灵魂可以影响另一个灵魂，一个灵魂会随着另一个灵魂变化而变化，这说明佛经中的灵魂也是相对的。

真理——《辞海》中的解释：真实的道理，即客观事物及其规律在人的意识中的正确反映。这种解释看起来十分简洁明了，但仔细推敲起来却是一头雾水，难知全意和全指。真实一词的真和实，从字面来看几乎没有什么区别，真是假的反义，实是虚的对应，真和实都是在说明有其事和物的存在。而虚和假难道就没有事和物吗？显然不是，虚和假也是有其物和事的存在而表现的。“空空如也”为之虚，某人某方面学识不足为之虚；说假话怕被揭穿为之虚。赝品为假，迷惑他人、他物、他事为之假等。虚也好，假也罢，无论是虚的体现，假的存在，都是确有其物和事的存在，才能表现其虚和假的成立。故此说明和肯定了，虚假与真实都是在说明和解释物和事存在的表现形式。如果虚和假没有物和事的存在，则虚和假、真和实也不会存在了，这便是事物固有的相对性。如同正与反、黑与白、矛与盾、长与短等，是相互对立统一的道理。事和物的真实与虚假，其实都是人在主观意思上，或是客观需要上所下的定义，是在已有的定义上区别事和物以服务于人主观意愿的。事和物的存在，是人用真实或虚假借以表述事和物的相对应性或说明存在的形式，是人对不同的事和物按人的意愿给以区分和区别，而更好地被人利用和服务于人的。

再来探讨道理之意，道和理所表达的含义很多，涉及的内容也很广，但它们都不能单独表达具体的内容，必须和其他的字连在一起才能产生意义，也就是说给它们定义才有意义。这说明了道理也是相对的存在，正如老子解释“道”字时所说，不给它定义时是广义的，给它定义后就是狭义的了，就是相对性的内容了。道理是人认识事和物的结论，也可以说是人给事和物的一种标准。道理一旦被人用到某物和某事上，就同某事某物联系起来了，是固定了某事某物或被某事某物所固定，变成以相对性的形式存在了。

以上将《辞海》中对真理的解释做了分析和论证，不妨还将《辞海》中的补充解释做更进一步的分析。真理，即客观事物及其规律在人的意识中的正确反映。“客观”是相对的；“事物”是相对的；“及其”是连接词，是没有本义的字；“规律”也是相对的；“在”是一个辅助字；“人”是一个名词，名词的“人”肯定是相对的；“意识”更是相对的；“正确”与否也都是相对的；“反映”是一个动词，是固定在某一内容中的，更是相对的存在。理解《辞海》给真理下的定义，通过分析、剖析，渗透大脑的雾水不就可以拨云见日了吗？给予我们的结论一切都是相对的，所以，真理必然是相对的。为什么真理是相对的而不是绝对的？因为任何事和物都是具有时效性、空间性的，绝对没有广义性和永久性的事和物存在。只有在没被说出来的事和物中蕴涵的真和理，它是广义性的，一旦说出来了、认识了、给事和物下了定义，真理就随着得到定义的事和物而被确定了它的相对性存在。如果真理在未被事和物的定义确定时，在以人的意思为中心的世界观里，物和事是与人相关联而产生的主体和客体，那么一个没有主体和客体的物和事是不存在的，因为它未与人产生联系。这样，它的主体和客体又在哪里呢？既然没有主体，也没有客体，那么哪来的真理呢？这不是更进一步地说明了真理是随事和物的相对性而存在的吗？真理不是具有广义性和永久性的性质存在的。所以，就没有绝对、广义、永久的真理存在。

真理是反映人对待事和物的自然规律的真实道理，譬如说，人就叫"人"吗？人把人称作"人"，未必就真叫"人"？对于地球、太阳系、银河系、宇宙……人类的探索和认识又有多少呢？毕竟知道的是有限的，不知道的是无限的。现代科学能解释没有生物生存在其他星球吗？宇宙世界有多大？宇宙中还有什么样的世界？这不都无法解释得清吗？说不定外星球的"人"，就不叫人，并且，将我们人类也不称为"人"，地球也不称为"地球"。叫人也好，称物和事也罢，用来表达事和物真实道理的真理，都是人在以人为中心价值的世界观的表现，按人的意愿给予的定义。要知道以人为中心的世界观，按人的意愿对人、物、事所下的定义也是相对的。

人无完人，金无足赤，和氏璧也有瑕疵，这说的不都是相对性的事情和道理吗？不也说的都是真理吗？被尊为圣人的孔子，在他的一些学生弃他而去，改拜别人为师时，他不也怀恨在心吗？这不也说明圣人的胸怀和道德，也不是绝对的崇高和伟大的吗？再说，孔圣人认为人来人往的路边果树上有果即涩，这种说法对吗？如果见到路边果树的人道德品质都高尚，知道是有主人的，而主人又未摘收，那么树上怎么会没有好吃的果子呢？除非未结果。两千多年前的社会物资比较匮乏，如有果子可吃，恐怕不等成熟早就被摘光了，估计这就是孔圣人的历史局限性了。又如，过去人们都相信天圆地方，而现在科技发达了，证明地是悬浮在空气中运动着的一个球体，天无边无际，是一个人无法确定其形状的空间。再如，俄国的十月革命，走的是城市包围农村的道路，取得了革命的胜利，可中国的革命照着他们的路走，却付出了惨重的代价，在痛定思痛中才认识到毛泽东提出的走农村包围城市的道路是中国革命的真理。

无论是从人、自然、社会、国家，还是从动物和人的意愿上来认识验证，都说明了真理的相对性。真理是在相对中存在着绝对，在广义中没有绝对的真理存在。就是在不表示事和物时的真理二字，也都是相对存在的主体。即使老子的“为学日益，为道日损”的至理名言，也是相对性的道理。如果学的是歪理邪说，学的是低级趣味，这能说是日益吗？恐怕这就是日损了。人生的时光过去一日损掉一日，是日损；但生活一日，做一日的事，那么事的数量和产生的人生价值就会日升日益。所以说，事、物都是相对的，一切都是在相对的存在中被人确定为真理。而真理的时间性、空间性无处不在，法律的不断修改、增加和删减，科学理论的否认与创新，这都表明了真理存在的时效性、空间性。哲学家们的哲言也给予了说明，人不可能同一次踏入两条河流，也不可能两次跳入同一条河流，世界上没有两片完全相同的树叶存在，等等。

事和物都是根据时间、空间、区间的变化而变化的，真理则是用来表达事和物的客观规律在人的意识中的反映。人除了灵魂在佛经中说是不灭的，其他都是有限的。但灵魂也是变化的，一个生灵有一个灵魂，一个灵魂可以影响另一个灵魂，一个灵魂会随着另一个灵魂变化而变化，这说明佛经中的灵魂也是相对的。常说“真理是不变的”是一句相对性的话，并不具有绝对含义，也不是广义内容，是对真理二字的本体而论，绝不是针对真理所表述的事和物所说的。如果把“真理”当成广义的绝对，以永恒的形式存在于某一物某一事上，那是不正确的。

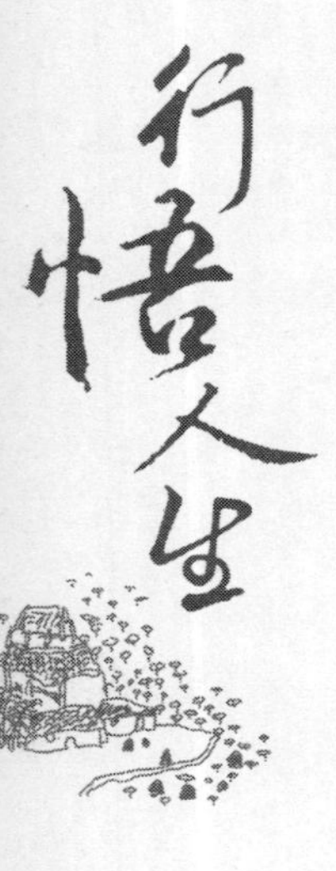

宇　宙

宇宙的大自然中，万事万物始终不受时间和空间的影响，受时间和空间影响的是物化物合的形态和速度，而不是不运动或停止运动。凡属自然界中之物，在作物化和物合的运动过程中，尽管是无穷无尽地变化运动着，但始终坚持着在运动中求和谐，在和谐中运动着的宇宙规律。

由于南北极的冰雪融化，海平面在上升，病毒种类的变异，很多动植物的灭绝，频繁的地震、海啸、暴雨、飓风等，自然灾害的不断爆发，这都是因为人类破坏了地球自然和谐的恒定限度，在违背宇宙自然的运动法规，使地球自然在寻求新的恒定和谐。

赋予万物有着区间的承受定量，在相对恒定的时空中，始终追求着和谐的运动，这就是宇宙之法规。物极必反，至刚必折，水满则溢，盛过即衰。自然中的各种现象表明，万物都有其规则和区间承受的定量。人从生到死所拥有的是一样多，他们不断用自己拥有的换取需要的，如同原始贸易之初，用相互认可等值的物换物，直到将先天所带消耗殆尽而止。人生换取的过程，正如老子说："为学日益，为道日损。"为道也好，为学也罢，都归于自然恒定的求和谐运动之中。不和谐则变动无定，定则静，静则恒。静非死非止，静是恒定，是持久，是相对、相等、相融、相和的运动。如同太阳、地球、月亮的相辅、相依、相存而动而生。宇宙自然中多有坠毁的陨星、球体，都是因为其脱离了相辅、相依、相衬的恒定运动。坠毁的陨星落入地球或地球以外的其他空间，是从定到不定而又归于定，是运动中的定，是承载着区间定量运动着的定。自然中物起始于定动交替，从定到不定再到定周而复始、循环往返，宇宙万物无不如此，这是自然而然的宇宙法则。

地球、月球、太阳等，一切有形的自然之物必定有寿终正寝时，宇宙则永远存于自然中。因为宇宙是自然的，自然是宇宙的。宇宙是无限的，是无限的大自然，而非地球上的山川、河流、平原等有限的大自然。宇宙是否有其规？人们都在不断地探索和追寻，由于人类的已知还处于有限，无法对现在人类认识中认为无限的宇宙作出诠释，当然，或许宇宙的规律就是无规之规。如果宇宙有了固定的规律，万物可能就难按其规律运动存在，为了万物有其规律的存在运动，宇宙的规律就是适应万物之规律的万万种规律。只有这样的规律，才能保持万物之规律，只有这样的规律，才能是宇宙之规律的可能，万万之规律不就是无规律之规律吗？当人类未来认识的发展和不断超越，将现在无限的宇宙变成人类认识中的有限宇宙，那么无规律的宇宙之规律，就会变成是有规律之规律的宇宙，这个规律就是人类能够赋予它的规律。恐怕人类一旦能赋予宇宙的规律时，宇宙就变成老子先生说出来的“道”，而不是“道可道，非常道”这个道了，凡说出来的道都是有限之道，而无处不在、无处不有的非言之道的宇宙之道——大自然，则变成有限中的自然了。此宇宙大自然到目前为止，未被确定它的有限及其规律。可以说，除此大自然之外

八大山人

事物都是有限有其规律的，有其区间承受的定量，都是按照各自的规律承受着区间定量运动着。物求平则稳，人求平则心静，天求平则恒（天，指人们传统观念中的天，是四季运动变化的天，是日月星辰的天）。因为天、人、物都是自然之物，所以，天、人、物同于自然规则之规律，这个规律就是万物相对恒定和谐的运动之规律，就是宇宙的法规。

船于水中，过重则沉，过偏则翻。既是沉、偏、翻之船，在水中逐流时，则是一种新的自平、自定、相对、相融，相互恒定的新运动之中的新定。恐龙为何灭绝？蜥蜴、鳄鱼与之同时期生存的动物，又为何有增无减？是恐龙超越了与之相互恒定的方式生存所产生的必然现象。因蜥蜴、鳄鱼始终在它的恒定区间之中，以相辅、相依、相融的方式生存着，所以存矣。人是如此，物也是如此，动物亦是如此，自然界也是如此。一个国家和社会也是如此，辉煌的盛唐，衰落的拿破仑帝国，繁荣无比的雅典，无敌的亚历山大等，都是超越了恒定运动的极限，而必然走向另一面的自然规则。这都说明了“法同尽则，人静心定”的道理。大自然始终在求平、求静、求和谐中潜行前行。大自然在寒冷的地方配置煤炭，酷热的地方配置雨林，沙漠的地方配置石油，地球的最高处长年积雪，地球的低凹处形成海洋，用四季的功能来和谐调频地球的气候，让海洋中的水不断地变成水汽升空，凝聚成雨雪降落到高山上，由上至下，又由下而升，循环不止，恒定地保持河流不干枯，不断流，尽归于大海，从而保持海平面的恒定高度，保持陆地不致淹没的和谐平衡，供人类万物繁衍不息。

人类研究地球上有多少种动植物灭绝了，它们到哪里去了？答案很简单，物质不灭。有些科研想批驳这一理论，这是他们把物质区间化、狭隘化、相对化了的认识。有的河水枯了，有的河流水位下降了，是没有看到海平面上升；海里的水减少了，要看地球上的水减少没有；地球的水减少了，要看宇宙的其他星球的水是否增加；单独存在的水减少了，要看含水的物质，增加水的分量没有，把以上因素都考虑在内进行了论证，是多是少，才能说水减少没有。任何物质的灭绝都是从减少开始，一种物质在减少，另一种物质必然在增加，在地球上失去、灭绝了多少种动物和植物的同时，又研究和发明、创造、产生出了多少新的物种呢？也正如医学上不断地攻克不治之症，可是又不断地产生出新的不治之症来；一种形式不存在了，新的存在形式必然产生了。这就是自然之法则，是宇宙万物不灭的定论。宇宙的大自然中，万事万物始终不受时间和空间的影响，受时间和空间影响的是物化物合的形态和速度，而不是不运动或停止运动。凡属自然界中之物，在作物化和物合的运动过程中，尽管是无穷无尽地变化运动着，但始终坚持着在运动中求和谐，在和谐中运动着的宇宙规律。

自然中的物质总量虽然永恒不变不灭，但任何物质的本体内和本体外的物质，无时无刻都在做物化物合的变革运动。如果人类赖以生存的地球，被我们人类无节制地乱采乱挖、乱砍滥伐，破坏生态为了满足人类没有节制的欲望，向地球自然贪婪地索取，更可怕的是各种核试验、核研究、核武器的制造和使用，其结果我们已经不难看到：由于南北极的冰雪融化，海平面的上升，病毒种类的变异，许多动植物的灭绝，频繁的地震、海啸、暴雨、飓风等，自然灾害的不断爆发，这都是因为人类破坏了地球自然和谐的恒定限度，在违背宇宙自然的运动法规，使地球自然在寻求新的恒定和谐。如果到了地球恒定运动区间承受定量的极限时，那么人类就会随着地球一起消亡，到宇宙大自然中去寻求新的恒定和谐存在形态，这是宇宙自然法规的必然赋予。所以，我们要清醒地认识到地球的寿命长短与人类的寿命是密切相关的。如同人与人之间的友好一样，只有相辅相成的才能友好。地球的大自然你爱护它，它就奉献给你优美的环境、和谐的生存空间；你破坏它，它就报复你、伤害你，根据人类破坏程度给予相等的果报。我们应该从欧亚大陆的分离、火山的爆发、喜马拉雅山脉的形成、海平面的上升、冰川的融化、全球气候的变暖等许许多多地球自然灾害中得到认识，得到警醒，克制人的欲望，遵循宇宙自然的法规与地球自然和谐相处，使地球保持在宇宙大自然的区间承受定量中恒定和谐的运动。

矛 盾

人生活在自己的思维矛盾中，就是思想处于紊乱状态的人，难免不被胡思乱想的矛盾情绪影响。没有清晰的思路和明确的目标，如同卷进了漩涡中的船，始终在忧郁、愁想的漩涡中转圈，把人的能量用在自我的内耗中，一切的付出全都是无效功率。

矛盾与时间和空间永远同在。人的生命是时间长河中的一颗流星，非常短暂，是宇宙空间中微小的尘埃，渺小得难以言状。何不在拥有亮光的一瞬间里，做到尽可能多看看矛盾的容姿，多享受矛盾的阳光面，多感受矛盾的哲理。用这样的心态去面对人生，享受人生。

我们在日常生活中拥有一些烦恼的事情，就是没有理清矛盾混合存在的原因造成的。如果做到了理智冷静，控制住了自己的情感和行为，人生中遇到的那些矛盾，也就容易得到处理和解决，可以减少很多苦恼，使一些困难之事迎刃而解，使生活质量得到提升。这种道理和境界，只有极少数人才知晓，才能做到。当他前进的时候，手持长矛大步向前进，根本不用回首瞻顾，而担心有盾挡着道。当他需要休息的时候，架着盾时，更不会去操心矛来刺他。只有这种人才是提得起放得下的人，才活得自由自在，活得有质量、有价值，能成就事业。人生活在自己的思维矛盾中，就是思想处于紊乱状态的人，难免不被胡思乱想的矛盾情绪影响。没有清晰的思路和明确的目标，如同卷进了漩涡中的船，始终在忧郁、愁想的漩涡中转圈，把人的能量用在自我的内耗中，一切的付出全都是无效功率。在此种情况下，哪会成事，哪会心情愉快，有生活质量呢？

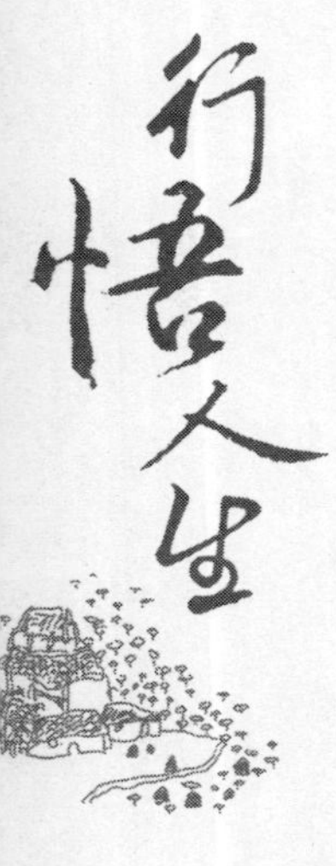

人人都有面对选择而无法决策的时候。当遇上难以取舍的矛盾困境时，应该学习微软的副总裁李开复先生抉择是留在美国，还是回到祖国时采取的方法。此前，他征求朋友、同事、亲戚、家人的意见，想借助外力来解决自己顾此失彼的矛盾。通过了一系列的努力后，矛盾还是无法解决，支持回国的有，支持留美国的也有，使得自己本来的矛盾更矛盾。后来，他想了一个办法，将自己想的和他人说的，各种造成矛盾的因素都列了出来，画表进行打分，让思维清晰起来，矛盾不就化解了。他这样的思维，这样的行动，选择了最高分，就是选择了最好的决策。任何事情都不可能十全十美，人生的许多选择也是一样的，只有相对中最好的，没有绝对的完美。只有相对中的绝对，没有全部的绝对。李开复先生这样做就是理清自己思维中的矛盾，思维理清楚了，解决矛盾的点也就自然找到了，再来解决矛盾就容易了。

有些时候，使人产生矛盾的原因，是不能正确分辨时过境迁的道理造成的。因为时间和空间是在不断地变化着，并且世上万物都是随时间和空间的变化而变化着的。所以，不要去说有时间差和空间转换的事的矛盾，有了时间差和空间转换的任何矛盾都并不矛盾。真正存在的矛盾，那就是把过去、现在及未来同时放在自己的大脑中，把相关和不相关的搅和在一起，把主要的和次要的都放在了同一位置上，哪会不矛盾？在与人交往相处的生活中，许多矛盾的产生都是源于计较。解决矛盾的方法就是理清思维、分清主次、控制情感、进行理性思考，把握关键，寻找核心，再大的矛盾把它想开了，想明白了，不就是那么一回事么?!心境发生了变化，矛盾不就像天上的云彩，在心里自然散去了。时刻都要调平自己的心态，对事情进行区别对待，即过去的归过去，未来的是未来的，现在的也在不断成为过去。用这种方法去思维、去面对、去行动，一切就都成自然了，便无矛盾产生了，即使有矛盾也被化解了。

矛盾与时间和空间永远同在。人的生命是时间长河中的一颗流星，非常短暂，是宇宙空间中微小的尘埃，渺小得难以言状。何不在拥有亮光的一瞬间里，做到尽可能多看看矛盾的容姿，多享受矛盾的阳光面，多感受矛盾的哲理。用这样的心态去面对人生，享受人生。更要明白人的一生，无论怎么样发挥，都如同到积分商场去购物，什么时候能把商场的物购尽？购物多，只能增长些积分而已！当然，作为有意义的人生，应该努力勤奋地把握好短暂的人生时光，在法律允许的范围内，不成为社会和他人的负担，承担起自己应尽的责任和义务，去追求自己的幸福和快乐；在能力和条件许可时，为他人和社会去做一点有益的事；能力和财富发展、提高、升华到了一定的水准时，就应该去创造，为社会和后人留下一点物质和精神的财富。

怀 疑

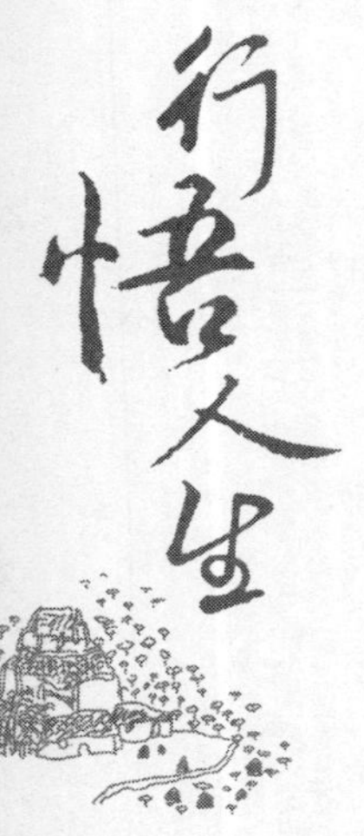

经过对事物的怀疑，除却乌云见太阳，吹尽黄沙始得金，如同洗去浮尘的镜台，明亮透彻显真容。对他人的怀疑，不要轻易地作出结论，明察释事惑，兼听明人理，时久见人心知事否，便能解惑除疑；对待被他人的怀疑，身正哪怕影斜，一生正气，何愁人生不浩然！

怀疑，是人对事和物已经有了一定的了解，但还不能够透彻理解全部的内涵，对已了解的事和物不能作出正确与否的定论，不能对事情的取舍作出决断，思想尚处于模糊紊乱状态，以多种形式呈现在大脑中，还不能准确地给予评价，得出结论。也就是说，对人、对事、对物、对己等方面，要作出认识、判断和决定时，大脑司令部还处于模棱两可的状态。当怀疑和被怀疑的主体不同时，所表现出来的形式和结果必然不同，其怀疑的形式有六大种类：自己对自己，自己对他人，自己对事物，他人对自己，他人对他人，他人对事物。

人们常说，人就是生活在不断地选择中走完人生的。既是在选择生活中书写着人生，也是生活在选择中完成人生。不管你主观上愿意不愿意，想不想选择，都是这样的。因为，你愿意也好，不愿意也好，你选择也好，不选择也好，选择的正确或是错误，这都是你愿意了“愿意”或愿意了“不愿意”，你选择了“选择”或选择了“不选择”，进行了选择思考和选择决策，选择的一次过程已完成。如果对结果进行否认或改变，则是又一次地在实行选择。选择是广义人生的必然生活方式，而怀疑只不过是广义人生中的一个狭隘部分，不过这一部分，在不同的人生中所占比例是不等的。任何人在一生中都怀疑过很多的人和事，同时也被别人怀疑过。

当一个人怀疑某个人和某件事的时候，这是主动的、可控的、可调整的，是可以改变的，也可以说好的部分占多数，负面的作用占少数。如果当你被人怀疑时，则相反，对你好的因素比例就占得很少了，绝大部分都是不利的因素。如组织部门派人考察你的时候，对你调任到某岗位上的能力和人品持怀疑态度的时候；当某同事的物品丢失了，大家都怀疑你的时候；当发生某件坏事或谣言，大家都怀疑是你所为的时候；等等。当然，也会有一些好的怀疑，是正面、积极和有益的，如某件好人好事大家怀疑你是无名英雄。总的来说，怀疑这个词一般都被人们认为是贬义词。其实，它在很多时候是起着正面的积极作用，我们不应把怀疑这个词归类到贬义词中去。真正了解它、理解它、活用它的人才知道它的贬义或褒义的作用，是由用它的人决定的，是由把它放在什么位置上决定的。

在探讨事物和真理时，就是要用怀疑性的思维进行不断地思考，去大胆地怀疑，多角度复杂性地怀疑。对不知根知底的人，对并不十分了解的事物，也该用怀疑的心态去谨慎面对。当自己的品德被上司怀疑时，就是大不幸的事了，因为起码在怀疑期间你得不到重用和升迁了。被朋友怀疑，就得不到对方的真心回报和与之和睦相处了。不过，怀疑只是乌云蔽日、灰尘扬起，待到尘埃落定、风沙荡尽时，会更显艳阳高照、风和日丽、清爽宜人。

经过对事物的怀疑，除却乌云见太阳，吹尽黄沙始得金，如同洗去浮尘的镜台，明亮透彻显真容。对他人的怀疑，不要轻易地作出结论，明察释事惑，兼听明人理，时久见人心知事否，便能解惑除疑；对待被他人的怀疑，身正哪怕影斜，一生正气，何愁人生不浩然！

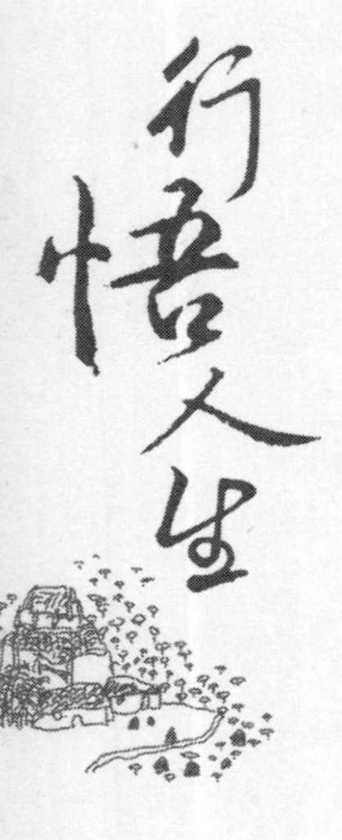

思　维

人的思维内容广泛、丰富、无尽无穷，正确的、美好的、善意的、错误的、具体的、抽象的……还可以说，不管什么人，在他的思维中，都产生过邪恶的念头。人的一生中，不可能从未产生偏离人性，偏离常规或违背法律，违背道德的邪念恶意。

人的思维内容广泛、丰富、无尽无穷，正确的、美好的、善意的、错误的、具体的、抽象的……还可以说，不管什么人，在他的思维中，都产生过邪恶的念头。人的一生中，不可能从未产生偏离人性，偏离常规或违背法律，违背道德的邪念和恶意。除了植物人和白痴及无思维的人以外，无论什么样的聪明人、愚蠢人和有着崇高道德精神的人，都有过不正常思维的出现。只不过当邪念的思维产生时，被正确的思维否定在自己的大脑中，未被行为表现出来。而被法律惩治的人，或是自杀之人，或是表现得非常规之人，都是他们偏离人性道德、违背法律和超越常规的邪念恶意产生后，打败了大脑中正常的思维，将错误的思维指令传达给了行为，行为执行了这一错误思维的指令从而造成了恶劣后果。

人的思维是无极限、无禁区的，只能说一个人的思维能力有

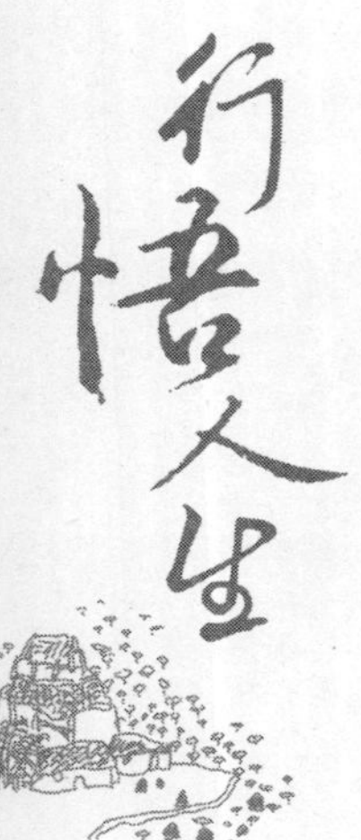

董其昌

限，人与人之间的思维存在着差异。被称为高级动物的人，他的大脑无时无刻都在思考着，用行为表现出来的思维，只是思维中很少的一部分。绝大多数思维中所产生的思维，都被其他不断产生的思维给否定了。只有很少量的思维被肯定下来转化成行为，让他人看得到、感受得到。人的思维不是单一的存在形式，也不是单一的思维存在主体，并且思维中有思维，思维的事物连着事物进行思维着。有时候人的许多思维相叠在一起而理不清，使人痛苦烦恼，甚至作出蠢事和傻事，造成人生的不幸。

人大脑中的思维速度和空间，要比行为的空间和速度能量大得多。人的思维是无法用任何方法和环境来控制得住的。思维是自由的、无限的，是无法被限制约束的。人失眠的时候应该感受得比平时更深刻，失眠就是因为无法控制住自己的思维所致。

人思维的内容、层次、宽窄等，因人不同而存在着不同。人的素质不同而产生出来的不同思维形式和层次，也体现着思维的不同所产生的结果和形式不同。

由于人的层次和素质、感知和认知、学识和见识、性格和个性、成长的经历和阅历等存在差异，思维方式和思维的层次以及深浅度等也必然存在差异。不过人与人之间的思维还是有共性存在的：产生思维的很多萌芽和发源是相同的，产生同类思维的环境链是相同的，雷同的思维也会存在。

变　化

变是永恒的主题。宇宙中无不变之物，无物无时不在变。愚蠢者不知改变；懒惰的人被动地改变；没有志向的人不知如何去变，不知变的起点和终点。聪明人懂得变被动为主动，用主动改变被动；勤奋的人不以成功为终点，不因现实而陶醉；追求理想的人不以现状为满足，将他们所取得的每一步成就都视为改变的新起点。

宇宙自然中，万事万物一切都在运动变化着，没有静止不变的存在。人也是如此，但是现实生活中的大多数人，都只注重现实的结果，却往往忽视人生的过程。其实人生的意义就在于人生的过程。人生的过程就是一个不断追求自我、超越自我、改变自我的过程，人生的意义就是一个人在不断改变的过程中所具有的意义。任何一个人从思维到行为都是在为了改变现状，而进行着思和行的变。时刻希望明天比今天好，未来比现在好，哪怕是现在的自我各个方面都已很好，也不会满足于现状，因为上天赋予人的本性只会不断地去追求创造，努力奋斗让自己变得更好！

当然，这种好不一定是通用的好、普遍的好、公论的好，它可以是自我意义上的好、自我向往的好。在现实的社会中，有些人抱着做一天和尚撞一天钟的消极思想和行为，日复一日地生活着。上天赋予人不断改变人生的天性，这是人性中积极的方面。从表面上看，有些消极的人从不怨天尤人，一切都自我满足，心态平和，像是违背了人的积极本性。其实，人的内心世界追求是一样的，消极的人是行动上不想努力的懒惰人。这种现象的存在，是他们都不明白人生变的意义：要想按自我意义得到改变，必须用行动去实现；不行动，自我意义就不能实现。有时，想改变，只有变才能改变；想不变，也只有变才能不变。

变是永恒的主题。宇宙中无不变之物，无物无时不在变。愚蠢者不知改变；懒惰的人被动地改变；没有志向的人不知如何去变，不知变的起点和终点。聪明人懂得变被动为主动，用主动改变被动；勤奋的人不以成功为终点，不因现实而陶醉；追求理想的人不以现状为满足，将他们所取得的每一步成就都视为改变的新起点。在人生的路上谁都会遇上困难，甚至会遇上无法改变的困难。未被改变其实也在变，只不过是被动的变，是按困难的意思在变，如同河流中的木棒浮萍，是按水的意思在变。没有目标、方向、速度、时间，是无意义的变。改变困境是主动的变，是按自我方向、目标、意义的努力去改变现状，这种改变将被动变为主动。只要朝着自我目标坚持着变，不怠慢、不停止，哪怕是向前、是退回、是弯折曲弧，都是在变。只有改变的人才会更胜于从前，人生目标才可能得以实现。

一个明智的人面对人生困难，会懂得真正的改变不是改变世界，也不是改变他人，而是改变自我。因为随着自我的改变一切皆自然而改变。以改变角度看鸡蛋，鸡蛋的形状也会随之而变。每个人的改变，是世界改变的开始。要想改变他人，改变世界，先改变自我。自我改变应该从心态、思维，再到行为。心态变了，思维就会变；思维变了，行为就会变；行为的改变，就实现了自我改变。变没变，只需观己心，如察觉到心态变了，自身和外在就必然变了，这就是佛经中所言："万法在心，心能变万法"的道理。修身养性其实就是变换自己的心态，如佛祖所说："身外无佛，观自在心"。所以，要想实现人生的理想，关键在于主动地变，主动地自我改变；自我的改变，在于心态的改变；心一变，一切将改变。

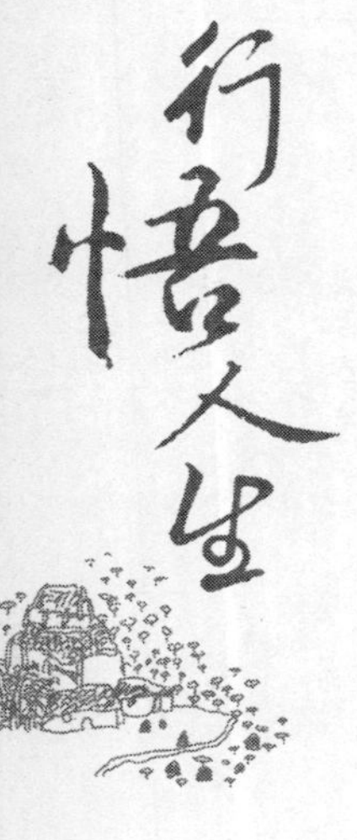

中 庸

中庸者，是能将万物之理融汇、融化、和谐的一以贯之地应用自如，像庖丁解牛一样游刃有余；能够对流动中、变化中、运动中的人和事，做到准确取其中点，执其两端，不偏、不斜、不倚、不阿、不畏、不奉地使人认可、敬佩、接受。

理解了中庸，能用中庸的人，都必然是饱经风霜、历受磨难、博览群书、学贯古今的人；是不以物喜、不以己悲、宠辱无惊之人；是看透世俗，超越世俗，于世俗中有些作为的人。

“中庸之道”这句话，即使在这样自由开放的时代，也经常地听到从不同年龄人口中说出，用来评论一些人和事。但我觉得说“中庸之道”这句话的一些人，尽管他们把“中庸之道”当成生活中的口头禅，好像是非常明白“中庸”这个词和“中庸之道”所表达的意义，其实他们并不懂“中庸”这个词的词义，更不懂“中庸之道”的内涵所在，甚至是在歪曲、假借“中庸之道”之名，来表达自己不准确的认识，完全是词不达意。

生活中，一个人在某个场合某件事上，需要另一个人帮他说话，用来衬托和肯定他想表达的心愿和目的，有利于让那些要面对的人赞同或肯定他说的观点或所做的事情，结果那个人没有按他心里想的或者是希望的去说，他就会说你这个人是中庸之人，尽说一些中庸之话。又如，某个人为了某件事或是为某个人说了一点好话，这件事应该怎样？某个人不错，他干什么事都很努力，这件事不可能是他干的。可是在旁边的人，听后觉得不合本人之意，便对这个人开口评道，你这个人总是喜欢用一套中庸之学，对谁都说这好那好地尽做老好人，一点原则和主见都没有。这种例子不胜枚举，在我们的生活之中也随处可见，这是中庸之道吗，这些人是认识了中庸的人吗？绝对不是！

“中庸”是认识事物达到了事物的本来，是把被假象蒙蔽的真相呈现出来还归本原。中庸之道是做人、做事、做学问的最高境界。真正能达到中庸的水准是很难的，真正符合中庸标准的人很少。孔子先生是圣人，他都说他也做不到，只有颜回一人达到了中庸的境地。“有颜回者好学，不迁怒，不贰过，不幸短命死矣，今也则亡”，这是孔子先生对他最优秀的弟子颜回的最高评价，何况我们这些凡夫俗子呢？

做人、办事“过”和“不及”都不是中庸，事情没做好，事情做过了，都不是中庸。恰到好处谓之中庸，怎样才能把握住“恰到”呢？“恰到”这个词是不好把握的。说好说坏都不是中庸，一分为二是中庸，但一分为二好分吗？事物的一分为二，可以用尺、衡、仪器来分，但是也只能对可分的好分，一张纸可对折，将其对折后剪开是一分为二，将 100 公斤散货用秤各秤 50 公斤是一分为二，如果是一条流动的河，或生长着的一片庄稼怎么分，如何用秤称呢，如何对折呢？更难把握、更难衡量、更难以分的是人的活动。人的活动形态各异，没有任何度量衡是可以用来分算人的活动的。如何去分？只有达到了中庸水平的人，具有了中庸才能的人，才能一分为二地把问题认识清楚，才能把事情一分为二地分好。

人不同、思想也不同；同一人所处的位置不同，所产生的思想和观点也会不同；随着时间和环境的改变，人也会产生不同的思想和观点。

庄子与惠子游于濠梁之上观鱼。庄子曰：一条鱼出游从容，是鱼之乐也。惠子曰：子非鱼，安知鱼之乐？庄子曰：子非我，安知我不知鱼之乐？惠子曰：我非子，固不知子矣，子固非鱼也，子之不知鱼之乐，全矣。庄子曰：请循其本，子曰汝安知鱼乐云者，既已知吾知之而问我，我知之濠上也。这则故事大意是说庄子与惠子散步到水边，庄子看到鱼在水中自由自在地游来游去，他就对惠子说水里鱼儿很快乐，惠子听完他的话，反驳说，你又不是鱼，你怎么知道鱼儿很快乐呢？庄子也反驳道，你说我不是鱼不知道鱼的快乐，但你又不是我，你怎么知道我不知道鱼儿的快乐呢？

所以，做到“中庸之道”是最难的。“中庸之道”是哲学，是对他人想说说不出来的表白，想写写不明白的表述，是对某人某事能用浅显易懂的事例来给予说明，用通俗简单的办法给演示出来，把被遮蔽事物的自然规律展现出来，让当局者和旁观者及大众都能明明白白、清清楚楚地理解和接受，这就是中庸之道所在。

中庸者，是能将万物之理融汇、融化、和谐的一以贯之地应用自如，像庖丁解牛一样游刃有余；能够对流动中、变化中、运动中的人和事，做到准确取其中点，执其两端，不偏、不斜、不倚、不阿、不畏、不奉地使人认可、敬佩、接受。始终把握的是事物本来性质，还原的是事物本原，其中丝毫没有己见己思的观点存在，自己却始终保持着人物两独立的平静、平和心态。面对着人和事物，能达到如此能力和境界，才能称为中庸。

日常生活中的随口之言，随便之说，怎么可能是中庸呢？不说成为中庸之人或达到了中庸水平的人，有没有可能？只说理解了中庸，能用中庸的人，都必然是饱经风霜、历受磨难、博览群书、学贯古今的人；是不以物喜、不以己悲、宠辱无惊之人；是看透世俗，超越世俗，于世俗中有些作为的人。所以说，中庸啊中庸，难为中庸！

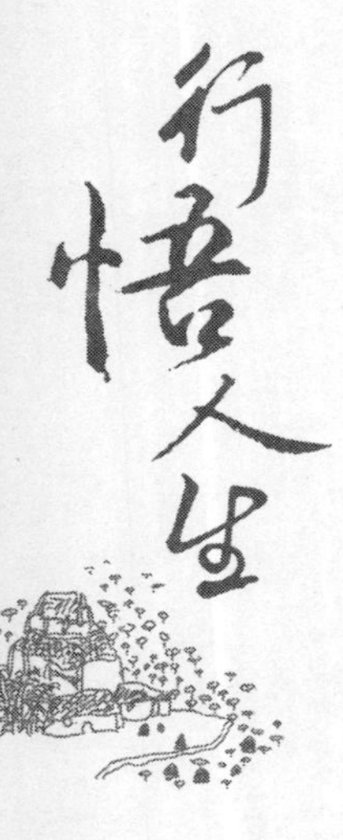

国　学

这些曾经辉煌、灿烂的各种文化，都被时间耗掉了它们的生命，让岁月腐朽了它们的身躯，让天地自然收回了它们的精神和灵魂，让历史的尘埃掩埋了它们的尸骨残骸，就这样在沉默中无声无息地远去……

诗词歌赋、科技教育、典章制度、文化遗产……这些意味深长的文字文化，筑起了中华民族的精神长城，使得中华民族生生不息，中华文化源远流长，中华文化与自然同音同脉同长久。

从小父母就教育我们要学文化，当下文化这个词更为流行。究竟什么是文化呢？由于其语义的丰富性，到目前为止，文化的定义竟然多达上百种。多年来文化学者、哲学家、社会学家、人类学家、考古学家们都从各自的学科出发来界定文化的概念，众说纷纭。但文化作为人类在社会历史发展进程中，所创造物质和精神两种财富的总和这一概念，基本上得到大多数人的认同。在我国的汉语语系中，“文化”的本义是“以文教化”，本属精神领域之范畴，表示对人性情的陶冶、品德的教养等。中华文化的主旋律在于“和谐”。

文化作为人类社会的现实存在，与人类本身一样古老。人类

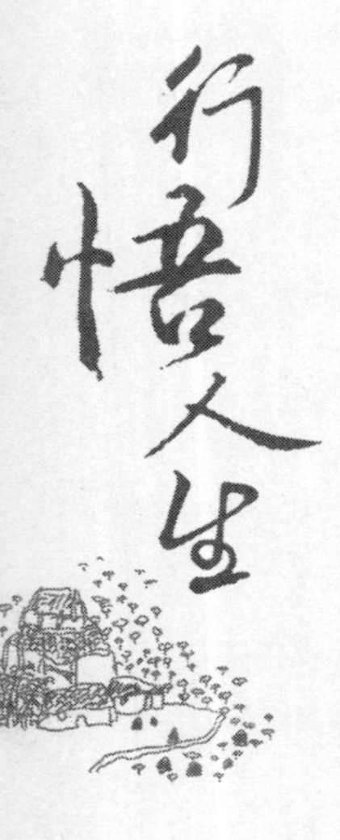

社会发展史表明，人类从猿到人的进化过程，记录着文化萌芽的痕迹，人类社会的发展不仅是生命迁衍和岁月推移的历史，更是演绎文化的进步和文明传承的人类发展史。

在世界文化之林中，中华文化的辉煌与灿烂，举世瞩目。中国是世界上四大文明古国之一，有着五千多年的文明史，创造了人类历史上生命力最强的优秀文化。四大发明，改变了整个人类的生产生活方式，加速了全人类的文明发展进程。灿烂不朽的中华文化，造就出了无数优秀的炎黄子孙，如老子、孔子、孟子、屈原、蔡伦、毕昇、祖冲之、李白、关汉卿、李时珍、曹雪芹等，他们为世界文化和文明作出了杰出贡献。

尽管当前我国的经济尚欠发达，但纵观未来世界文化的长远发展，我深信中华文化在不久的将来，必将在经济科技之先成为世界文化的主流，它不仅是推动中国的科技和经济发展的动力，而且必将成为世界文化的主导，促进全人类的发展，谱写出人类文明的新篇章。

为什么中华文化必将成为未来世界文化的主流?

第一，世界文化的发展史印证了中华文化的生命力和生存力。

在世界上几大有影响力的古文化中，除了中华文化，其他文化都在历史的长河中消失殆尽了，唯有中华文化绵延几千年，依然辉煌灿烂，青春焕发，更显强壮，更显深厚，更显博大，更显活力。正如中华文化经典之一的《易经》中所说“生生不息”的文化精神内涵，所体现着与日月同辉、与天地同在的中华文化的生命力。

随着英国人的入侵，古印巴的社会形态发生了巨变，应用延续了几千年的文字和语言被取代和淘汰。曾经灿烂一时的古印巴文化，一点点地沦落。甚至代表其文化核心的佛教文化逐渐在本土销声匿迹，一些研究佛学文化的学者和崇拜者不得不到中国的佛教文化中去查找考证。

古埃及文化曾经辉煌灿烂。但是，当罗马帝国的铁骑像潮水般涌入时，古埃及国门和城堡被冲破，军队和勇士被打败，政权被推翻，它的文化也被淹没在这铁蹄践踏的浪潮中，几经沉浮，也像潮水一样退去，留在了历史的河床中了。

雄壮无比的古罗马文化，随着亚历山大大帝的银盔铁甲，曾席卷亚、非、欧大地，当拿破仑·波拿巴的法兰西人横空出世时，古罗马文化带着古罗马的残兵败将回归到它的发源地而被尘封于历史的长河中了，只有文化的研究者，历史的考证者，他们才能看到听见雄壮威武的古罗马帝国文化的音律。

古巴比伦文化也是世界文化的重要支点，但是它在历史的发展延伸中却被抛弃在历史的古道上了。

这些曾经辉煌、灿烂的各种文化，都被时间耗掉了它们的生命，让岁月腐朽了它们的身躯，让天地自然收回了它们的精神和灵魂，让历史的尘埃掩埋了它们的尸骨残骸，就这样在沉默中无声无息地远去……

当然，随着人类社会的发展，在过去历史的长河中也产生过很多其他古老的文化，有的如流星一般闪过，有的如雷鸣轰响，尽管曾经辉煌、耀眼过，都由于生命力不强，内涵不丰富，适应不了社会的发展，适应不了时代前进的步伐，都只能在时间的长河里昙花一现，电光一闪、雷声一轰地消失在历史的黑夜中，不再被人们所弘扬、传承、使用，随着时间的远去，越来越不被后人所知了。

在黄河、长江流域的土地上，勤劳、善良、爱好和平、充满智慧的炎黄子孙，上下而求索、披荆斩棘地拓新，同岁月与时俱进地创立、创造、成长、发展、升华、总结文明文化。这中华文化在发展、拓展、兼容、包容、接纳、融化中，剔除糟粕取其精华地铸就出博大精深、永葆青春的中华文化。

第二，中华民族的历史变迁表明了中华文化生命力的强盛。

我们是一个多民族的国家，历史上各民族都有过荣辱兴衰的时期。随着各民族的兴衰，疆土随之分割与合并，朝代不断更迭。在民族兼并和分离的战争中，不断出现强者和胜利者，不断演绎着一个民族代替另一个民族取得统治地位后，用权力强制地消灭和自然淘汰一个民族的文化。

现在大中华的形成和大中华的文化由来，都是在五千多年的历史变迁中，由以汉文化为主体的中华文化演绎而来的。从诞生至今，汉族就是一个兼容、包容、忍让、奉献、创造、爱好和平、崇尚自然的民族，但经受过很多民族的侵略或统治。这些民族在历史的某个时期，都凭借强盛的武力，发动战争，占领了他们的领土，获得了他们的统治权总想用他们自己的民族文化作为主流文化，来统一甚至取代汉文化。历史证明，他们的文化在汉文化面前都被很快地融合。最后的结果是，蒙古、匈奴、满族等所有外来文化——都被汉文化兼容并包地吸收、融化成为了中华一统。

世界其他几大文明古国的古文化，基本上都是在被外来民族的武力击败后，随之就被入侵者的文化所取代，而导致本民族的文化沉沦消失。唯独汉文化，在汉族的地域政权屡遭侵略亡国时，汉文化不仅没有被替代和消失，反而在吸收外来文化或与之交融后变得更丰富、更壮大、更强盛。

此外，在第二次世界大战中，被迫逃离到世界各国的犹太

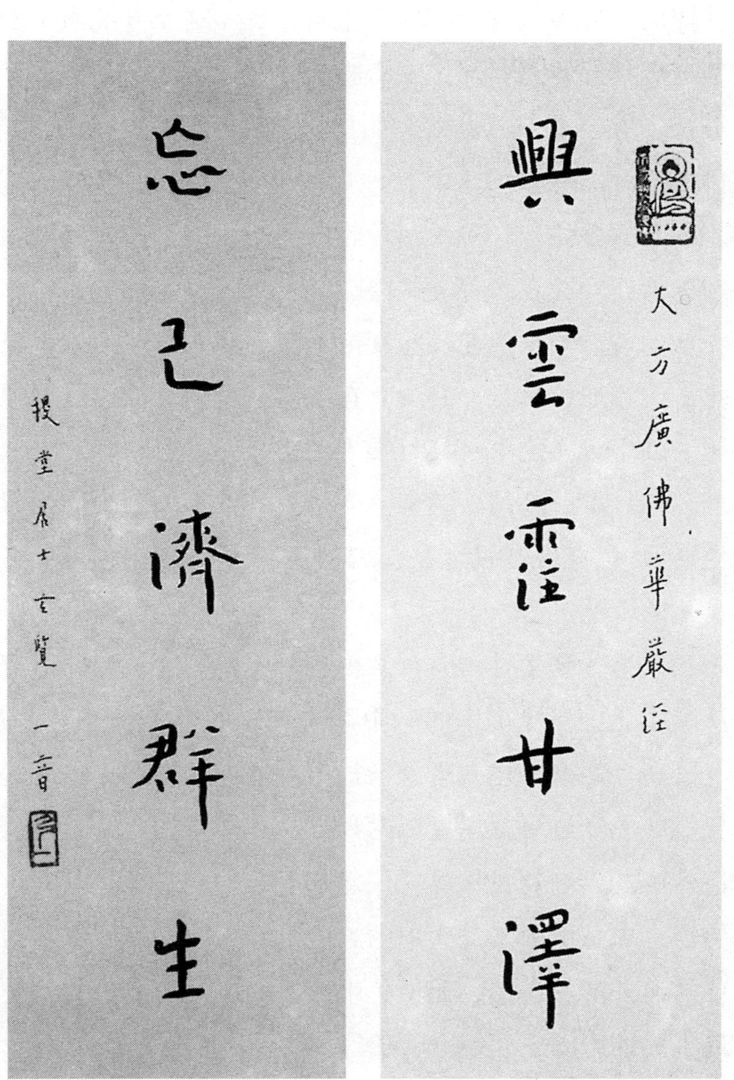

弘一法师

人，都保持着犹太人的习惯和文化在异国他乡生存生活着。只有到了中国的犹太人，很快就被融合为中华民族的一分子，并成为接受、使用、传播、发展中华文化的力量。这充分说明了中华文化的本身所具有的兼容并包能力。

第三，五千多年的人类文明史，斗转星移，如今亚洲各国，乃至世界三分之一多的人们，他们的文化、礼仪、风俗、语言、文字，甚至衣食住行，无不昭示着中华文化的生命力和辉煌，体现着物竞天择、适者生存的规律。

在新加坡、马来西亚、印度尼西亚等华人很多的国家里，中华文化占主流地位姑且不必说；在朝鲜、缅甸、老挝等中国的周边邻国，因中华文化本身具有强大的优势，渗透与影响也似乎合情合理；在日本、韩国、越南、老挝等其他华人较少的国家，他们的生活习俗、日常用具以及文字和宗教的祭祀中，无处不深受中华文化的影响。

中国人为什么学韩语、日语很容易呢？因为他们的语言文字就是从汉文化中演绎出来的。中华文化里的棋道、茶道、书法、武术、气功、儒家思想和道家精神等对他们的影响无不深远。中华文化能够漂洋过海，主要以两种方式远涉重洋：一是热情好客地邀请外国友人来到我华夏礼仪之邦后，他们发现是好文化就带回去传播；二是由中华文化中的大度、和平、友好、奉献的外交使者传播而去的。当然，无论是带回去的还是传播出去的文化种子，最主要的原因还是在于中华文化的生命力、亲和力和表现力。中华文化所到之处都大受欢迎和适应，而使文化的种子很快便生根、发芽、生长、发展、传承、繁衍。

第四，世界未来文化发展昭示了中华文化的生命力。

我们在世界各地，许多其他国家的官方文件、军事理论、外交智慧、法律法典、商标图形、哲学思想、文学著作等中可以看到，中华文化的巨大生命力和影响力；更有中国传统的仁、义、礼、智、信文化，在各种正式和非正式的场合被越来越多的人接受和使用。在外国的中餐厅、中文网站、影视中文频道越来越多地受到世界各国不同种族不同肤色的人们所欢迎和使用。一些国外的大公司、小公司、跨国集团等，都用中文商标和中文名称，越来越多的外国人给自己取一个寓意深远、内容丰富吉祥的中文名字。不少国家和地区纷纷建立了中国研究中心、中国文化研究中心等。许多国家和地区也纷纷要求中国建立孔子学院，来传授传播中华文化。许多国家和地区的人们，几乎都把学习汉语作为他们学习外语的首选，汉语已成为外国人追逐的热门语言。越来越多的外国留学生到中国来学文化、学语言。可见，中华文化在复苏中崛起，在发展传播中壮大。综合世界文化的发展潮流，无论从哪方面都能看到，未来世界文化发展的“汉化”趋势已是必然，中国文化在世界范围流行和普及也是必然。这不仅是由于中国综合国力的不断提高，更主要的原因在于中华文化本身的生命力和优势性是其生长发展的必然。

第五，时至今日，世界上的文化依然以多种多样的形式存在，中华文化在许多方面都具有其他文化无法相比的优势。

单从文字上来说，除了汉字以外，也许只有古埃及文字在起源时，曾经有过象形文字，但遗憾的是未能传承和发展下来，而被时间的流水冲刷得荡然无存了。其他文字，几乎都是一些书写符号的组合，其功能也仅限于标记和交流；而汉字却有着深厚的文化底蕴，每一个汉字都是经过长期的自然演变而来，或象形，或意会……当我国的汉字鼻祖仓颉造出汉字来时，连鬼神都哭泣，闻之胆寒心惊。可以说，每一个汉字都有着深刻的内涵。郭沫若先生说：识字是一切文化探讨的第一步，文字乃社会文化之要证，于社会之产生状况与组织关系略有所得，欲进而追求其文化之大凡，尤舍此而莫由。可谓是“字文化”，是其他文化所没有的，也没法同中国文化作比较的原因所在。

第六，只要对中华文化进行研究思考，或与其他文化进行比较，不难发现汉文化源于自然，表现自然，融于自然，升华自然。

只要自然在，中华文化就在，自然怎么发展，中华文化就会怎么发展。中华文化的精髓、精神内涵可用一个字概括，那就是“和”字。自然“和”则生万物；山水“和”则生美景；人体“和”则身心健康；乐曲“和”则生美音；经营者“和”则生财；家“和”万事兴；人与人之间“和”则友情加深；国“和”则生吉祥；国与国之间“和”则相安无事；……“和”就是自然，是世界自然而然的本质。宇宙不“和”星球就会坠落，地球不“和”就会有灾难。“和”就是宇宙自然的神韵所在。中华文化的核心就是“和”，是表现、总结天地人合一的“和”文化。

中华文化承载着人类自然历史的发展，延伸和演绎着中华文明的历史积淀。诗词歌赋、科技教育、典章制度、文化遗产……这些意味深长的文字文化，筑起了中华民族的精神长城，使得生生不息的中华民族、中华文化源远流长，中华文化与自然同音同脉同长久。

综上所述，在中国几千年的文化历史长河中，中华民族卓越的智慧和崇高的美德，不但创造了辉煌灿烂的中华文化，也对世界文化和文明的推动与发展起着巨大的作用，更将继续推动未来世界文明与文化的发展。我深信中华文化在不久的未来必将成为世界文化的主流，造福全人类，发展全人类。作为华夏儿女，我们为此而感到自豪与骄傲！这也更迫使我们有责任和义务，总结、弘扬、传承中华文化，振兴中华，服务全人类。

财 富 篇

你现在拥有的财富，给你人生带来快乐或烦恼的财富，尽管它受你支配，但它不完全属于你所有，除了你可以消耗掉的部分，其余的部分只是暂且受你支配的一个数字而已……

财　富

你现在拥有的财富，既可以给你的人生带来快乐也可以给你带来烦恼，尽管它受你支配，但它不完全属于你所有，除了你可以消耗掉的部分，其余的部分不管你认可不认可，愿意不愿意，它都只是暂且受你支配的一个数字而已，从根本上说它是属于人群的，是社会的，甚至是属于你生活交往圈中之人群。

将准备留给子孙的那部分财富重新规划，改为对子孙进行教育和培养的资金；改为打造他们人生事业起步平台的投资；改为提升、提高他们人格、人品、素质等方面的投资都是非常明智的。切不可以作为福利的形式将财富和事业留给他们，要清楚地认识到，只有弱智、低能、老、幼、病、残者，才具备吃福利的条件，才享有福利的权利。

财富是社会的，既是属于和你有着血缘关系的人的，也是属于一个民族的、一个国家的，甚至是无国界的。你现在拥有的财富再多，从本质上它归你所有的部分是相对固定的，其余的部分并不归你专属，并且是拥有得越多不归你所有的也就越多，这些财富只是暂时放在你处，而不能改变它属于社会和他人的公共性质。你现在拥有财富的多少，只能衡量你的智慧、勤劳、付出、机会和命运等大小、多少、高低、好坏的一个方面而已！

讲一个形象的比喻，你拥有的财富就像用容器装水一样，容器的大小决定装水的多少。但是水还是水，容器还是容器，并不因为水装在容器中，水就是属于容器的。只能说在容器中消耗损失掉的水，如同人在生活中的衣食住行和承担相应责任所需要消耗的财富。人满足自身正常生存生活所需的财富后，剩下的财富无论有多少，它都是属于社会的，属于流动中的公共，属于变动中的他人。属于变动中的他人财富和装在容器中的水一样，只是暂放于容器之中，暂时托付你管理。在容器中的水被人长时间放于容器中，如果不去发挥它的用途和作用，那么随着时间的推移，容器中的水自然就会在你用肉眼看不见的过程里回归大自然。财富更是如此，当你无能力管理它时，或你的生命终止时，它就会自然去寻找有能力管理它的人，就像容器中的水蒸发回到大自然一样，不用跟你商量和打招呼就走了。你若想控制住它不让它走，除了正确地善待它，按照它本质的属性去支配以外，再无他法可行。如果你在生命终止时，安排管理它的人是不合适的，它也会自己去重新选择，不听从你的安排。所以说，留大量的财富给子孙的人，是不明智的人，是不懂财富性质的人，也是没有真正懂得教育子女道理的人。留大量的财富给子孙，不仅对子孙无益，反而可能会贻害子孙，或是成为贻害子孙成长的源头。

“授之以鱼，不如授人以渔。”如果你把子孙教育培养好了，把你拥有财富的企业和创建的事业交给他们，他们继承你的企业和事业后，能够继续像你一样的发展创造事业，这是明智的。如果你的子孙没有这份能力和志向，就不能交由他们去管理，因为他们会使你的事业终止，你曾经辛苦经营的企业也必然走向毁灭！这样，不仅会毁了你的财富和事业，会销掉了你的人生价值，还会剥夺追随你人生事业的员工在你企业中工作劳动的权利，拆毁他们发挥创造能力的平台，甚至摧毁他们养家糊口的岗位等糟糕结局。同样，这也会害了你的子孙，让子孙们感受不到人生的价值与幸福的生活。你事业的消失、企业的失去、子孙的伤害、员工的失业等一切不良后果的产生，不都是由于你不明智的思想和错误的决定造成的吗？这时的人们可能还要对你生前创造财富的能力进行重新评价：你拥有的财富是否是你本身的能力和智慧创造的都得打问号。猜想可能是得益于机会，或者是非正当的途径所攫取的财富。因为你连最起码的两点都不明白，一是财富的性质是什么？二是人生命的意义和生命的价值是什么？把生命看得不如金钱，具有如此低下的素质怎么会有创造财富的能力呢？

你现在拥有的财富，既可以给你的人生带来快乐，也可以给你带来烦恼，尽管它受你支配，但它不完全属于你所有，除了你可以消耗掉的部分，其余的部分不管你认可不认可，愿意不愿意，它都只是暂且受你支配的一个数字而已，从根本上说它是属于人群的，是社会的，甚至是属于你生活交往圈中之人群。趁着自己生命还受行为支配时，赶紧将它返回到人群中去，回馈到社会中去，还清他人为你付出的账单，报恩和感谢对你的人生成长和事业给予了支持和帮助的人。最大限度地发挥财富的作用和价值，不要等到你的生命终结后，使你忠实的“金钱”仆人没有归宿，被一些不懂得真爱它和善待它的人争夺——像猎物一样，被人争来夺去地撕碎它的心，使它纯洁无私的身体沾染上贪欲者们争来夺去时产生的仇恨和血腥味。

人的生命是最可贵的，人们创造金钱财富的目的是为人服务，是为了使人们更幸福，更快乐地享受人生。把任何东西凌驾在生命之上都是错误的，更重要的还要懂得一点，人的幸福和财富都是依群体而来的，单一的个体不能创造出幸福和财富来。任何一个人的幸福、快乐和财富都是与他人联系在一起，无论是伟人、巨人、政治家还是富豪，无论他拥有多少知识、学问、权力、物质或是金钱，都不是能孤立得来的，一切都是与社会和他人分不开的。生活中的人，无论是谁，只要是一个人孤立地生活，与世隔绝地生存着，则绝无快乐和幸福可言。如果孤独、寂寞长期伴随着一个人，且得不到改变，没有希望时，这足以让他自毁生命。

想明白了，做一个明智的人：第一，要明白人的生命是最重要的。虽然人的生命是短暂的，生命不存在了，但生命的价值和意义是可延续的。人生生命的价值就在于他的意义体现。尽可能地发挥生命的价值，才是最好的珍惜生命。第二，要知道人的幸福快乐，是不能离开人群而单独存在的，只有与他人相互关联才有。第三，要理解金钱是为人服务的，人是主人，金钱是奴隶，千万不要搞反了关系，成为金钱的奴隶。第四，要明白财富的性质，它的内在实质是属于公共性的，把事业和财富留给不能胜任而挥霍的子孙是罪过，不是真正为子孙负责任，更不是真正懂得爱子孙的道理。其结果既害了子孙，又贬低了自己，还有可能伤害、贻祸到他人。同时还玷污了财富，浪费了它发挥作用的时间，禁锢了它自由创造价值的作用。

好好想想，对照以上四点，以前是这样做的，就继续发扬光大，如果不是，就应该赶快思考，赶快明白过来。从思维上明白了，就千万不要只停留在思维上，应立即把思维转化成行为，行动起来，将自己创造的财富和事业，趁生命中还拥有可支配的时间、支配的能力、支配的权力时，赶紧实施以上四点的内涵，实现人生的意义，去追求自身的幸福和快乐，并投身有益于社会和他人的事业中去，去实现你人生价值意义的最大值。将准备留给子孙的那部分财富重新规划，改为对子孙进行教育和培养的资金；改为打造他们人生事业起步平台的投资；改为提升、提高他们人格、人品、素质等方面的投资都是非常明智的。切不可以作为福利的形式将财富和事业留给他们，要清楚地认识到，只有弱智、低能、老、幼、病、残者，才具备吃福利的条件，才享有福利的权利。吃福利，你愿你的子孙是那样的人吗？

财富的拥有者，金钱的主人，你的责任是在你拥有生命的时间里，一定要为它找到一个好的去向，因为“金钱”是不老的，更不会死去，它是最懂得感情和回报的善者。你安排好了它，即使你死去了，它也会想念你千年万年，颂扬你的美名德行千年万年。反之，它也会记恨你千年万年，诅咒你是一个小气与无知无能之人，是一位奴才，是搞反了主仆关系的守财奴，是一位不会做金钱主人的奴仆。千万别将它对你的热爱和忠诚，换取它的冷漠和抛弃。最好的方式是在你离开人世之前给它找好新的主人、新的归宿，使它的价值得到最好的体现，能量得到最大的发挥，使它永远地怀念着你这位曾经的好主人，使你的子孙永远享受着你的荣誉和惠泽，使它在社会之中代表着你的生命还活着，体现着你的价值和意义的延续。

善　恶

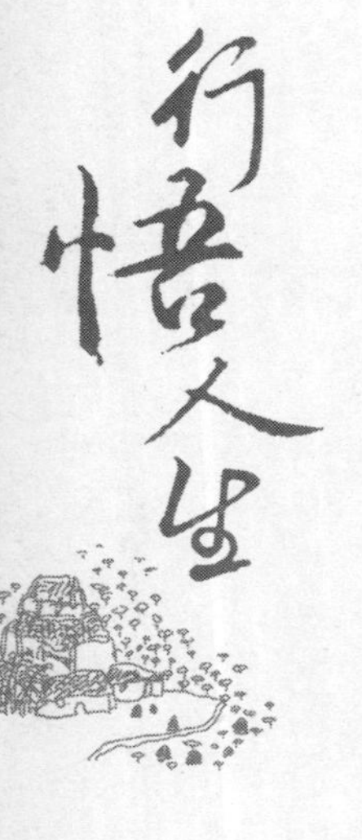

善是正的，恶是偏的。但是也有存善心，反倒做了恶事的，这是存心虽正，结果变成了偏的；也有存恶心反做了善事的，这是存心虽偏，结果反正，称作偏中有正。所以说，做善事的人一定要努力地学习，增加见识，增长智慧，在行善事时和遇事行善时能辨善而行，遇恶而止，才能使其行善不偏，行善中不含隐蔽的恶，而使行善不至于损善德，以致行一善而是一善的积一善，使得累善成孔德。

有时候，有些事情从表面上看是坏事，不近人情，做起来也不合乎自己的秉性，但经过冷静的思考，即使委屈自己，不被人理解，哪怕是自己不情愿做的事，也要努力地去做。因为这是好事，是大好事，是上天赐给你机会积阴德的大善事。当面对此事时，何必顾及个人的得失呢？何须畏惧他人怎么说呢？只管果敢坚定地去做，才是一心向善的真善人，才能一心一意地去行真善，才会积善成德得大福。

日本有一位高僧，人称“白隐禅师”。他所在的镇上，有一个少女未婚先孕，夫妇俩发现女儿的肚子忽然大起来了。这使得他们震怒异常！好端端的黄花闺女，竟作出不可告人的事，十分

黄公望

羞怒地训问女儿。在父母的逼问下，她起初不肯招认那个人是谁，但经过一再的威逼之后，她终于吞吞吐吐说出“白隐”两字。她的父母怒不可遏地找到白隐禅师大吵大闹地辱骂，使得不少人都知道，德高望重的老禅师原来是一位无耻之徒，但这位大师却不置可否，只若无其事地答道：“是这样吗？”

孩子生下来后，女孩的父母便将婴儿扔到了白隐禅师处不管。此时，白隐禅师已名誉扫地，但他并不以为然，只是非常细心地照料孩子——四处去乞求婴儿所需的奶水和其他用品，看惯周围白眼，听尽冷嘲热讽，感受他人的嗤之以鼻，然而他总是处之泰然，全当成是抚养自己的孩子一般。

事隔一年后，这位未婚先育的妈妈，终于不忍心再欺瞒下去，她老老实实地向父母吐露真情，孩子的生父是在卖鱼市场里工作的一名青年。她的父母带着万分愧疚之心，立即和她一起来到白隐禅师那里，向禅师道歉，请求禅师原谅，并将孩子接回。白隐禅师的表情和态度，仍然是淡然如水，更没有乘机教训他们，只是在交还孩子的时候，轻声说道：“就是这样吗？”仿佛不曾发生过什么事，即使有，也只像微风吹过耳畔，霎时即逝。

背负恶名抚养遭弃的婴儿，心如止水地原谅涉世未深的少女，不加辩解地穿行于势利的人群中，白隐禅师用无言的行为和那一句淡而又淡的“是这样吗？”完美地诠释了宽容的超然，无愧的泰然，积阴德的必然。

特别是在为了把社会风气变好、是为了广大群众之利益，而不得不违背自己为人的准则，甚至是毁坏自己的名誉时，那更是上天对你的考验，如此按天道行事，是在委你以重任，是在检验和考查你的定力，是在叫你行大善积大德。要认识到，一个人做善事，不能只看眼前是否出现直接的效果，而要看这件事情是否能够流传下去，是否能有长远的效果，尤其要看能否对整个社会发展产生有益的效果。不能只论一时的影响，而要看长远的影响；不能只论个人的得失，而要看天下大众的利益。

春秋时，秦惠公死，出公即位，时方二岁，由母亲主持朝政，重用宦官与外戚，“群贤不说自匿，百姓郁怨非上”。第二年，左庶长嬴改发动政变，将出公、太后沉到渭水，迎接被嬴悼放逐的嬴师隰即献公回国都雍城。自秦厉共公之后，到秦出公在位时，大臣专权，数易君主，国政不稳，秦国日衰。而献公即位后，发愤图强，开展了改革大业，一扫国家颓势，历史上大名鼎鼎的秦孝公和商鞅的改革，即为秦献公改革的延续，为后世统一全国打下了坚实的基础。左庶长嬴改当时是为了保全整个国家的利益，而不惜牺牲自己的名誉，背负杀幼帝之恶名，扶植新主即位。在当时他看清楚了国家的危机，更看清楚了一己之力难以维持局面，只有以果断行为改变被动的局面，才是明智的选择。为了朝廷的大局和国家的利益，个人的名声、得失是微不足道的。他也预料到了自己的一切受损，只会是暂时的，最终大家都会明白、理解、肯定他的做法，事实结果正如他所预想的一样。

现在的行为虽然看起来不是善，但流传下去，能帮助世人，虽不像善，而实际是善，则应该努力地去做。始终心存善心地去为人向善，揭示表象上的恶，看透到本质上的善。有时表象上的作恶行恶，实质上却是在行善。当善果行成时，世人便会知晓缘由，则会明白你行的是大善。就像生活中有很多看起来是作大恶，而实际上是大善。为什么这么说呢？大家看看历史，看看每个朝代的开国者，他们谁不是对当时的社会行的大恶？杀人、放火、抢劫、攻城、发动战争，使无数的人都失去生命，是不是做的大恶之事？可是，为什么又是大善呢？因为丝毫没有自己的私心存在，他们是为了更多人的幸福，为了社会的未来更加美好，所以行的是大善，获得的福报是当皇帝，行的是天大之善，获得的就是天下的道理。

曾国藩的后人为什么兴旺发达，照常理说，曾家的后人应遭报应才对。错了，曾家兄弟虽杀人无数，但他们心中无私，不是为己，而是为了当时的国家，为了天下的黎民百姓。行为中虽有恶，但这是善中所附带的恶，他们的本质行为是行善，并且是行的大善，是一般人做不到的善。更让普通人做不到的是，当他们替朝廷平定太平天国之后，能拒众多的劝说者，抛弃自己的私欲、私利，能够想到战争中牺牲的生命，想到战争给黎民百姓带来的痛苦和灾难，想到国家在战争中付出的代价，想到了天下生灵涂炭、民不聊生的惨状。为一人之利，一人之权欲，一人之虚名，使天下的黎民百姓又重蹈战乱之中，不知多少生命将在战争中死亡。他不忍心去想这些后果，理性地、善性地克制住了欲望，抛弃所有权欲、名欲、利欲，达到了面对帝王之位的诱惑都能不动其心，只为天下黎民百姓的幸福去着想，这是多么不容易做到的事啊！曾国藩做到了，他这样的举措就是大善之举，大善之德，所以，他行的是大善，积的是大德，理应获得的福报是子孙兴旺发达、受后人敬仰传颂的美德。

现在的行为，虽然是善，但如果流传下去，对社会风气有害，那看起来是善，其实非善。像当今的一些电影、电视剧以及更多的网络游戏，都只顾眼前的利益，满足人们当时的欲望或需求，获得自己利益的最大化，这些都是表善内恶的体现。比较典型的像“征途”游戏的定位，策划确立开发研究出来的产品内在实质，就是利用人性的弱点进行作恶来获取自己的钱财，在社会的表现结果是害人坑人的内恶行为。这就是作孽，是恶，是罪，是罪恶深重。因为这样的行为作孽太大、太广、太深，让太多的人受害，让太多的青少年被毁，让太多的家庭支离破碎，失去人生的幸福，让社会动荡不安，所以这个策划者和获利者无论是有心或无心，策划出来的产品，作的孽都是罪恶深重。人心是向善的，人性中有弱点，凡是利用人性的弱点来求私利求私欲，则都是恶，最终必食恶果。

总而言之，善是正的，恶是偏的。但是也有存善心，反倒做了恶事的，这是存心虽正，结果变成了偏的；也有存恶心反做了善事的，这是存心虽偏，结果反正，称作偏中有正。所以说，做善事的人一定要努力地学习，增加见识，增长智慧，在行善事时和遇事行善时能辨善而行，遇恶而止，才能使其行善不偏，行善中不含隐蔽的恶，而使行善不至于损善德，以致行一善而是一善的积一善，使得累善成孔德。

施　善

用德品将学传施予人，才能称为大施大善。因学无穷无尽、无边无垠，不受数量、质量、时间、空间、距离的限制。所以，能广传、久传，可使受传者而传而乐而无穷也；更可使施传者在传中升华，在传中提高，在传中扩展拓深传的数量和质量。

一个真正有学问的人，必定有德在其中，也只有有德之人，才能要求自己去努力做到明明德，而成为至善的学问家，才能要求自己按照儒家的"克己复礼"、战战兢兢、如履薄冰地规范自己的行为，修养自己的道德，使之成为厚德载物之人，才能把自己的德学用于传道解惑于他人，才能将人类社会的文明传承启后，最终成为大善者。

（一）善者心态

行善是很快乐的事，因为具有行善品德的人，将自己的德、品、学、物、财施予他人时，是在体现人性的高尚和美德，是在不断升华自己的人格和心灵，一切都应是无私的。倘若抱着有私和欲望，以某种目的和求回报地做善事，那样不但得不到快乐，还会失去做人的基本人格、人品，让世人评头论足地留下无限的话语。以求回报的行善，不仅给受善者以负担，也给自己以束缚。期盼回报，心神岂能得安宁？劳心费神，岂会有快乐？心灵和神志得不到安定和快乐，岂能让自己的人格和心灵得到升华，而成为真正的善人？要明白自己施善之财物，在自己那里并没有发挥它最好的质和量的价值作用。在自己那里属于闲置和丢弃的，理应让它到最能发挥作用的地方去，到最需要它的地方去，到最能彰显出它价值的地方去，只有这样，才是最好地理解财富，才是最好地使用财富。

用人的最高水平是知人善用，用物用财的道理也应和用人一样。物尽其用，知物善用，将有限的财用在最需要的"刀刃"上。静心沉思去想一下，自己用于施善之物财，只不过是已有中的一部分，将其中的一部分施予最需要的人，成就了人、物之快事，该是多么的美哉！在成就人物之快事的施善过程中，自己的心神情操就会自然而然地进一步得到提高与升华。随着提高与升华，更进一步地去静思善想，将给予受善者的一切，全当成是他人寄存在自己那里的物品，是财物的主人来了归还于他，权当做原本就是他人的。其实财富的本质是公有，对财富的拥有者来说，无论自己的财富有多少，除去自己真正需要消耗的一部分之外，其余的财物都是社会的，是暂且以自己的名字为社会和他人经营和保管着。财物的属性是公共的，自己现在只是为社会和他人代为看管财物的人，持这种心态和观点生活行为着，不可能生活得不幸福快乐！

生活中的任何事情把它的本原展开了，用超越的思维来看待，不被它本原体上依附的假象迷惑，不被固定住思维，用突破、展开、超越的思维去认识它的本原实质，这样才能认识到事物本原的实质，使自己认识到一个人施德行善本质中的德与善。而事实也是如此，自己生前拥有的一切财物、宝贝，有哪一点哪一样，在自己死去的时候能带走？自己活着的时候主动给予人，彰显人高尚的人格和人品，体现的善心善行，提升人生的智慧和道德的境界。如果不施善行善地给予他人，当生命终结时，对自己拥有可以支配的财物只能写个遗嘱，留个遗言。面对你的遗嘱、遗言的人，或听或不听你的遗嘱和遗言，你都不再具有支配权了，即使再多的财物也会随之不属于你了。

古时候，有些人把生前的心爱之物，嘱托后人待他死后随棺而葬，随同自己无知的僵尸而腐烂。其实，无论你陪葬的是珍贵之物或价值连城之物，还是不值分文的普通物品，都会引来盗墓者挖掘你的坟墓，盗取那些陪葬物品，让你所心爱不施人的宝物尽归了盗墓者。成为你最不愿给予的人拥有了，而使你的尸骨都得不到安宁。甚至还有可能遇上更无人性的盗窃者，将你的白骨抛弃荒野，被野兽、动物任意践踏。这种例子太多，不管你是豪门贵族的坟墓，还是历朝的王公大臣、皇帝、皇后的墓，有多少不被盗墓者洗掳一空的呢？到了现在的文明社会，人死后都实施了火葬，死后什么物品都不可能陪葬了，即使有陪葬之物，也连同你的身体一样，都被烧成了一点点灰尘。当然，也有超越了凡人境界者，则嘱托后人或活着的人将自己的遗体捐献给医疗机构或是火化后的骨灰赐给大地，让自己的身体能为社会和他人去做最后的一点益事或回归到大自然中去。而素质、境界有限的普通人，被亲人和后代用一木盒装着，存放于殡仪馆。

这人死后的一切，虽然我们无法看到自己的结果如何，但是作为一个明智的人，可以去看去思考先于我们一代又一代的前辈，他们死后的结果是如何？用来借鉴和启迪我们去思考，用以预测我们死后的结果，难道不就是和先于我们死去的前辈人一样吗？何不在拥有生命的时候，能行使支配指令权力的时候，把自己节余的财物施舍于人，像是它们的主人来拿走交由你看管之物一样，像免除了保管之责后的轻松！还可以更升华地去想，将给予受善者的一切，全当成是你拾到了不知其主人的贵重之物，在无法送还到失主之前，而限制你自由的守候，是在体验着看管时的感受，盼望丢失者早些回来时的焦急心情，是将物品交还原主之前的等待。一旦施予了他人，当做你已完成了保管看守之责，急他人之所急的焦虑已解除，为他人而等待徘徊的脚步已从容。抱着这样的心态和行为的人才是真善人，才是真心实意地在行善，也是真正给予他人和自己幸福快乐的人。

一个人在生活中，始终用人乐去待己乐，用己心去思人心，用己行去除人困，用己能去解人惑，用己财去济人难，把自己的幸福快乐，建立在能为他人和社会做一点有益的事情中去，以助人为乐！拥有了这样的心态和行为的人岂能不愉悦，岂能不快乐，岂能不幸福！不具有真善贤德的人，岂能有如此心态心境的行为！不具有真善贤德的人，没有亲力亲为行真善者的人，怎么能体验和感受到这真善中的快乐呢？也是无法衡量出真善之人心神中的快乐。此种快乐的感受，当然只有真正的高尚施善者才能享有。有目的和求回报的施善者，岂能知晓这行中之爽怡，施中之快哉，善中之乐乎！

神中无德思、心中无善想、行中无善为之人，生活中哪里会有身临仙境而神爽心旷之感！其实，烦恼随神起，美景由心生。影响人的幸福快乐与痛苦烦恼的因素，一切取决于心、神、行的变频。将人的心、神、行变频到真善施者的时候，就达到了人生的最好频道。你的眉目会得到自然舒展，面容会自然呈现出祥和，心神也就会自然处于平静清怡，人的心神情意就会自然快乐地与言行融合为一体，让自己达到感知天人合一的滋味，使之成为了真正自由生活在和谐境地中的人，成为了真正幸福快乐的人，成为了超凡脱俗受世人尊敬和爱戴的人。

（二）善之大小

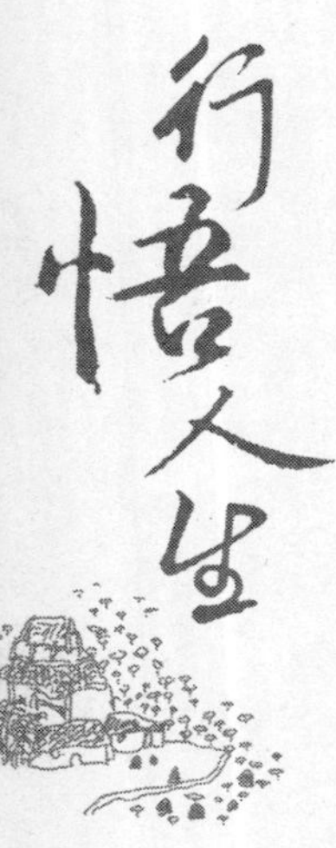

施财物与人，只能算小善小施；用德品将学施予人，才叫大善大施。因物、财的量有限，受善者用之，不能再传，不能广传；因物的质有限，不能久远，不能久传；因物受时间、数量、范围的约束，施财、物者都受自己所拥有的财、物的量和数的有限，而施传财物的量和数必然是有限的，更因受财物者将施善者施予他的财物用之，而无有财物再传之，所受到的自然有限，所以只能称为小善小施也。

用德品将学传施予人，才能称为大施大善。因学无穷无尽、无边无垠，不受数量、质量、时间、空间、距离的限制。所以，能广传、久传，可使受传者而传而乐而无穷也；更可使施传者在传中升华，在传中提高，在传中扩展拓深传的数量和质量。但不同的是物财施人有限，受者亦有限，将自己的财物施予他人，必然是越施越少；而学施人者和受施学者都与前者恰好相反，施学者施学予人，不但不会减少自己的学，还会越施越多，不断提高自己的学，而受施学者也是如此，受到的学无论怎么用或转施于他人，学都只会比原有受来的学多。

因为，在传学的过程中，也是自己学习的过程，并且是很好的一种学习方式，是在传学中升华自己学知的过程，在使自己学习发展升华的过程中，使受传者也越受越多；受物者，受后已用之，不可再传。而受学者可以用受来的学识去一传十、十传百地越传越多，使受传者受之后，使自己成为传授者，同样会使自己的学识越传越多，越传越升华，可以形成永久不息的传承传播链，使之扩大拓宽发展地传施下去。从远古的荒芜蛮野的落后时期，发展到现代的发达先进文明社会，不都是由这样的传施才能得来的吗？所以，称为大善大施者，是将德品学传人施人的人。

（三）大善不易

小善小施容易，大善大施难啊！小善小施是取己一物或已拥有中的一部分施予人，当然很容易做到。是已所拥有之财、物，是他人所需之财、物，只要修其善心，有其施善之举即可做到。大善大施是道学也，是德、能、智、慧也，是将已知已明已有的德品、智慧，用学传授于不知不明不能之人也。自己没有达到施善德品之人，即使有学也难以传之于他人，何况，要想成为一位有学问的大德之人谈何容易！只做一位有学问的人就是非常不容易的，因为学中包含着知、识、智、慧、能等，不是单指学习的学字。除此之外，还要做一个具有高尚品德的人，而用德去传人，那皆是何等的难啊！“德”，传人之德！不是普通之德，一个人具有普通之德都被世人称赞传颂，要具有传授施予人的大德，必然会更显其难上加难啊！

做一个大善者，首先要具有高尚的品德，其次是拥有广博的学问。一位无德无学之人何以传之？古人讲：“才者，德之资也；德者，才之帅也！”有德了之人，才能使才能得到很好的发挥和应用，使之对他人和社会有益。否则一个无德之人，即使你再有才学，那也只能是害其他人和社会的怪才歪才。要想使自己成为德才兼备的人，就必须在具有知、识、智、能、慧的同时，将德注入其中。然而学问者的得知、得识、得智、得能、得慧，从何而有之？唯有学才能有。学字看似简单、容易，做起来却很难！特别是将有德之学做到能传人，那就更是难上加难！在此先不谈德之难，只说其学。因为，学是历经磨难才有学，熬其筋骨才有学，苦其心志才有学，勤奋求学才有学。将生活中的磨难、坎坷，煎熬中的苦涩、忍耐，奋争历程中的感悟、体验，不断地进行熔化，反复加以提炼，蒸烤所得的结晶才是学。即使经受人间种种坎坷和曲折、饱经世间人事的沧桑而成就的学和有学之人，也还要分其类别。

一是学中既有正学，也就有歪理邪说之学。如果不把德加进去，就会心带邪念，神带邪思，走偏门，苦修钻研出来的也会是歪邪之学，则学之越博越精，都是害人害己害社会越深的有害之学。这种害人之学，肯定不可学，不可受，更不能传授于后人。把德注入学问中的人，就成为有责任、有道德的人，不但自己摒弃歪理邪说，而且阻止他人学习歪理邪说。所以，在学问中的“德”字是学问里的灵魂。二是有学之人中也分为几类，一类是人性中固有的缺陷，自己的任何学问和已知已明的道理都不愿告诉他人，总怕他的知识被人学走了，而致他会他知，抱着一种怕人学会或超过他的狭隘心态，所以他更不会主动地去传授予人，因为这种人的学中无德；另一类也是有着天生的能力缺陷，自己能学，能把所学的知识升华成自己的学问，就是没有传授学问的能力，好似一个图案的组合，硬是在其中的主要部分缺了一块，而无法成为传学者；最后一类才是能学、有学、能传学之人，这种有才有德之人，才是德才兼备之人。

学问，分有害和有益之学问。有学问的人，也分愿传而无传他人之能力者和有能力而不传之人及愿传能传之人三类。只有将有益之学，转化为可以传人的学能，才是学以致用，才是真正属于自己的学知学能。这样的人才是真正的为学之人。有了学问，想做大善人，使自己的人生达到最高境界，仅有渊博的学问还是

石　涛

不够的。因为有学者不一定有德，大善之人必须是有学有德之人。除了具有渊博的学问，还得具有高尚的品德，是一个德才兼备之人才行。即使德才兼备，也还要做到善始善终的行善为善方可成为大善之人。

成为一个有学问的人，虽说很难，但比起具有仁德者来说还是要容易许多。因为一个大善者，一定是具有仁德的人。一个人要做到具有仁德，荀子说："不知则问，不能则学，虽能必让，然后为德。"按照荀子所说的去做，达到了遇事问、学、让的标准，也只能称为有德。《易·乾卦》曰："君子进德修业"。唐代的孔颖达注："德，谓德业；业，谓功业。"这里所指的德，也只是说一个人必须要恪尽职守的遵循思想和行为的规范，而离仁德还是有着很远的距离。只有孔子认为的"德"里才有仁德在其中，他说："德，是包括忠、孝、仁、义、温良、恭敬、谦让也"，之所以孔子念念不忘"克己复礼"，而曰："克己复礼为仁。一日克己复礼，天下归仁焉。"就是他对自己修养品德的要求。并且孔子最赞赏西周文化内涵中的"礼乐文明"，以"德"为核心，把"德"归纳为"勤朴古健，果义敢为，居安思危，善始善终"的道德标准。周朝的基业之所以是历朝历代中最稳定长久的朝代，就是因为君主有厚德，用的是以仁德治国的缘故。所以，《周易·系辞》所说"地势坤，君子以厚德载物"成为了中华民族文化的优秀精神遗产，也成为了我们当今社会文明的准绳。作为行善之人，首先要做到的是《礼记·大学》中讲的"明明德"才能"止于至善"。至善就是自始至终、无私无我地为他人尽心尽力善行终生。一个人这样的行为，就是仁德之为，是在积德聚厚，才能达到厚德载物。

在《道德经》中关于"德"字就出现有四十一处，提出了

"上德"、"玄德"、"孔德"、"积德"等，第五十一章讲："道生之，德富之，物形之，势成之，是以万物莫不尊道而贵德，道之尊，德之贵，夫莫之命而常自然。"此段所讲天下万物无有不是按照"道"和"德"两者的规定，而生长和富养的关系存在。也正如老子著五千言而取名《道德经》一样，在《道教义枢·道德义》称"道德一体，而其二义，一而不一，二而不二"的缘由，则说明道和德虽然各有所指，各有其内涵，各有其范围不一样，但是两者必须合二为一以整体型表现，才符合自然，符合规律，符合社会的需要。所以说，一个真正有学问的人，必定有德在其中，也只有有德之人，才能要求自己去努力做到明明德而成为至善的学问家，才能要求自己按照孔子的"克己复礼"、战战兢兢、如履薄冰地规范自己的行为，修养自己的道德，使之成为厚德载物之人，才能把自己的德学用于传道解惑于他人，才能将人类社会的文明传承启后，最终成为大善者。这样的人恒久精进笃行，就是大善大施者，必然会积荫以成孔德。

善　行

一个人明白了善行的真谛并真正实行之，那么，他的心境就是平静和谐的，做事情就能发于情、止于理、合于法，思想上就会没有顾虑和负担。没有顾虑和负担的人，心情自然就会是愉悦幸福的，身体各种生理器官，也就自然是处于和谐的状态。

人生绝不是靠烧香拜佛可以改变的，幸福的人生更不是靠空口说白话、无丝毫善行得来的，更不是靠作恶作暴作孽而来的。不种善树，哪会有善果摘！一切的改变都只能靠善行善为才可得来：有什么样的善行，才会造就什么样的人生，才能实现善良美好的心愿，这是绝对不会错的。

人总是希望自己的人生道路上吉星高照、一帆风顺，不遭遇挫折，不经历坎坷，即所谓运气好、命好。也有很多人虽然并不信神信佛，却总期盼冥冥中有神灵菩萨保佑自己，所以，在旅游景点的庙宇中，常常可以看到，一些人在菩萨面前虔诚地烧香叩首，口中喃喃。

其实，宗教并不是迷信，而是文化，是各民族的文化精髓。现代的很多自然科学、人文科学学科都是从佛学、神学中产生分离出来的。

人们崇拜尊敬的圣在哪里？佛在何方？神仙、上帝又从哪里来？如来佛祖、观世音菩萨、穆罕默德真主、耶和华上帝等又都是怎么产生的？

让我们打开历史的长卷，从他们行程的起点开始追溯他们的历程。事实告诉我们，他们原本也都是人，是一些执著的人，通过长时间的苦练、苦砺、苦学、苦悟人与自然的未知，坚定持续地积累知识，开拓视野，感悟人生，探究自然，追求真理。从最初的普通人，像蜗牛一样缓慢地步上泰山之巅，成为一览众山小的大智慧者。他们原本也是人，并且是普通之人，只不过本性坚毅，不畏困难，不惧险阻，心怀弘愿，志存高远，在漫长的苦砺、苦行、苦学中，逐步地苦修成为人类之中的杰出者，随着知识的积累上升为智，再由智的积累升华，使其大彻大悟、得证大道，达到超凡脱俗的精神境界，而成为我们普通人的上帝、菩萨、真主和圣。达到了老子所说“生而不有，为而不恃，长而不宰，是为玄德”的道德境界，达到了“一至万而万融其一”的一以贯之的智慧境界。

时至今日，他们虽然早已离开尘世，可是他们的智慧依然闪耀着无限的光芒，继续造福人类，指引着我们的思想和灵魂。他们已全面、明白、细致地告知后人，通往幸福快乐的大道就是善行，没有善行的人一切皆不可得也。

何谓“善行”，就是指对己对人和对事为善，勤奋地学习他人的善行善为，开拓自己的视野，增长自己的见识，提高自己的品德，来祛除自己的恶思与恶行、无知与陋习。在别人需要帮助的时候，主动伸出援助之手；在法律和道德允许的范围内，努力去做有利于他人和社会的事情。

一个人明白了善行的真谛并真正实行之，那么，他的心境就是平静和谐的，做事情就能发于情、止于理、合于法，思想上就会没有顾虑和负担。没有顾虑和负担的人，心情自然就会是愉悦幸福的，身体各种生理器官，也就自然是处于和谐的状态。心情愉悦，身体和谐，生活幸福，则身体必然健康，思维必然清晰，行动必然敏捷，精神必然饱满，这样做起事来必然高效且易于成功。即使有些不好办的事，因为是善行，做的是善事，与善事有关的人，都会用善心善意来帮你化解困难，助你一臂之力地完成此项善事。“恻隐之心人皆有之”，人性之心都是向善的，所以，善行必得善助，善事易获成功的道理就在其中，不然怎么会人人都知“善有善报，恶有恶报”的话呢？更要明白善事也是人生的事业，并且是高尚的好事业，不断地获得人生高尚事业的成功，必然使人神爽、情逸、心怡，在这种境况下的人，还能不幸福快乐吗？

一个整天求神拜佛无善行的人，那是没有明白善行的道理，也不知道如何去行善为善，只想口里念着菩萨保佑，以此来驱赶害怕、恐惧的心灵，来庇护过错和罪恶，来掩盖邪念丑陋的人性，来逃避因果报应关系的正义审判，是不可能心想事成的。只能在祈祷的时刻，求得心神暂时的麻醉，获得心灵暂时的安宁，也都是因为此时此刻停止了恶思恶行的缘由。如果还继续干着坑蒙拐骗或欺诈贪恶的事，怎么会有好结果呢？菩萨怎么会保佑呢？因为你未按他说的去善行，你的所求怎么会得到回应和灵验呢？

凡事都有一个因果关系，一切果都是随因而得的。任何一种因都是种子，种什么样的子，就会长出什么样的苗，开出什么样的花，结出什么样的果，而且，播善因种恶籽，都是以几何级数集因成果。如你救了一位落水的人，就会得到落水人和他家人对你的善报，以及知道你善举的人善报，政府也会给予你奖励，并且，还会弘扬你的善举去激励更多人去善行，使之形成社会的善行好风尚。

如果你整天都是种恶行恶，且不说恶因结恶果，你的恶行、恶事岂能让你心神安宁？心神不安宁，五脏六腑就不能和谐，睡觉都不会踏实，连做的梦都是噩梦。处于不和谐状态下的身体，即使有强壮的体格，也很快会被拖垮而生病。身心不健康了，大脑就必然处于压抑低能状态，精神就会萎靡不振，思维就会紊乱，行动就会迟缓，手脚就会笨拙。在这种状态下的人，还能做什么？可想而知，一切事情都难以做成了。有好的机遇，也会因反应迟钝而失去。轻而易举的事情，也会因心情状态不好而出差错，使结果不尽如人意。平时不如你的人，都会超过你，比你强。更何况你不善待他人，就得不到他人的善待，办起事来，必然阻力很大。这样的因不断地聚集形成的果，必然会使重重灾难接踵而至，肯定就成了“多行不义必自毙”的不幸之人。

所以说，要想事业有成，人生幸福，一定要多行善举，心行上始终以善行至上作为做人处事的人生准则。佛语言：“无善行，妄求善果。”不行善举，只求善报，岂不是太无知可笑了吗？

人生绝不是靠烧香拜佛可以改变的，幸福的人生更不是靠空口说白话、无丝毫善行得来的，更不是靠作恶作暴作孽而来的。不种善树，哪会有善果摘！一切的改变都只能靠善行善为才可得来：有什么样的善行，才会造就什么样的人生，才能实现善良美好的心愿。“前人无厚德，后人哪来好儿郎”，“诸恶莫作，众善奉行”，“天道无亲，常与善人”，善行至上人生每天，幸福快乐永伴终身！

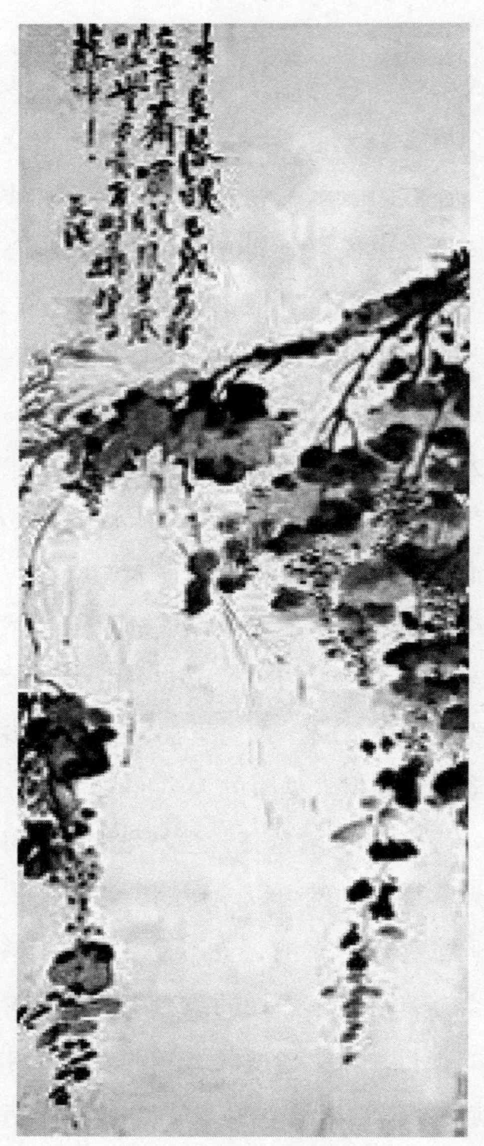

徐 渭

教 育 篇

很多父母找不到教育孩子失败的原因，就是没有认识到夫妻双方和谐地统一思想、统一观点、统一方法，进行分工与协作、相互配合，形成默契，达到融合、融洽地方式对孩子进行教育的重要性……

律己

孩子出现了问题，父母以自身找原因，不能做到自身先改变，就如同污染的环境不能彻底根治一样。如某化工厂排放的污水，污染了环境，而不去治理排放污水的工厂，却只去治理被污染的地域，那是无法治理好的。

很多父母找不到教育孩子失败的原因，就是没有认识到夫妻双方和谐地统一思想、统一观点、统一方法，进行分工与协作、相互配合，形成默契，达到融合、融洽地方式对孩子进行教育的重要性，使孩子生活成长在父母思想观点相互矛盾和行为各自的差异之中造成的。

孩子的性格和现状都是父母造就的，因为孩子是父母的拓本，要想改掉孩子的不良习惯和坏毛病，首先要从父母的身上寻找到问题的根源，再求解决之道。为什么？因为孩子的不良之源，虽不能说全部，至少绝大部分坏习惯根源于父母的遗传和言行举止。孩子的现状和性格，也都是在父母的言传身教中潜移默化的形成的。初生的孩子会有什么不好的呢？他是一张白纸，父母在他成长的岁月中慢慢地涂画上了许多内容。好坏与孩子有何关系？那些都是父母的作品，体现着做父母教育子女的水平。有着作家、教授、企业家、政治家等的成就和作为，只能表明你有某一方面的能力和水平，并不能代表你有做父母的水平。

很多父母亲，每当发现孩子有问题时，一味地批评孩子的错误，要求孩子按照自己的想法去做去改变，这是错误的。如果你的说教是正确的，可以叫孩子听你的去改正；如果你的想法是错误的，叫孩子去听去改变，那岂不是错上加错。换句话说，即使你的说教是正确的，也要用适合于孩子接受的方式去让他理解和改正，更要针对孩子的问题对自己的所作所为进行自省，并从其中找出问题的根源所在。如果父母不能从自身找到问题的根源，那无论将什么样的方法用在孩子身上，都是不可能得到彻底改变的，甚至没有丝毫效果，有时还会适得其反，使得孩子的问题更趋严重。

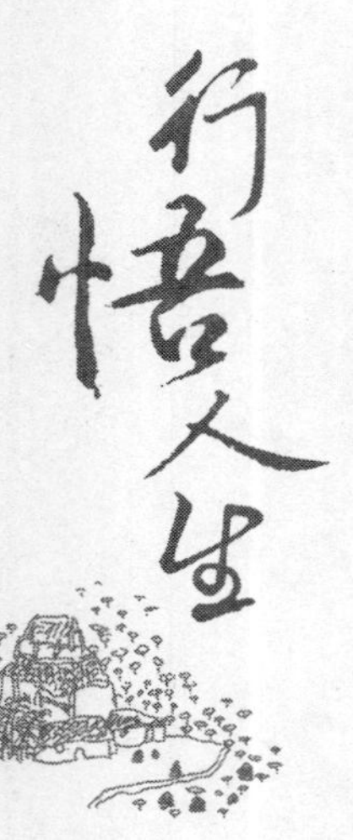

在成长中发现孩子有问题需要改变，就如同人生了病需要找医生治疗一样，没有正确的方法去帮助孩子、教育孩子，就如同庸医在不知病因、病源的情况下，医治某种疾病一样，用再多的药，不但没有用，反而会适得其反。即使你对孩子是好心、真心，还付出了爱心和耐心，也如同医生用药治病一样，看错了病开错了药方，没有对症下药是起不到作用的。即使使用了药，也只能治标不治本，不可能将病根除掉的，最多只能暂时缓解病情。停止治疗用药，病就会立即复发。时间久了，病根得不到清除就会对药物产生依赖性和抗药性，因为“是药三分毒”，药物的副作用会使得病情加重，或产生病变而无法医治，造成严重的后果。

对孩子的教育不得法，就如同医生“看病不得方，用药过船装”而花钱耗时误人生，使病人因失去最佳的医治时期而痛苦不堪。如果父母不从自身找到孩子问题的根源则会使孩子、大人都痛苦。随着时光的流逝，孩子的小问题也会发展成难以改变的大问题，并且会使得孩子对父母的说教越来越反感和不满，甚至产生敌对情绪。使得父母的付出也如同有病花钱让庸医看，结果是人财两空。用自己的辛苦操劳和努力付出，换来的是自己的痛苦、伤心。孩子苦恼、烦恼和叛逆，导致父母与子女的关系越来越不融洽，甚至破裂，使孩子的缺点和错误扩大和加重，而致使问题日趋严重而难以改变，导致孩子失去成长的幸福与快乐，失去孩子为人生未来筑建发展平台的时机，孩子与未来优秀人群的距离也会越来越远。最终只能适得其反，事与愿违，追悔莫及！

孩子出现了问题，父母应从自身找原因，不能做到自身先改变，就如同污染的环境不能彻底根治一样。如某化工厂排放的污水，污染了环境，而不去治理排放污水的工厂，却只去治理被污染的地域，那是无法治理好的。如我国的太湖、淮河等水域的治理，如果不关停那些排放污染的造纸厂、化工厂等污染源，太湖、淮河的水能治理得好吗？那不是瞎子点灯白费蜡，劳神伤财白费劲，一切努力付出都是徒劳等于零，甚至会起副作用，逼着事物走向反面。

治理环境从治污染源开始，把污染源的源头堵住了，成了“为有源头活水来”还怕污染治不好，还怕环境不改变？即使不治理被污染的环境，也会被源头的活水逐渐地改良、改善、稀释、降解而改变、恢复到良好的自然状态。治病治断了病根，病还会不好吗？这就是说，教育孩子教到了点子上，让孩子认识到了错误和缺点，虚心地接受了意见，做到了认真改进，这还不能变好吗？所以说，发现了孩子的不良习惯，必须先要审察自己，看问题是否与自身有关，或从自身找到与之相对应的“病根”

郑板桥

或“污染源”。父母先对自身进行改变，去掉自身的“病根”或“污染源”，再去引导、帮助孩子改变，或是和孩子约定共同除掉各自的某种坏习惯。

如果问题的根源是父母，父母自身不能这样或做不到这样，却一味地要求孩子去改变，那是很困难的，是没有多大用处的。如果做父母的自身不能认识这个道理，或是认识到了自身却不能做到，处于这种情况，用这样的认识、方法去教育孩子都是没有用的。既然是这样，就不要去指责、批评孩子的不是，因为父母都做不到，凭什么要求孩子去做到呢？如果像这样，要求和不要求的结果都会是差不多的。要明白自己的孩子在自然不自然中，都是踩在他父母的脚印上，一般都是父母的拓本、传真或复印件。不然为什么会子承父业，祖传世家，将门出帅子，书香有门弟呢？这其中就是遗传、言传、身传所造就的，是在自觉不自觉中的耳濡目染所致的环境生活中形成的必然定格。

教育孩子应该从律己开始，育子定要先律己。这个律己是指父母两人的己，必须是一个整体。虽然父母两人是各自的自由体，但是从父母各自的言行上表现出来的思想内容，必须是一致的，是相互默契统一的。如果父母两人不能同时达到这样的律己教子的配合，而各自表现着自己的言行，也没有丝毫的作用，恐怕只会对认识了问题一方造成深深的痛苦。因为孩子是父母俩共同创造的作品，在孩子的心目中，父母必须是一个不可分离开的整体，否则，孩子会自觉或不自觉地去寻找及模仿他最容易习惯和接受的部分加以发挥。在父母俩人之间时刻寻找着不能相互统一的部分，利用父母之间的差异和矛盾，来作为自己对付父母的“武器”。很多父母对孩子的这一表现都没有引起足够的重视。更多父母是觉得有趣有味地乐在其中，对孩子站在自己的一方去反对另一方而高兴，却不知这样的高兴是对孩子错误的怂恿和鼓励，是在给孩子健康的身心里输入慢性疾病和病毒。很多父母找不到教育孩子失败的原因，就是没有认识到夫妻双方和谐地统一思想、统一观点、统一方法，进行分工与协作、相互配合，形成默契，以融洽的方式对孩子进行教育的重要性，使孩子生活成长在父母思想观点相互矛盾和行为相互差异之中造成的。

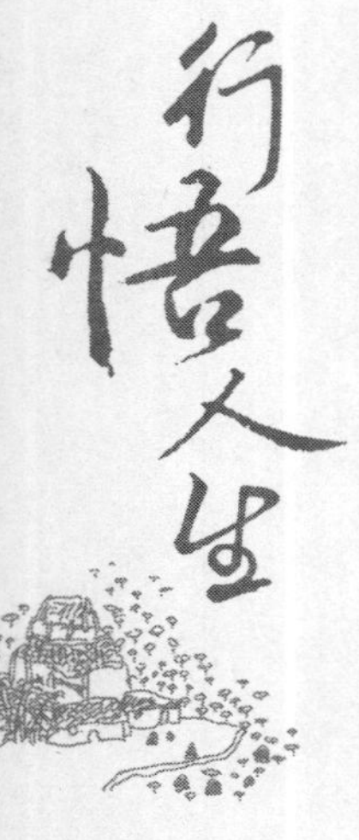

细　节

针对孩子的个性、习惯、爱好的培养，缺点和错误的改正都贵在持之以恒，贵在细致入微地把细节落实到位，抓而不紧等于不抓，管而不严不如不管。做得松散无细节必无好结果，教育子女贵在坚持中重视细节。

“细节决定成败，细节成就一切”这句话听起来似乎很简单，常听人讲时也没有太在意，更没有认真去体会和思考它的含义。有朋友讲让孩子养成好习惯，成长为优秀的人。即使父母做到了言传身教，营造了和睦和谐的家庭环境，做到了与孩子平等地交流，保持了良好的沟通氛围等，还是不够的。决定孩子的性格、品行、能力、习惯，最重要最关键的因素是细节上的教育和引导，只有“润物细无声”中使孩子茁壮健康地成长，在不知不觉中滋润孩子的心田，才能使孩子的习惯、性格、品性在成长中自然而然地养成，有能力而优秀的好孩子都是这样培养出来了。

我们时常讲凡事留心皆学问，细微之处见人心，细小之事看人性等，不也是说的细节方面的重要性吗？“千里之堤，溃于蚁穴”，这一穴开始不就是小小蚂蚁居住活动的一点点地方，是极其微乎其微的一点空间，由于麻痹大意的忽略疏漏，而造成千里大堤毁于此。生活中常因连看都看不见的小事没有引起重视，从而造成了灾害之大事。民间也有俗语：“小时拿针，长大偷金”，就是告诫大人在教育子女不要忽视小事情的重要性。对小事情的重视、不放松，就是抓住了细节，重视了细节，把握了细节。

在我们的日常生活中，如果不去深入细致地解剖自己生活中的某些细节，是很难找到问题的原因所在。特别是在对待孩子的教育上，往往从孩子身上表现出来的问题，就是出在自己教育和引导孩子的细节上。如果不能把问题的根源搞清楚，不能从细微之处着手，不仅不能教育好孩子，也不能纠正自己的教子错误。处于这种状态和情境中，家长反而去责怪孩子，埋怨孩子不听话，一切都是没有用的。

如果我们认识到教育孩子时的细节是关键，问题清楚了，根源找到了。孩子养成这些不好的习惯，是因为父母在自己的生活中，忽视了细节的教育，没有认识到实施细节教育的重要性，忽视了细节的落实到位。有了这样的认识，孩子出现问题的原因就能找到，就能让自己改正教育孩子中的错误，能够提高自己的教子水平，才能把孩子教育好。

在平时生活中要细心、仔细地留心观察，发现孩子有不好习惯时，不能盲目地责怪孩子，要知道对孩子的不良习惯的反映，也反映出了你做父母的教育水平和认真负责的程度，与父母的性格及行为也存在着密切的联系。针对孩子的个性、习惯、爱好的培养，缺点和错误的改正都贵在持之以恒，贵在细致入微地把细节落实到位，抓而不紧等于不抓，管而不严不如不管。做得松散无细节必无好结果，教育子女贵在坚持中重视细节。不能坚持就是前功尽弃，半途而废；细节忽略了，劳而无益，等于一切都丢了。

精美的工艺品、惟妙惟肖的书画、价值连城的玉雕，这不都是在坚持在细节上赋予它的珍贵之价吗？好孩子是父母在恒久重视细节上造就的。反之，忽略了坚持和细节上的教育，其他的付出再多，都是无效的付出、徒劳的付出，甚至是伤害或适得其反的付出。忽视了细节的教育，是难以塑造出有好习惯、好性格的好孩子来的。坚持和重视细节的落实和到位，是一个做父母心性水平的能力体现。

细节做好了则造就成功，细节出了问题则导致失败。做好细节在于细心、专心和全心。三心不仅不能少一心，并且哪一个心字中的一点也不能少，少了一点就不能成功，不能向前发展，就会向后退步，少了就会失败。只有细心、专心和全心地一丝不苟地做，并且要积极地去做。积极分三个部分：一是积极的心态；二是积极的思维；三是积极的行为。具有“三心三积极”，再加一个坚持，就能做到无不成之事，无不达之目的，无教育不好之子女。

还有两点重要提示：一是父母对孩子教育的观点要一致。即使有不同，在教子的行为中也必须是一致的，并且必须要达到相互的配合，形成自然中的默契。如果父母在教育子女的观点和行为中存在着许多分歧和矛盾，则是无法把子女教育好的。二是细节的教育非常重要，但错过了孩子受教育的时间段了，无论你怎么地努力弥补，重要的潜能价值都是无法得到发挥和展现的，并且会使一切的付出都成为无效值。在培养挖掘孩子的潜能这个时间段，基本上是越小越好，十岁以前的教育和引导尤为重要。因为十岁以后孩子的性情、习惯已初步形成了，一旦性格和习惯形成后，再来改变就十分地艰难。细节教育丢了，父母付出得再多，也不会有好的效果，甚至可能还会产生负面作用，令孩子反感，造成逆反心理的加重，以致父母和孩子之间形成难以沟通的局面。所以说，要把握好教育孩子各个时间段的细节教育，是教育孩子的关键。

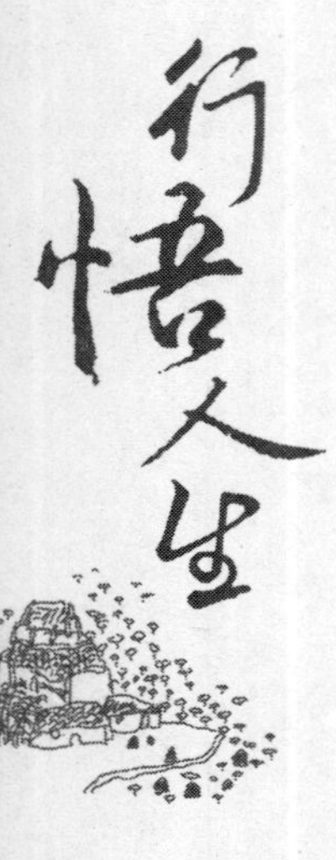

方法

行不通，则思变；变则通，不通则还要变，至已改变为止；无有变而不通之理，虽变未通，是未变到变通之理；不通则止，止是停是退后，只有变才未停未止未退后；哪怕向左向右，甚至退一步，都是折行逆行的向前。

用对的思想、好的方法，具有责任感地对子女进行教育、引导、督促，让子女、理解、接受、消化、实行，这就是一个明智父母应该做的事。当子女不能接受、理解、明白的时候怎么办？行不通，则思变；变则通，不通则还要变，至已改变为止；无有变而不通之理，虽变未通，是未变到变通之理；不通则止，止是停是退后，只有变才未停未止未退后；哪怕向左向右，甚至退一步，都是折行逆行的向前。

变，是制定正确的方向，教育子女走正确的路，这是原则。原则是纲，纲就是目标，不能变。如何实现目标且做到纲的不变？面对目标的实现，纲的原则不能变。有纲就有目，目标是纲已被明确，实现目标的过程自然就叫做目。既然纲不能变，纲的目标又要实现，就得来思考目的变，用变目的方法来实现纲的不变，从而使纲的目标得以实现。

纲是原则，原则是不能够变的，原则是方向，原则是做父母的责任，原则是社会法律赋予做父母教育孩子的权利、义务、责任，是根本，是绝不可动摇的。目就是实施达到纲实现过程中的策略和方法。如果这样的方法和策略还不行，就得变换成那样的方法，“这和那”都行不通就要进行思考、分辨和判断，是方法不行就得改变方法，是策略不行就得改变策略。目标、目的只有一个，就是一定要保持纲的不变而实现纲的目标。

为了实现这一目标，让子女接受、理解、明白、落实达到这一目标，这就需要摄入自己不断地改变自己教育、引导子女的策略和方法，达到用变保证不变，用变来实现不变的目标。目标确定了，方向是正确的，不能乘飞机，也没有火车坐，那就乘公汽，骑自行车，哪怕是步行，无论是走Z字还是S路线，始终努力地向前行。

譬如说，现在子女只吃辣椒炒肉，不吃青菜。在孩子的思想上，认为是辣椒炒肉比青菜好吃，而只吃辣椒炒肉，不吃青菜。做父母的任务和责任，就是让子女能按人体的需要在摄入辣椒炒肉的同时，也应摄入一定量的青菜。问题的关键不在于只告诉孩子要吃青菜，更不是强迫孩子吃青菜，孩子不理解不接受，不吃青菜怎么办？问题出来了，怎么解决？要想使子女在行为上接受，首先得让孩子明白，认识到吃青菜的重要性。只吃肉和不吃青菜都会对身体的健康造成不良影响。让孩子从思想上认识吃青菜的好处，在行动上按照多吃青菜少吃肉的原则去做。

就如同让孩子知道做房子需要钢筋的同时，也少不了水泥、灰、沙、石等其他建筑材料一样。只吃肉不吃青菜，身体就会因偏食而不健康，只用钢筋一种建筑材料是造不出房子来的。青菜吃了，房子盖好了，目标实现了，纲得到了保证，这就是变的应用，达到了父母教育子女并使之健康成长的真正目的。

附　录

时刻保持着高尚的品德做人做事，就是在不断地往人生账户上增加储蓄；如果是无品无德地做人做事，则是不断地支取和透支人生储蓄。当你第一次失去道德时，就等于将人生的定期存单改成了活期……

灵闪语丝

1．始终善思善行者，必得善果与善终。

2．关心他人，他人关心你，生活中困难和烦恼自然少；自私而不关心他人，也不会有人关心你，生活中的困难和烦恼自然多。

3．知足不满足，人生幸福而快乐；知足是良好心态的体现，不满足是对美好人生的不断追求。

4．说不如听，听不如看，看不如做；会说的不一定会做，会做的亦有不会说的；会说会做者可以为师矣！

5．读书贵在心静、神聚、生疑、解疑、明疑。

6．帮助他人，收获快乐！帮助他人，净化心灵！帮助他人，升华人生！帮助他人，就是帮助自己。

7．任何大事都不是在手忙脚乱、激愤浮躁的情况下做成的；只有冷静沉稳才能面对大事，成就大事。

8．人生中的有些痛苦和烦恼，只需找个人倾诉一下，就解决了；可是有些事，却是无法对他人诉说的，只能独自地去思考、消化、承受。如果不能明了此中的道理，不选择对象地只顾倾诉，满足一时痛快过后，得到的是旧伤未愈又添新伤，使自己更加痛苦，还可能因自己的倾诉而被别有用心的人利用。

9．人与人的起点并无差异，即使有差异也是小之又小。然而，现实中的人却存在着千差万别，这都是源于各自把付出努力和方向选择的两者，投入到人生不同时间段的熔炉中铸造出来的结果。

10．做学问，做研究，真正的目的是求明惑，解疑难。所以，动机是明惑，目标是解疑。如果一个人恒久“打破砂锅问到底”，便会取得成功，学问成家。

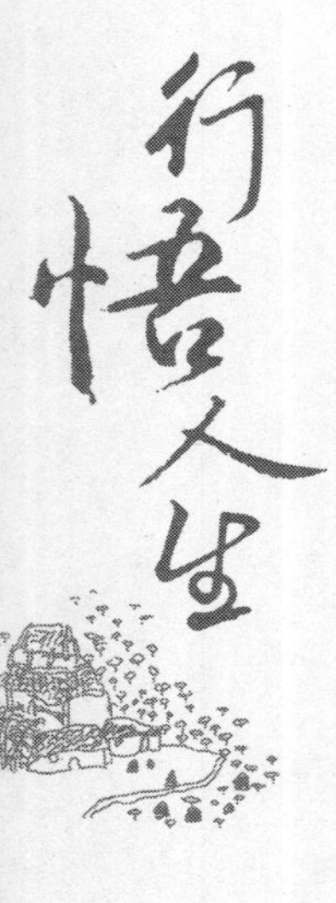

11．一个领导者，要想管好别人，首先要管好自己；要想别人做到，首先须自己做到。如此由己及人，是指导自己言行的最好方法，也是最好、最有效的管理方法。如果自己做不到的就不要强求别人做到，说白了，即使要求也没有用。

12．在人生旅程中，虽然安步当车行走得很慢，但脚踏实地行走，则安全稳妥。如果想提速超越，一定要思考清楚，绝不可稀里糊涂地行动，尤其是放弃当下熟悉了的工作和事业，转行到陌生领域，要想到“隔行如隔山”和“人间之蛇条条都咬人”的道理，会造成“一步不慎满盘皆输”。所以说，人生的选择要谨慎考虑，“三思而后行”，才能避免一失足而遗憾终生。

13．当你下定决心向正确目标奋斗的那一刻起，上天就开始庇佑你；当遇上困难困境时，坚信、坚定、坚持、努力能够战胜一切困难，这样做就会随己心愿。

14．人生有所为才能有为，反之有为才能有所为。

15．争强好胜进行争斗，必是两败俱伤。如果某一方认为对方的举措，使己更加愤怒，决心不惜一切代价要获胜；此时的你却不知，你的行为同样会刺激对方，更加坚定他同你战斗到底的决心。结果可想而知，只有输家没有赢者，即使最后的胜利者也是损伤惨重的人。

16．在生活中不顺和偶有挫折的人，不要怨天尤人！不妨把社会中你认识或不认识的人，由好至差地在大脑中按序来排排队，将自己也列入其中，必然看到站在自己前后的人都不见头尾。如此心态还有何不平的呢？

17．人生成功的三要素：想人之未想到的；做人之想到未做的；坚持人之放弃了的持续。

18．再聪明善断的人，同时面对生死攸关的两件大事时，都难做到冷静决策、稳重行为。如何才能使人达到，处难事行不乱，绝境中心怡然，困难中行自然，轻松解决困难呢？只要做到：事急人不急，人急心不急，心急行不急，行急心先定，心乱莫行事。即使身处九死之境，也还有一生么！大不了一死，有什么可怕的。请问？你见过来到人世的人，有哪一个是活着回去的……

19．人生遇良机不易，应该好好把握；倘若良机需要逾规损德越法去获得，宁可舍弃、放弃、抛弃，也在所不惜，因为再大的获得也得不偿失。

20．“小人”只可以暂用其长，绝不可长期使用；他的价值犹如手术刀一样，使用过一次，就要作废，这不是浪费，而是一种最大的节约。

21．施财施物小善小德，传道解惑大善大德。

22．人生因果：做事是一时，做人是一世；行为是一时，为人是一世；好人一生，光耀先辈，福荫子孙，善布予人；坏人一世，辱败祖先，祸殃后代，遗患他人。

23．人生之然：自处泰然，处人蔼然，失意自然，困时超然，顺时静然，得意淡然，有事坦然，无事安然，心欲寡然，幸福天然，学习了然，明智蓦然，思涌欣然，情发狂然，无奈枉然，见友兴然。生也安然，死也安然，一切自然，何又然然？

24．真诚和坦诚是获得信赖的最好方法，也是合作的最好基础，更是立身处世之本。

25．什么时候都要积极正确地看待自己的优缺点，对事不对人，包括对自己，这样才是最好的方法和行为。

26．做人的基本心：孝心、爱心、善心、责任心、进取心。

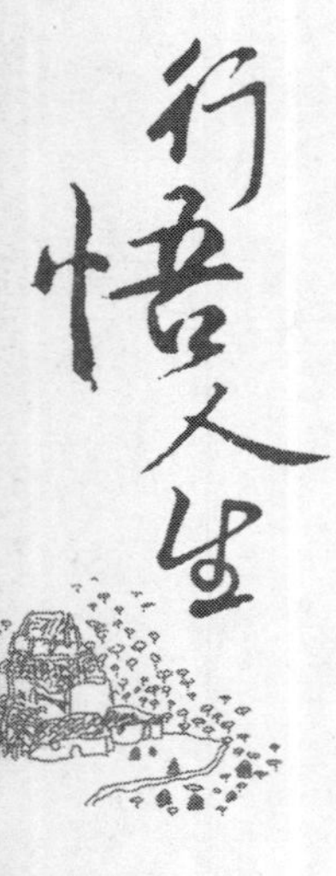

27．被伤害的人如果还为伤害自己的人和事所困，那就是在帮害人者的忙；能够不被伤害你的人和事所困的人，是能够把握情绪，控制理智，冷静思考问题的人；才能使自己明白事理，积累人生的成长成熟；才能让伤己者悔，观己者识，知己者敬，亲己者悦。

28．有些误会可以通过辩解得到消除，使己和人轻松；有些误会则无法辩解，并且会越辩越误，使己和人的痛苦加深，如果是这样，最好的办法是自解，我心坦然，相信时间会说明一切。

29．努力能办成的，就不要去求人；付出钱财能办成的，就不要委屈自己；委屈自己可以求全的，就不要让他人受委屈。

30．人生中的有些时候，越是需要人理解时，不但没人理解，还会被人误解，此时一定要注意稳定情绪，调适心情，自己理解自己，不然就没法活了……

31．勤奋能补拙，谦虚让己进步成功；懒惰失聪慧，骄傲使人落后失败。

32．不伤生命不毁名声的困难和灾难，不但不毁人，还会使人成长成熟、发展强大；真正毁人的是贪婪的欲望和阻碍行动的惰性。

33．不要以为什么利都好，不假思索地就去拿。美好的人生，有可能莫名其妙地毁于其中。

34．前车之覆，后车之鉴，前覆后鉴，益胜于损；前覆连后覆，前后覆比损失，合理正常。

35．某人因某件事改变了自己的命运，生活在不幸中，怨天尤人地抱怨命运不好，当他知道不幸是由自己的过失造成的，便会由怨变悲痛，使人如坠深渊。

36．人与人之间相处，哪怕是很好的朋友，也难免有些磕磕碰碰。若无宽容的胸怀，则会使误会加深，将矛盾升级至难以相处。

37．面对人生的某些事情，只有充分的准备，认真地执行，才是获得成功的基础。

38．在生活中，人和事都是变化的，千万不能用固定的方法来对待过去、现在、未来。即使是自己过去的成功方法也不可照搬，尤其是思维。

39．良好的结果是该出手时就出手，不该出手时你出手，会适得其反。

40．面对困难和麻烦，具有点阿Q精神，可省去很多烦恼，也有助于事情的解决。

41．静观当今的大千世界，对人并不重要的金钱、美女等，却让人舍弃生命去追求；对人最珍贵的亲情、友情，却不被人重视；对人必不可缺少的，却被轻视得好像它不存在，如水、阳光、空气……

42．对自己的宽容应该是思维和心态的调整，而不是对错误的宽容和放纵。

43．用善良的行为去解决一切事情，并不一定都是好方法。结果令人满意的少，出人意料的多。因为这样的方法很容易让人得寸进尺，或让人认为是白痴。当然，也会有少数的人能理解，是你对他的宽容和善行。人性本来就是如此。

44．胸怀越大，成就的事业越大。无论一个人有多聪明，或多高的智商，如果没有胸怀则事业难成。

45．当时认为有必要做的事而未做，指望过些时候再做，结果是绝大多数的事未做。不是忘掉，就是继续后推……当偶遇某事某人牵动回忆神筋时，得到的是感叹遗憾和后悔。所以说，应该克服困难，别给自己迟缓的理由，立即行动，这是最好的方法。

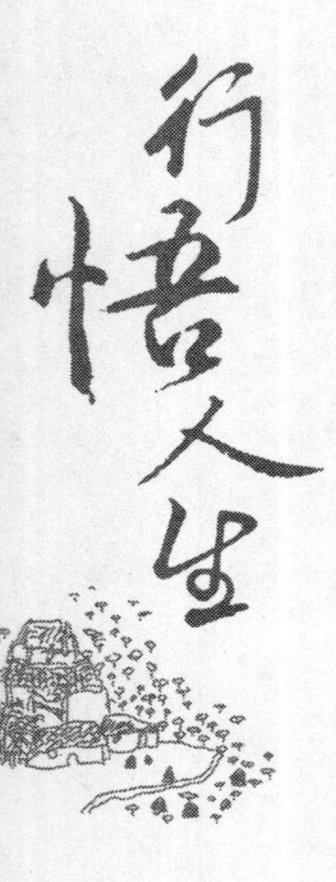

46．人的一生中所欲求的很多东西，都在他人处；要想获得他人的给予，就得想他人的所需；当你用他人需要的换你需要的，他人自然会将你需要的给你，而达各自所需。如果只想自己需要的不去想他人需要的，则很难得到自己的需要。

47．爱，谁都需要，人人都需要他人的关心和关爱；但最重要的是，人人更要学会去关心关爱他人，不然人人需要的爱从何来？不要认为只有老弱病残、妇女、儿童需要关心关爱，其实男人、强者、成功的人，更需要他人的关心和关爱！因为，人在造就某一方面的成功时，与成功无关的方面就在退化。

48．知识越多的人越感无知，越是谦虚为人、勤奋求知；越是无知者越觉得有知，越是狂妄自大、目空一切。

49．懒惰者生性虚荣，勤奋人秉然自尊。

50．人生的最好心态：觉得好时就要珍惜，觉得不好时要接受；时刻消减抱怨之心，常处宽容感恩情怀！

51．成功是一位热情的好客者，它会给你带来很多不相关的朋友和亲戚。为此，无须烦恼，即使来了心底不愿与之相处的人，也得友善待之，要知道人生的价值和意义就在其中。

52．被人爱是幸福的，给予人爱是快乐的！爱与被爱人人都需要，这是人性的自然。但是，生活中并不尽然，有些人只想收获他人的爱，却不知道爱的奉献！更不知道爱也要有分寸，爱得有艺术！

53．知是行之始，行是知之成；善行者知多，善知者行顺，知行合一者，善融于胸中。

54．人生烦恼处处有，看开自然无。要知道时间不会因烦恼和开心而减慢或加快，但人的生命会因开心而加长升值，随烦恼而减短贬值。

55．能把事情想明白是不容易的事，把想明白的事情还能做明白就更不容易了；能把自己想明做明的事使他人想明做明，便是了不起的事。

56．愚蠢的人生活在昨天，与痛苦烦恼同行；聪明的人生活在今天，与现实快乐结伴；成功的人生活在明天，和充实幸福为友。

57．时刻保持着高尚的品德做人做事，就是在不断地往人生账户上增加储蓄；如果是无品无德地做人做事，则是不断地在支取和透支人生储蓄。当你第一次失去道德时，就等于将人生的定期存单改成了活期。

58．挫折、失败、坎坷、磨难、屈辱等是人生成长成熟的最好肥料。

59．把握当下是人生幸福快乐的最大真理。放弃现在该做的，去想未来和昨天的事，都是不明事理之人。

60．凡是真心帮人者，没有不获厚报的；天天行小善，日久必积大德；存心作恶者，无有不受惩罚的，日日作小恶，时久必得大祸。

61．有理不在声高，有理也要有礼；有礼才好说理，有礼也

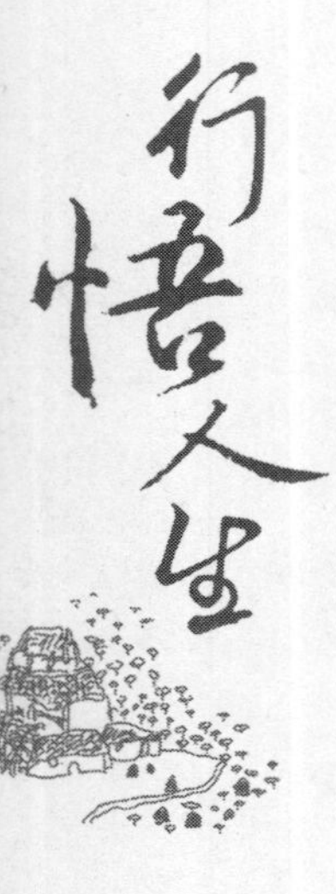

是理；有礼才让人受理，有礼才合理而获礼。

62．成功者的理由只有一个——实现目标；失败者拥有千万个理由。也可以说，所有的理由都是为失败者准备的礼物。

63．面对错误时，最好的方法是大胆袒露，自我反省，虚心接受。要清醒地认识到欲盖弥彰。一错再错，谓不可救也。

64．贪婪的人，苛刻人生，为他人积累财富；善舍的人，享受生活，他人为其升值人生。

65．想得到改变，先得改变想法，才能改变行动；行动改变了，人生也会随变而变；思想行为都不变，是固执己见，那人生也就没法改变。

66．真正聪明和富有的人，无论何时都不炫耀自己，更不会同他人比富比聪明；胸中无货依附他人解决温饱的人，则始终带着炫耀四处行走。

67．要想受到他人的尊重，首先做到尊人和自尊。

68．人要向自然学习，面对强风暴雨时，做不了青松的挺立，就应像小草一样能屈能伸，能弯能立，顺势而变，待时而立，这也是一种通达圆融。

69．成大器者并不是高智商的人，而是有理想、有目标、性格坚毅、行动持久、智商中等的勤奋善悟者。

70．从小到大，都生活成长在优秀的人群中，并被他们视为良师益友，那一定是很优秀的人，也一定有着很好的人生和事业。

71．无恶不作者可以面对一切，却不能在良心善显时面对自己。所以说人的一生都是公平的，因为再恶毒者也有良知显现的时候，这是上天专门用来谴责和惩罚罪恶者的果报。

72．水流不腐，器用则光，思用则流、则鲜、则涌、则日新。

73．遇难事，请教经过和未经过的人，肯定说的不一样。选择决策时应听经过者的，哪怕听得不舒服也要听；反之未经历者的话听得再爽，也只能作为参考和借鉴。

74．智商不如人，见识不如人，还自作聪明地去占他人的便宜，必然会被一些假相所欺骗，而吃亏上当。换句话说，外行在内行面前"充威虎山"，必然会自食恶果。

75．长有美丽羽毛的鸟，未必是美丽的鸟；一表人才之人，未必才如其表？殊不知生活中多有"金玉其外败絮其中"。

76．如果对奉承者的话不假思索地盲目接受、听从去行为，随时都会掉到意想不到的陷阱里。

77．凡事都不要自以为是地耍聪明，要知对别人的欺骗还未行动，就开始欺骗自己了。

78．成熟的标志：看是否能从思想上思考别人的感觉和思维，从此中推演出他人的行为，用理智克制支配着自己的行为，用行为去实现自己的思维，一辈子做不到，则说明一辈子也未成熟。

79．想时该想，睡时该睡，自然正常；想时睡心宽，睡时想心躁；人各有异，秉性天然。

80．举得起，放得下，做事，成事，人生幸福无烦恼；举得起，放不下，做事，成事，人生苦不堪言；举不起，放不下，无事可成，自寻烦恼；举不起，放得下，贵有自知之明，人生乐在其中。

81．以积钱财之心积学问，知识的富翁；以求功名之心求道德，君子的楷模；以爱子之心爱父母，孝子典范。

82．人可以一下子得到很多财富，也有可能一下子拥有很大的权力，却不可能一下子成为大学问家，更不可能一下子成为德高望重的人。因为财富和权力可以靠机会获得，而学问和品德是靠长期的积累和修为才能拥有。

83．人定胜天，改造自然，可以作为人的志向和理想。其实，人是胜不了天的，自然也是不可改变的。在某一点上人可以胜天，局部的自然可以改造，但也要顺应自然，适应自然的因地因势而有度地改造，否则大自然就会不给面子地惩罚你。因为人的力量是有限的，即使再伟大的人，只要跟社会和大自然作比较，他都是极其渺小的。

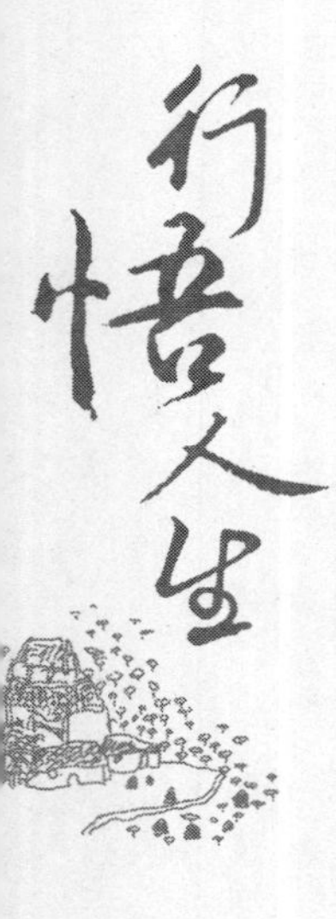

84．有理想的人，在追求理想的路上千万不要忽视小人物和小事情的作用与危害。用得好能起大作用，反之，会毁掉努力奠定了的一切基础。

85．人的行为千万不要被一时的意念所左右，而做出使自己后悔终身的事。人生中的大事一定要冷静思考、谨慎决策，一旦想好了的事，要有定力的坚持，才能有所作为。

86．当他人有困难时，做不到伸手相救，起码应该有同情心和居安思危的思想准备，但绝不可在一旁幸灾乐祸和得意忘形，不然困难和灾祸马上就会找上你的门来……

87．任何时候，无论做何事，人都是在付去生命中最昂贵的、不可再生的资源——时间。不妨问问自己，有什么理由不将它付出到有价值、有意义和有收获的地方呢？

88．人最容易做到的事，是时常冲动而不行动；最难做到的是把一时的理想，用一生的行为去实现。

89．对待平凡的人和事，用平凡的办法。对待不平凡的人和事，就不能用平凡的办法去行为。如果还是用平凡的行为去为，结果会令人意想不到。特别是对待无品无德的邪毒之人时，更不能用常规的办法去对待他，必须用超常规的办法对付才行。

90．好习惯让你的人生价值不断升值，助你成就事业；坏习惯使你的人生价值不断贬值，让你一事难成。

91．大学生初入社会的基本常识：用宽容来接纳不满的人和事；用感恩感化来回报和面对社会；用生存生根来求职找工作；用发芽生长来干工作；用学以致用夯实基石来立足事业；用求疑治学来升华能力；用责任和己任来发展事业；用超越时间的精神来追求生活与人生。

92．认识不到自己错误的人，是不会认为自己有错的，也不会去改变自己的行为，更不会承担错误的责任。因为没有一个正常的人，是知错为错的；认识不到错误的人虽然可怕但可原谅，可怕不可原谅的是当他人指错时知而不受，固执地坚持自己的行为，这就是错上加错，害人害己。

93．人不能以鄙视、蔑视的思维观点，用来看待某个行业、某种职业以及从事某种职业的人。只要我们静心想想，在现代社会中，有哪一种行业和职业不需要人去做？要明白事无贵贱，只有贵贱的人。更要明白自己处好位子时不能养尊，处差位子时不能自贱。

94．在生活中常见好朋友一起共事，而伤和气反目成仇的。如果选择了与好朋友共事，最好有言在先，达成共识，能共事则继续发展，不能相处则好合好散，不要伤感情。特别是有了很久很深感情的朋友，更不该轻率地损伤友情，因为这是付出生命中的时间换回来的，也可以说是付出了人生中的一部分生命换来的。要求自己尽量地去宽容和包容一些事情，去尽可能理解和谅解对方的行为，去保护和维护朋友之间的友情。要知道选择朋友和伙伴是有区别的，有的人只能做朋友，而不能做伙伴，有的人是既可做朋友又可做伙伴的。因为，好朋友不一定是好伙伴，但好的伙伴一定能成好朋友。

95．看人看事看物不平，其实是己心不平。己心平，万物万人万事平。心若平静如止水，看人看物看事没有不平的。

96．要想生命有价值和意义，只有珍惜时间，热爱时间，让生命中的一分一秒都去发挥它应有的作用，让有限的生命创造最大的价值和意义。

97．忍为上，上为忍，忍得一时之气，免得万事之忧愁。愁不聚，忧不生，心情自然平静怡和；和气者，神儿爽，体儿健，智生五福全。

98．当身处困境、逆境、绝境时，人生的好机遇就离你很近了。如果能战胜自我不断努力向前，机遇就会帮助你，从困境、逆境、绝境中走出来，收获人生的意义和价值。

99．任何人都可以获得成功。因为人的成功与智商和外因没有多大的联系。要想获得成功，非常简单，第一目标明确；第二专心致志；第三恒久行为；第四在行为中不断反思，做到这四条没有不成功的。

100．虽说谋事在人，成事在天，机会是给予有准备的人，但是没有谁说，有不谋而成的事；也没有谁说，所谋之事一概都不成；更没有人说，谋而不动的事会成。所以说，好的谋也是用行动得以体现的。

后记

俗话说，金榜题名时、洞房花烛夜、他乡遇故知久旱逢甘霖乃人生之四大幸事。我认为，一个人若从小就有益友陪伴，成长中不断得到良师的教诲，是人生最大的幸事，这样的人必然会有不错的人生与事业。任何一个成功者，必然受到一位或多位良师益友的帮助和教诲。一生中若从未遇上良师益友，则是人生的悲哀与不幸，也很难有所作为。不过，人生的成长成熟和事业成功与否，是同人生中遇到良师益友的层次和素质成正比的，是由从良师益友处获得了多少教诲，汲取了多少养料，提升了多少素质而决定的。

我能有一点微不足道的事业和勤于思考的习惯，都得益于在人生的不同时期所遇到的良师益友们。尽管在人生前进的道路上，历经了许多困难和坎坷，但我认为自己是幸运的！回忆往事，是幸福快乐的！因为上天特别厚爱我，每当遇到困境和逆境时，都能赋予我信心和决心，努力后还不能走出逆境或困境时，总会得到良师益友的开愚启智，帮助我克服困难、战胜困境，让我实现人生里的每一步计划。

我虽勤于思考，喜欢交流，能坚持把生活中的偶感杂悟用笔记录下来，但是，并未想过现在就整理出版。因为在我而立之年，即我辞职“下海”的1997年，自己定下了未来人生的计划：

第一步，用约二十年的时间创业，为人生理想的实现奠定经济基础。然后，为经营起来的企业选好职业经理人，希望在50岁前能完成和实现。

第二步，全身心投入到慈善事业，追求人生理想，实现上天赋予我生命的使命，感恩社会。把有限的生命时光投入，为社会和他人做一点有益的事，用来报答上天对我的厚爱，把上天对我的这份厚爱留在社会，留在人间；按上天的旨意，施予与我有缘的人；以间接的方式，来感激那些受上天之托，赐恩于我和支持帮助过我的人。

到耳顺之年，实施人生的第三步，周游世界，看看上天曾让我帮助过的结缘者，他们是否秉承着中华民族的血脉和灵魂，肩负着炎黄子孙的责任和义务，传承和追求着龙的精神。还能为他们做点什么？

这是我人生岁月的计划和安排，也正好利用这40年的时间，把我的浅思陋想丰富—补充—完善—升华……

倘若上天还眷顾我并赋予我更多的人生时间，那就开启人生的第四步。现在看来，上天一定会爱我不弃，赐我所愿。一是，上天对我已表现的爱足以说明；二是，那时候的我，已是无欲之人了，做任何事情已不是为己，会更加按上天的旨意去做。如果上天认为我的浅思陋想，没有什么用或用不着我整理，我也心怀坦然、顺应自然，回到上天那里去，有用没用那就随它去吧！

哪知上天垂爱有加，让我感激不已。近几年来，不断遇上良师益友，对我进行指导和教诲。两年前，一次偶然的机会，有幸与著名的军旅作家沙永金先生，朝夕相处数日。他那时正在编辑、整理他的代表作《心灵普洱茶》，我有幸在其未出版之前阅读了全书，感慨不已。自己也向他敞开了胸怀，打开了话匣。在谈论《心灵普洱茶》的同时，按捺不住内心的涌动，向他谈起了我写的杂文小札，并对某几篇的内容做了介绍，使得两人情绪亢奋，相互倾吐，十分投缘。

在离别时，他找我要了几篇文章，看后对文章给予了肯定。他说："文章的许多思想和观点独特，有深度和广度，更有力度，是他人和书上从未有过的内容。特别难能可贵的，全是自己原汁原味的原创，很有特点和个性，让人看后耳目一新，心灵通亮，如果出版，一定能起到开愚启智的作用。"他还说："尤其是你的文章，大都是激励、鼓励青年人奋斗向上，并告诉他们，如何对待人生，遇上困难和矛盾问题时应该去怎样思维和思考，怎样去作为和行为，对他们的成长、成熟能起到很好的引导作用，现在社会就是太缺少这样的作品去影响他们了。"他希望说服我改变初衷，早些整理出版。我认为他的评价过高，带有个人感情色彩，心虽有所动，不敢妄想，未敢妄动。

还有，华中科技大学《校友》杂志的邱杉主编，与我算得上是忘年之交，他无意中发现我有如此多的杂文，内容很符合《校友》杂志的要求，于是与我商量，想把文章在《校友》杂志上每期登三篇，我不同意。他说："为什么？你的文章大多是激励青年人立志奋进的，是不是太自私了，对他人有益的事，宁可搁置在那里，都不愿让人受益，亏你还是一位做慈善的人！"被他老人家一激，我反过来一想，其中很多文章，就是写给学子们或与他们谈话后写成的，的确能够给他们启发与帮助……我一边这样思考着，一边与邱杉老人家"讨价还价"，最后和邱杉主编达成君子之约，每期给邱杉主编一篇我的和两篇博昊学子的文章。

随着文章在《校友》杂志上的发表和传播，正如邱杉老人家先前所言“只要你的文章一登出，定会有很多青年找你，你得有点思想准备”。果不其然，许多认识或不认识的人打电话找我谈我的文章，不断有学子写信来说，文章对他们影响有多大多深……希望能够多给他们一些文章看，同样建议我编成书出版。面对他们的热情，我不忍回绝，答道：“书，一定会整理出版，也一定全部给你们看。不过，不是现在。”

现在，我将《校友》杂志上刊登过的杂文，选了一些出来，整理成本书，除了上述一些因素外，更主要是胡学知教授的指导启迪了我。我和他在一起的时间比较多，相互都比较了解，他的人品、学问让我敬佩！在一起的时候，经常讨论我的杂文，或肯定，或否定，或赞许，或批评，我也时常将新作，哪怕是草稿，都津津有味地读给他听，或是被他抢过去看，共同分享这其中的快乐！每次谈到高兴处，他总劝我快些出版。真正使我感动，促使我行动的是，有好几次他和我与朋友们聚会时，他向朋友们倡议：“今天我们什么都不谈，只谈余仲廉文章出版的事。”除这样公开的督导我之外，还多次对我进行专场劝说。无论他出于为社会，为他人，还是为我之心，总之，全是一颗无私的善心，能有这样贴心执著的朋友，真是我人生之大幸。

有一次，他发着火劝说我：“你的许多观点和思想我赞同，你说到70岁后开始整理文章，这种观点和思想是不对的，因为你的文章有许多闪光点，能够对他人有益，并不代表你的文章十全十美，不存在缺点，不需要完善改进。你是一个追求完美的人，做任何事情都很认真。你用30年的时间来修改完善文章，我也相信，会把某些文章或某些部分得到完善和升华，肯定会比现在的要好一些。如果真的像这样思考，这样行为，所表现的是你自私狭隘的思维和想法。好的东西、正确的思想、有益有利的事情，你不愿意让他人早些分享，这就是自私的表现；整天用自己一个人的思维思考问题，作为一种精神是可贵的，用于处理问题和事情来说却是愚蠢和狭隘的；我更不赞成你，用30年的时间，封闭封存你现在已经成型的思想和观点，即使再好的思想和观点，到30年后，早被他人升华了，早被他人否认了，早被社会淘汰了，到时对他人一点益处都没有。要想完善自己的思想和观点，只有拿出来让大家评说，自己去认真听取、吸取，这样才能使自己得到提升，知道哪些不对、不足，加以改正、改变，只有这样广泛、普遍地接受考验和检验，才能全面、综合地得到提高和升华；才能使自己的思想更丰富、更完美、更具有内涵。否则，你想用一己之力，闭门死想，关门死改，写出惊人之作，我看是愚蠢之作，愚人之为。王阳明格竹子，格出来了吗？你不要固执己见，从现在开始整理出版，听取社会意见，吸收他人思想，不断升华，不断修改整理，然后再出版，这样来利用未来人生30年，肯定会比你计划安排的30年要强，肯定对你的思想和文章内容的丰富、升华更有作用。”

胡学知教授的话震撼了我，让我沉思，让我顽固不化的心动了，接受了。于是我开始动手整理，把在《校友》杂志上发表过的杂文，收集起来重新修改，选择了其中的一部分编成这本书。在即将汇编成草案的时候，我还是有些心存疑虑，怕被人批评妄自菲薄，抱着试水的心理，看杂文的内容和观点，是否真像学子、朋友和社会上反映的那样？于是，专程预约心中敬仰的杨叔子院士，请老人家写个序，以鉴丑陋浅薄。

经人引荐，在2009年的最后一天，我非常荣幸地拜访了杨院士，他老人家接待我时，神采奕奕，祥和满面，对我有鼓励，有指导，有赞扬。在讨论问题中，相互间有说有笑，有吟有颂……谈到高兴时他对我说："前年有人问我今年高寿，我回答只有三十八岁"。我听了一思考，杨院士他老人家已八十高寿的人了，谈话已有几小时，即心生歉意，怕影响老人家的身体和繁忙的工作，于是，恋恋不舍地起身话别。在向杨院士的倾吐和聆听中，使我知道：什么叫知识渊博，什么叫大家风范，什么叫德高望重，什么叫心态平和。让我感受至深的是为什么"纸上得来终觉浅"，也明白了"与君一席话胜读十年书"的真正含义，还使我感悟出只有在事情经过中的开悟者才能知道事情原本的意境。

杨院士的秘书曹老师在送我时，说未见杨院士与人谈话这么投缘，这么高兴，这么久！其实，我要说真正高兴的是我！把今天的话语永远珍藏于心的更是我！激动的心情难以言表，只能把许多场景定格在大脑里，把感受融化在身体内伴随终身，并会在生活中随时燃烧起传讲给他人听的火焰。更让我激动不已的是，没过几天，就传来杨院士已将"序"写好的消息。此时的我诚惶诚恐、忐忑不安，想着杨院士会对文章做何评价？

见到"序"，急不可待地拜读，读着读着心里升起一股强烈的炽流：他老人家读我的杂文竟然是那么认真仔细，为我写序竟然写了三天的时间！"序"中既指出了我文中的闪光点和可读之处，又巧妙地提出了我的不足，还肯定了我的文章对社会和他人有着积极作用。杨院士的评价极大地鼓舞了我出版的信心，也加快了整理的速度。此时此刻，我该对杨叔子老人家说些什么呢？千言万语也不能准确表达心中的敬谢之意，只好把一个"谢"字在心里默默地重复，在后面打上省略号，加上感叹号，再添上双引号的说上一声“谢谢……您！”

本书的出版，感谢杨叔子院士为之写序，感谢胡学知、沙永金、邱杉先生等的指导教诲，使我改变了观点和行为。还要感谢在整理修改过程给予支持和帮助的杨维纲、余仲芳、任勇文、洪文科。当然，还有未说未写的人，我都感激地铭记在心！回想起来，在我人生近50年的旅程中，不断幸运地遇上帮助我、影响我、教导我，使我成长、发展的人，才成就了我的今天。换句话说，我的生命是父母给予的，而我的人生是良师益友赋予的。在此，我一并说一声：“谢谢！并祝福你们吉祥如意！”

最后，因才疏学浅、感悟愚拙，敬请朋友们不吝赐教，错误之处诚求批评指导，本人一定虚心接受。书中杂思散想，纯属个人平时之感悟，如遇与阅读者有雷同或赞同之处，是我三生之大幸！

责任编辑:洪　琼

图书在版编目(CIP)数据

行悟人生/余仲廉著. -北京:人民出版社,2012.1
ISBN 978-7-01-010482-9

Ⅰ.①行…　Ⅱ.①余…　Ⅲ.①随笔-作品集-中国-当代　Ⅳ.①I267.1

中国版本图书馆CIP数据核字(2011)第261108号

行 悟 人 生

XINGWU RENSHENG

余仲廉　著

人民出版社 出版发行
(100706　北京朝阳门内大街166号)

北京新魏印刷厂印刷　　新华书店经销

2012年1月第1版　2012年1月北京第1次印刷
开本:710毫米×1000毫米 1/16　印张:18.75
字数:210千字　印数:0,001-5,000册

ISBN 978-7-01-010482-9　定价:48.00元

邮购地址 100706　北京朝阳门内大街166号
人民东方图书销售中心　电话 (010)65250042　65289539